中國語言文字研究輯刊

二五編

許學仁 主編

第 8 冊

《大正藏》異文大典
（第一冊）

王閏吉、康健、魏啟君 主編

花木蘭文化事業有限公司

國家圖書館出版品預行編目資料

《大正藏》異文大典（第一冊）／王閏吉、康健、魏啟君　主
編 -- 初版 -- 新北市：花木蘭文化事業有限公司，2023〔民
112〕
目 2+206 面；21×29.7 公分
（中國語言文字研究輯刊　二五編；第 8 冊）
ISBN 978-626-344-429-4（精裝）
1.CST：大藏經　2.CST：漢語字典
802.08　　　　　　　　　　　　　　　　112010453

ISBN-978-626-344-429-4

9 786263 444294

中國語言文字研究輯刊
二五編　第八冊　　　　　　　ISBN：978-626-344-429-4

《大正藏》異文大典（第一冊）

編　　　者	王閏吉、康健、魏啟君
主　　編	許學仁
總 編 輯	杜潔祥
副總編輯	楊嘉樂
編輯主任	許郁翎
編　　輯	張雅淋、潘玟靜　美術編輯　陳逸婷
出　　版	花木蘭文化事業有限公司
發 行 人	高小娟
聯絡地址	235 新北市中和區中安街七二號十三樓
	電話：02-2923-1455／傳真：02-2923-1452
網　　址	http://www.huamulan.tw 信箱 service@huamulans.com
印　　刷	普羅文化出版廣告事業
初　　版	2023 年 9 月
定　　價	二五編 22 冊（精裝）新台幣 70,000 元

《大正藏》異文大典
（第一冊）

王閏吉、康健、魏啟君　主編

作者簡介

　　王閏吉，上海師範大學漢語言文字學專業博士畢業，麗水學院三級教授。麗水學院小學教育專業研究生導師，溫州大學漢語言文字學專業、中國少數民族語言文學專業、語文教育專業研究生導師，西華師範大學兼職教授。省級優秀教師暨浙江省高校優秀教師、浙江省高校優秀共產黨員、新時代浙江省萬名好黨員、浙江省社科聯入庫專家、浙江省十四五社科規劃課題評審專家、浙江省中小學教材評審專家、浙江省語言學會理事，麗水市社會科學聯合會理事、麗水市社會科學專家委員會委員、麗水市劉基研究會常務副會長（法人）、麗水市博士聯誼會文科分會副會長、麗水學院中國語言文學學科負責人、麗水學院學報編輯會委員、麗水學院學術委員會委員、麗水學院「麗院之星」，麗水學院優秀學術帶頭人、優秀學術骨幹。在學術期刊發表論文 100 多篇，出版學術專著 30 多部，編纂《處州文獻集成》等 250 餘冊。主持國家社科基金項目 2 項、教育部人文社科基金項目 1 項、十三五全國少數民族古籍重點項目 1 項、全國高校古籍整理委員會直接資助項目 2 項，主持浙江省社科規劃基金項目及省教育廳項目、市校級各類項目 40 餘項。獲浙江省或麗水市哲學社會科學優秀成果獎 10 餘次。

　　康健，文學博士，西華師範大學三級教授，碩士生導師，語言學及應用語言學碩士點負責人。四川省語言學會副會長，四川省精品資源共享課「語言學概論」負責人，國家級普通話水平測試員。主持國家社科基金項目 3 項，主持及參與省部級項目 10 餘項。主編《禪宗大詞典》等著作 5 部，發表論文 70 餘篇。獲四川省政府成果一等獎 1 項、三等獎 2 項，獲省語言文字先進個人、省優秀碩士學位論文指導教師以及校師德標兵、優秀共產黨員、科研十佳、教學名師等榮譽稱號。

　　魏啟君，畢業於四川大學文學與新聞學院，文學博士，研究生導師，教授，雲南省語委專家庫成員。在學術期刊發表論文 40 餘篇，其中語言學權威期刊《中國語文》2 篇，CSSCI 核心期刊 20 餘篇，出版學術專著 4 部。主持並結項國家語委項目 1 項，主持在研教育部人文社科基金項目 1 項，主持在研國家社科基金西部項目 1 項，參與完成國家級項目 3 項。獲雲南省哲學社會科學優秀成果獎一等獎、二等獎各一次。

提　要

　　《〈大正藏〉異文大典》為待出版的《大藏經疑難字大典》姊妹篇。1924 年日本出版了《大正新修大藏經》（簡稱《大正藏》），凡 100 冊，3000 多部佛典，內容分為正編、續編、圖像、法寶總目錄四個部分。正編、續編皆詳列九種《大藏經》的異文於每頁正文之下。本典只收錄其中的單字，不收錄二字以上的詞、短語、句子等異文，也不收錄某一字的增字、脫字等異文。本典共收《大正藏》中字頭 6885 個，異文 9200 個，用例 79273 處，基本上做到對《大正新修大藏經》的單字異文應收盡收，並對部分錯訛文字做了糾正。本典以《大正藏》的寫法為字頭，以底本、對校本以及其他各種版本的寫法為異文。字頭按按音序排列，字頭下的各異文也按音序排列。考慮到字頭在他處也有可能是異文，而異文在另一地方也可能是字頭，為查檢方便，

特將字頭、異文聚合在一起製作筆畫檢索表，附於書後。字頭的每個異文下包括三個部分內容：一是版本，用帶半形括號的漢字表示；二是經目，用阿拉伯數字表示；三是例句。為節省篇幅，版本省作一個帶半形括號漢字，經目用一至四個阿拉伯數字代替，例句引經文中字頭後一至三字（少數地方例句略），若需要更詳細的例句，以字頭加例句用軟件或到相關網站查詢。《大藏經》異文十分豐富，對之整理與研究，可以幫助我們正確釋讀俗體字、形訛字，豐富漢字漢語研究的語料，補充修訂大型字典、詞典，對詞彙訓詁學研究也有十分重要的價值。

《大正藏》異文大典編輯委員會

本書獲國家社科基金項目「中國歷代禪錄日本訓釋材料數字化整理與研究」（21BYY030）、「禪宗文獻詞彙研究史及詞語整理考辨匯釋」（19BYY143）、「雲南歷代石刻文獻的漢語字詞關係及其歷時發展研究」（22XYY030）資助

目

次

編纂說明

　　一、《大正藏異文大典》共收字頭 6885 個，異文 9200 個，用例 79273 處，基本上做到對《大正新修大藏經》的異文應收盡收。大正藏異文，是指《大正新修大藏經》裡某一本佛書的不同版本，或不同的佛書記載同一事物、同一引述，而字句互異。本典大正藏異文特指《大正新修大藏經》裡某一本某一個字在該佛書的不同版本寫成另一個字，不含二字以上的詞、短語、句子等異文，也不包含某一字的增字、脫字等異文。所以本典所收字頭和異文皆為單音節。

　　二、本典以《大正新修大藏經》的寫法為字頭，底本、對校本以及其他各種版本的寫法為異文。字頭按按音序排列，字頭下的各異文也按音序排列。考慮到字頭在他處也有可能是異文，而異文在另一地方也可能是字頭，為查檢方便，特將字頭、異文聚合在一起製作筆畫檢索表，附於書後。

　　三、字頭每個異文下包括三個部分內容：一是版本，用帶半形括號的漢字表示；二是經目，用阿拉伯數字表示；三是例句。為節省篇幅，版本省作一個帶半形括號漢字，版本略符見下面「底本、對校本以及各版本略符」；經目所屬冊、部以及異文所在頁碼都省略，經目用一至四個阿拉伯數字代替，詳見下面「經目數字代碼」；例句引經文中字頭後一至三字（少數地方例句略），若需要更詳細的例句，以字頭加例句用軟件或到相關網站查詢。

　　四、底本、對校本以及各版本略符：

　　[三]：宋、元、明三本。

　　[宋]：宋本，南宋思溪藏本。

　　[元]：元本，元大普寧寺藏本。

[明]：明本，明嘉興藏本。

[麗]：麗本，高麗海印寺本。

[別]：麗乙本，麗本別刷本。

[聖]：正倉院聖語藏本（天平寫經）本。

[另]：聖乙本，正倉院聖語藏本別寫本。

[宮]：宮內省圖書寮本（舊宋本）。

[德]：大德寺本。

[万]：萬德寺本。

[石]：石山寺本。

[知]：知恩院本。

[醍]：醍醐寺本。

[和]：仁和寺藏本。

[東]：東大寺本。

[中]：中村不折氏藏本。

[久]：久原文庫本。

[森]：森田清太郎氏藏本。

[敦]：敦煌本、敦煌出土藏經本。

[煌]：敦乙本。

[燉]：敦丙本。

[福]：西福寺本。

[膚]：福乙本，西福寺乙本。

[博]：東京帝室博物館本。

[縮]：縮刷本，縮刷大藏經本。

[金]：金剛藏本。

[高]：高野版本。

[南]：南藏本。

[北]：北藏本。

[內]：內閣文庫本。

[倉]：聖丙本，正倉院聖語藏本之另一別寫本。

[西]：西福寺本等對校本。

[原]：原本或對校本。

[甲][乙][丙][丁][戊][己]：分別為某一對校本。

[流]：流布本。

五、經目數字代碼：

1：佛說長阿含經

2：佛說七佛經

3：毘婆尸佛經

4：七佛父母姓字經

5：佛般泥洹經

6：般泥洹經

7：大般涅槃經

8：佛說大堅固婆羅門緣起經

9：佛說人仙經

10：佛說白衣金幢二婆羅門緣起經

11：佛說尼拘陀梵志經

12：佛說大集法門經

13：長阿含十報法經

14：佛說人本欲生經

15：佛說帝釋所問經

16：佛說尸迦羅越六方禮經

17：佛說善生子經

18：佛說信佛功德經

19：佛說大三摩惹經

20：佛開解梵志阿颰經

21：佛說梵網六十二見經

22：佛說寂志果經

23：大樓炭經

24：起世經

25：起世因本經

26：中阿含經

27：佛說七知經

28：佛說園生樹經

29：佛說鹹水喻經

30：佛說薩鉢多酥哩踰捺野經

31：佛說一切流攝守因經

32：佛說四諦經

33：佛說恒水經

34：法海經

35：佛說海八德經

36：佛說本相猗致經

37：佛說緣本致經

38：佛說輪王七寶經

39：佛說頂生王故事經

40：佛說文陀竭王經

41：佛說頻婆娑羅王經

42：佛說鐵城泥犁經

43：佛說閻羅王五天使者經

44：佛說古來世時經

45：大正句王經

46：佛說阿那律八念經

47：佛說離睡經

48：佛說是法非法經

49：佛說求欲經

50：佛說受歲經

51：佛說梵志計水淨經

52：佛說大生義經

53：佛說苦陰經

54：佛說釋摩男本四子經

55：佛說苦陰因事經

56：佛說樂想經

57：佛說漏分布經

58：佛說阿耨風經

59：佛說諸法本經

60：佛說瞿曇彌記果經

61：佛說受新歲經

62：佛說新歲經

628：佛說未曾有正法經

629：佛說放鉢經

630：佛說成具光明定意經

631：佛說法律三昧經

632：佛說慧印三昧經

633：佛說如來智印經

634：佛說大乘智印經

635：佛說弘道廣顯三昧經

636：無極寶三昧經

637：佛說寶如來三昧經

638：佛說超日明三昧經

639：月燈三昧經

640：佛說月燈三昧經（一名文殊師
利菩薩十事行經）

641：佛說月燈三昧經

642：佛說首楞嚴三昧經

643：佛說觀佛三昧海經

644：佛說金剛三昧本性清淨不壞不
滅經

645：不必定入定入印經

646：入定不定印經

647：力莊嚴三昧經

648：寂照神變三摩地經

649：觀察諸法行經

650：諸法無行經

651：佛說諸法本無經

652：佛說大乘隨轉宣說諸法經

653：佛藏經

654：佛說入無分別法門經

655：佛說勝義空經

656：菩薩瓔珞經

657：佛說華手經

658：寶雲經

659：大乘寶雲經

660：佛說寶雨經

661：大乘百福相經

662：大乘百福莊嚴相經

663：金光明經

664：合部金光明經

665：金光明最勝王經

666：大方等如來藏經

667：大方廣如來藏經

668：佛說不增不減經

669：佛說無上依經

670：楞伽阿跋多羅寶經

671：入楞伽經

672：大乘入楞伽經

673：大乘同性經

674：證契大乘經

675：深密解脫經

676：解深密經

677：佛說解節經

678：相續解脫地波羅蜜了義經

679：相續解脫如來所作隨順處了義
經

680：佛說佛地經

681：大乘密嚴經

682：大乘密嚴經

683：佛說諸德福田經

684：佛說父母恩難報經

685：佛說盂蘭盆經

686：佛說報恩奉盆經

687：佛說孝子經

688：佛說未曾有經

689：甚希有經

690：佛說希有校量功德經

691：最無比經

692：佛說作佛形像經

693：佛說造立形像福報經

694：佛說大乘造像功德經

695：佛說灌洗佛形像經

696：佛說摩訶剎頭經

697：佛說浴像功德經

698：浴佛功德經

699：佛說造塔功德經

700：右繞佛塔功德經

893：蘇悉地羯囉經

893：蘇悉地羯囉經（別本一）

893：蘇悉地羯羅經（別本二）

894：蘇悉地羯羅供養法

894：蘇悉地羯羅供養法（別本）

895：蘇婆呼童子請問經

895：蘇婆呼童子請問經（別本）

896：妙臂菩薩所問經

897：蕤呬耶經

898：佛說毘奈耶經

899：清淨法身毘盧遮那心地法門成
　　　就一切陀羅尼三種悉地

900：十八契印

901：陀羅尼集經

902：總釋陀羅尼義讚

903：都部陀羅尼目

904：念誦結護法普通諸部

905：三種悉地破地獄轉業障出三界
　　　祕密陀羅尼法

906：佛頂尊勝心破地獄轉業障出三
　　　界祕密三身佛果三種悉地真
　　　言儀軌

907：佛頂尊勝心破地獄轉業障出三
　　　界祕密陀羅尼

908：金剛頂瑜伽護摩儀軌

909：金剛頂瑜伽護摩儀軌

910：梵天擇地法

911：建立曼荼羅及揀擇地法

912：建立曼荼羅護摩儀軌

921：阿閦如來念誦供養法

922：藥師琉璃光如來消災除難念誦
　　　儀軌

923：藥師如來觀行儀軌法

924：藥師如來念誦儀軌

924：藥師如來念誦儀軌

924：藥師儀軌一具

925：藥師琉璃光王七佛本願功德經
　　　念誦儀軌善護尊者造

926：藥師琉璃光王七佛本願功德經
　　　念誦儀軌供養法

927：藥師七佛供養儀軌如意王經

928：修藥師儀軌布壇法

929：淨瑠璃淨土標

930：無量壽如來觀行供養儀軌

931：金剛頂經觀自在王如來修行法

932：金剛頂經瑜伽觀自在王如來修
　　　行法

933：九品往生阿彌陀三摩地集陀羅
　　　尼經

934：佛說無量功德陀羅尼經

935：極樂願文

936：大乘無量壽經

937：佛說大乘聖無量壽決定光明王
　　　如來陀羅尼經

938：釋迦文尼佛金剛一乘修行儀軌
　　　法品

939：佛說大乘觀想曼拏羅淨諸惡趣
　　　經

940：佛說帝釋巖祕密成就儀軌

941：釋迦牟尼佛成道在菩提樹降魔
　　　讚

942：釋迦佛讚

943：佛說無能勝幡王如來莊嚴陀羅
　　　尼經

944：大佛頂如來放光悉怛多鉢怛囉
　　　陀羅尼

944：大佛頂大陀羅尼

945：大佛頂如來密因修證了義諸菩
　　　薩萬行首楞嚴經

946：大佛頂廣聚陀羅尼經

947：大佛頂如來放光悉怛多般怛羅
　　　大神力都攝一切咒王陀羅尼
　　　經大威德最勝金輪三昧咒品

948：金輪王佛頂要略念誦法

949：奇特最勝金輪佛頂念誦儀軌法
　　　要

1004：般若波羅蜜多理趣經大樂不
空三昧真實金剛薩埵菩薩等
一十七聖大曼荼羅義述

1005：大寶廣博樓閣善住祕密陀羅
尼經

1005：寶樓閣經梵字真言

1006：廣大寶樓閣善住祕密陀羅尼
經

1007：牟梨曼陀羅咒經

1008：菩提場莊嚴陀羅尼經

1009：出生無邊門陀羅尼經

1010：佛說出生無邊門陀羅尼儀軌

1011：佛說無量門微密持經

1012：佛說出生無量門持經

1013：阿難陀目佉尼呵離陀經

1014：無量門破魔陀羅尼經

1015：佛說阿難陀目佉尼呵離陀隣
尼經

1016：舍利弗陀羅尼經

1017：佛說一向出生菩薩經

1018：出生無邊門陀羅尼經

1019：大方廣佛華嚴經入法界品四
十二字觀門

1020：大方廣佛花嚴經入法界品頓
證毘盧遮那法身字輪瑜伽儀
軌

1021：華嚴經心陀羅尼

1056：金剛頂瑜伽千手千眼觀自在
菩薩修行儀軌經

1057：千眼千臂觀世音菩薩陀羅尼
神咒經

1057：千眼千臂觀世音菩薩陀羅尼
神咒經（別本）

1058：千手千眼觀世音菩薩姥陀羅
尼身經

1059：千手千眼觀世音菩薩治病合
藥經

1060：千手千眼觀世音菩薩廣大圓

滿無礙大悲心陀羅尼經

1061：千手千眼觀自在菩薩廣大圓
滿無礙大悲心陀羅尼咒本

1062：千手千眼觀世音菩薩大身咒
本

1062：世尊聖者千眼千首千足千舌
千臂觀自在菩提薩埵怛嚩廣
大圓滿無礙大悲心陀羅尼

1063：番大悲神咒

1064：千手千眼觀世音菩薩大悲心
陀羅尼

1065：千光眼觀自在菩薩祕密法經

1066：大悲心陀羅尼修行念誦略儀

1067：攝無礙大悲心大陀羅尼經計
一法中出無量義南方滿願補
陀落海會五部諸尊等弘誓力
方位及威儀形色執持三摩耶
幖幟曼荼羅儀軌

1068：千手觀音造次第法儀軌

1069：十一面觀自在菩薩心密言念
誦儀軌經

1070：佛說十一面觀世音神咒經

1071：十一面神咒心經

1072：聖賀野紇哩縛大威怒王立成
大神驗供養念誦儀軌法品

1072：馬頭觀音心陀羅尼

1073：何耶揭唎婆像法

1074：何耶揭唎婆觀世音菩薩受法
壇

1075：佛說七俱胝佛母准提大明陀
羅尼經

1076：七俱胝佛母所說准提陀羅尼
經

1077：佛說七俱胝佛母心大准提陀
羅尼經

1078：七佛俱胝佛母心大准提陀羅
尼法

1079：七俱胝獨部法

1080：如意輪陀羅尼經

1081：佛說觀自在菩薩如意心陀羅
尼咒經

1082：觀世音菩薩祕密藏如意輪陀
羅尼神咒經

1083：觀世音菩薩如意摩尼陀羅尼
經

1084：觀世音菩薩如意摩尼輪陀羅
尼念誦法

1085：觀自在菩薩如意輪念誦儀軌

1086：觀自在菩薩如意輪瑜伽

1087：觀自在如意輪菩薩瑜伽法要

1088：如意輪菩薩觀門義注祕訣

1089：都表如意摩尼轉輪聖王次第
念誦祕密最要略法

1090：佛說如意輪蓮華心如來修行
觀門儀

1091：七星如意輪祕密要經

1092：不空羂索神變真言經

1093：不空羂索咒經

1094：不空羂索神咒心經

1095：不空羂索咒心經

1096：不空羂索陀羅尼經

1097：不空羂索陀羅尼自在王咒經

1098：佛說不空羂索陀羅尼儀軌經

1099：佛說聖觀自在菩薩不空王祕
密心陀羅尼經

1100：葉衣觀自在菩薩經

1101：佛說大方廣曼殊室利經

1102：金剛頂經多羅菩薩念誦法

1103：觀自在菩薩隨心咒經

1103：觀自在菩薩怛嚩多唎隨心陀
羅尼經（別本）

1104：佛說聖多羅菩薩經

1105：聖多羅菩薩一百八名陀羅尼
經

1106：讚揚聖德多羅菩薩一百八名
經

1107：聖多羅菩薩梵讚

1108：聖救度佛母二十一種禮讚經

1108：救度佛母二十一種禮讚經

1109：白救度佛母讚

1110：佛說一髻尊陀羅尼經

1111：青頸觀自在菩薩心陀羅尼經

1112：金剛頂瑜伽青頸大悲王觀自
在念誦儀軌

1113：觀自在菩薩廣大圓滿無礙大
悲心陀羅尼

1113：大慈大悲救苦觀世音自在王
菩薩廣大圓滿無礙自在青頸
大悲心陀羅尼

1114：毘俱胝菩薩一百八名經

1115：觀自在菩薩阿麼䶩法

1116：廣大蓮華莊嚴曼拏羅滅一切
罪陀羅尼經

1117：佛說觀自在菩薩母陀羅尼經

1118：佛說十八臂陀羅尼經

1119：大樂金剛薩埵修行成就儀軌

1120：金剛頂勝初瑜伽經中略出大
樂金剛薩埵念誦儀

1120：勝初瑜伽儀軌真言

1121：金剛頂普賢瑜伽大教王經大
樂不空金剛薩玄儀

1122：金剛頂瑜伽他化自在天理趣
會普賢修行念誦儀軌

1123：金剛頂勝初瑜伽普賢菩薩念
誦法

1124：普賢金剛薩埵略瑜伽念誦儀
軌

1125：金剛頂瑜伽金剛薩埵五祕密
修行念誦儀軌

1126：佛說普賢曼拏羅經

1127：佛說普賢菩薩陀羅尼經

1128：最上大乘金剛大教寶王經

1129：佛說金剛手菩薩降伏一切部
多大教王經

1130：大乘金剛髻珠菩薩修行分

1131：聖金剛手菩薩一百八名梵讚

1132：金剛王菩薩祕密念誦儀軌

1133：金剛壽命陀羅尼念誦法

1134：金剛壽命陀羅尼經法

1134：金剛壽命陀羅尼經

1135：佛說一切如來金剛壽命陀羅尼經

1136：佛說一切諸如來心光明加持普賢菩薩延命金剛最勝陀羅尼經

1137：佛說善法方便陀羅尼經

1138：金剛祕密善門陀羅尼咒經

1138：金剛祕密善門陀羅尼經（別本）

1139：護命法門神咒經

1140：佛說延壽妙門陀羅尼經

1141：慈氏菩薩略修愈誐念誦法

1142：佛說慈氏菩薩陀羅尼

1143：佛說慈氏菩薩誓願陀羅尼經

1144：佛說彌勒菩薩發願王偈

1145：虛空藏菩薩能滿諸願最勝心陀羅尼求聞持法

1146：大虛空藏菩薩念誦法

1147：聖虛空藏菩薩陀羅尼經

1148：佛說虛空藏菩薩陀羅尼

1149：五大虛空藏菩薩速疾大神驗祕密式經

1150：轉法輪菩薩摧魔怨敵法

1151：修習般若波羅蜜菩薩觀行念誦儀軌

1152：佛說佛母般若波羅蜜多大明觀想儀軌

1153：普遍光明清淨熾盛如意寶印心無能勝大明王大隨求陀羅尼經

1154：佛說隨求即得大自在陀羅尼神咒經

1155：金剛頂瑜伽最勝祕密成佛隨求即得神變加持成就陀羅尼儀軌

1156：大隨求即得大陀羅尼明王懺悔法

1156：宗叡僧正於唐國師所口受

1157：香王菩薩陀羅尼咒經

1158：地藏菩薩儀軌

1159：〔尖／土〕圇大道心驅策法

1159：佛說地藏菩薩陀羅尼經

1160：日光菩薩月光菩薩陀羅尼

1161：佛說觀藥王藥上二菩薩經

1162：持世陀羅尼經

1163：佛說雨寶陀羅尼經

1164：佛說大乘聖吉祥持世陀羅尼經

1165：聖持世陀羅尼經

1166：馬鳴菩薩大神力無比驗法念誦軌儀

1167：八大菩薩曼荼羅經

1168：佛說大乘八大曼拏羅經

1168：八曼荼羅經

1169：佛說持明藏瑜伽大教尊那菩薩大明成就儀軌經龍樹菩薩於持明藏略出

1170：佛說金剛香菩薩大明成就儀軌經

1171：金剛頂經瑜伽文殊師利菩薩法

1172：金剛頂超勝三界經說文殊五字真言勝相

1173：金剛頂經曼殊室利菩薩五字心陀羅尼品

1174：五字陀羅尼頌

1175：金剛頂經瑜伽文殊師利菩薩供養儀軌

1176：曼殊室利童子菩薩五字瑜伽法

1220：金剛藥叉瞋怒王息災大威神
　　　驗念誦儀軌
1221：青色大金剛藥叉辟鬼魔法
1222：聖迦抳忿怒金剛童子菩薩成
　　　就儀軌經
1222：聖迦抳忿怒金剛童子菩薩成
　　　就儀軌經（別本）
1223：佛說無量壽佛化身大忿迅俱
　　　摩羅金剛念誦瑜伽儀軌法
1224：金剛童子持念經
1225：大威怒烏芻澀麼儀軌經
1226：烏芻澀明王儀軌梵字
1227：大威力烏樞瑟摩明王經
1228：穢跡金剛說神通大滿陀羅尼
　　　法術靈要門
1229：穢跡金剛禁百變法經
1230：佛說大輪金剛總持陀羅尼經
1231：大輪金剛修行悉地成就及供
　　　養法
1232：播般曩結使波金剛念誦儀
1233：佛說無能勝大明王陀羅尼經
1234：無能勝大明陀羅尼經
1235：無能勝大明心陀羅尼經
1236：聖無能勝金剛火陀羅尼經
1237：阿吒婆拘鬼神大將上佛陀羅
　　　尼神咒經
1238：阿吒婆㺃鬼神大將上佛陀羅
　　　尼經
1239：阿吒薄俱元帥大將上佛陀羅
　　　尼經修行儀軌
1240：阿吒薄㺃付囑咒
1241：伽馱金剛真言
1242：佛說妙吉祥瑜伽大教金剛陪
　　　囉嚩輪觀想成就儀軌經
1243：佛說出生一切如來法眼遍照
　　　大力明王經
1244：毘沙門天王經
1245：佛說毘沙門天王經

1246：摩訶吠室囉末那野提婆喝囉
　　　闍陀羅尼儀軌
1247：北方毘沙門天王隨軍護法儀
　　　軌
1248：北方毘沙門天王隨軍護法真
　　　言
1249：毘沙門儀軌
1250：北方毘沙門多聞寶藏天王神
　　　妙陀羅尼別行儀軌
1251：吽迦陀野儀軌
1252：佛說大吉祥天女十二名號經
1252：佛說大吉祥天女十二名號經
　　　（別本）
1253：大吉祥天女十二契一百八名
　　　無垢大乘經
1254：末利支提婆華鬘經
1255：佛說摩利支天菩薩陀羅尼經
1255：佛說摩利支天經（別本）
1256：佛說摩利支天陀羅尼咒經
1257：佛說大摩里支菩薩經
1258：摩利支菩薩略念誦法
1259：摩利支天一印法
1260：大藥叉女歡喜母并愛子成就
　　　法
1261：訶利帝母真言經
1262：佛說鬼子母經
1263：氷揭羅天童子經
1264：觀自在菩薩化身蘘麌哩曳童
　　　女銷伏毒害陀羅尼經
1264：佛說穰麌梨童女經（別本）
1265：佛說常瞿利毒女陀羅尼咒經
1266：大聖天歡喜雙身毘那夜迦法
1267：使咒法經
1268：大使咒法經
1269：佛說金色迦那鉢底陀羅尼經
1270：大聖歡喜雙身大自在天毘那
　　　夜迦王歸依念誦供養法

1521：十住毘婆沙論聖者龍樹造

1522：十地經論天親菩薩造

1523：大寶積經論

1524：無量壽經優波提舍婆藪槃豆菩薩造

1525：彌勒菩薩所問經論

1526：寶髻經四法憂波提舍天親菩薩造

1527：涅槃論婆藪槃豆作

1528：涅槃經本有今無偈論天親菩薩造

1529：遺教經論天親菩薩造

1530：佛地經論親光菩薩等造

1531：文殊師利菩薩問菩提經論天親菩薩造

1532：勝思惟梵天所問經論天親菩薩造

1533：轉法輪經憂波提舍天親菩薩造

1534：三具足經憂波提舍

1535：大乘四法經釋

1536：阿毘達磨集異門足論尊者舍利子說

1537：阿毘達磨法蘊足論尊者大目乾連造

1538：施設論

1539：阿毘達磨識身足論提婆設摩阿羅漢造

1540：阿毘達磨界身足論尊者世友造

1541：眾事分阿毘曇論尊者世友造

1542：阿毘達磨品類足論尊者世友造

1543：阿毘曇八犍度論迦旃延子造

1544：阿毘達磨發智論尊者迦多衍尼子造

1545：阿毘達磨大毘婆沙論五百大阿羅漢等造

1546：阿毘曇毘婆沙論迦旃延子造，五百羅漢釋

1547：鞞婆沙論阿羅漢尸陀槃尼撰

1548：舍利弗阿毘曇論

1549：尊婆須蜜菩薩所集論尊婆須蜜造

1550：阿毘曇心論尊者法勝造

1551：阿毘曇心論經法勝論，優波扇多釋

1552：雜阿毘曇心論尊者法救造

1553：阿毘曇甘露味論尊者瞿沙造

1554：入阿毘達磨論塞建陀羅阿羅漢造

1555：五事毘婆沙論尊者法救造

1556：薩婆多宗五事論

1557：阿毘曇五法行經

1558：阿毘達磨俱舍論尊者世親造

1559：阿毘達磨俱舍釋論婆藪盤豆造

1560：阿毘達磨俱舍論本頌世親菩薩造

1561：俱舍論實義疏尊者安惠造

1562：阿毘達磨順正理論尊者眾賢造

1563：阿毘達磨藏顯宗論尊者眾賢造

1564：中論龍樹菩薩造，梵志青目釋

1565：順中論龍勝菩薩造，無著菩薩釋

1566：般若燈論釋龍樹菩薩偈本，分別明菩薩釋論

1567：大乘中觀釋論安慧菩薩造

1568：十二門論龍樹菩薩造

1569：百論提婆菩薩造，婆藪開士釋

1570：廣百論本聖天菩薩造

1571：大乘廣百論釋論聖天菩薩本，護法菩薩釋

1572：百字論提婆菩薩造

1573：壹輸盧迦論龍樹菩薩造

1574：大乘破有論龍樹菩薩造

1575：六十頌如理論龍樹菩薩造

1576：大乘二十頌論龍樹菩薩造

1577：大丈夫論提婆羅菩薩造

1578：大乘掌珍論清辯菩薩造

1579：瑜伽師地論彌勒菩薩說

1580：瑜伽師地論釋最勝子等諸菩薩造

1581：菩薩地持經

1582：菩薩善戒經

1583：菩薩善戒經

1584：決定藏論

1585：成唯識論護法等菩薩造

1586：唯識三十論頌世親菩薩造

1587：轉識論

1588：唯識論天親菩薩造

1589：大乘唯識論天親菩薩造

1590：唯識二十論世親菩薩造

1591：成唯識寶生論護法菩薩造

1592：攝大乘論阿僧伽作

1593：攝大乘論無著菩薩造

1594：攝大乘論本無著菩薩造

1595：攝大乘論釋世親菩薩釋

1596：攝大乘論釋論世親菩薩造

1597：攝大乘論釋世親菩薩造

1598：攝大乘論釋無性菩薩造

1599：中邊分別論天親菩薩造

1600：辯中邊論世親菩薩造

1601：辯中邊論頌彌勒菩薩說

1602：顯揚聖教論無著菩薩造

1603：顯揚聖教論頌無著菩薩造

1604：大乘莊嚴經論無著菩薩造

1605：大乘阿毘達磨集論無著菩薩造

1606：大乘阿毘達磨雜集論安慧菩薩糅

1607：六門教授習定論無著菩薩本，世親菩薩釋

1608：業成就論天親菩薩造

1609：大乘成業論世親菩薩造

1610：佛性論天親菩薩造

1611：究竟一乘寶性論

1612：大乘五蘊論世親菩薩造

1613：大乘廣五蘊論安慧菩薩造

1614：大乘百法明門論天親菩薩造

1615：王法正理論彌勒菩薩造

1616：十八空論龍樹菩薩造

1617：三無性論

1618：顯識論

1619：無相思塵論陳那菩薩造

1620：解捲論陳那菩薩造

1621：掌中論陳那菩薩造

1622：取因假設論陳那菩薩造

1623：觀總相論頌陳那菩薩造

1624：觀所緣緣論陳那菩薩造

1625：觀所緣論釋護法菩薩造

1626：大乘法界無差別論堅慧菩薩造

1627：大乘法界無差別論（一名如來藏論）堅慧菩薩造

1628：因明正理門論本大域龍菩薩造

1629：因明正理門論大域龍菩薩造

1630：因明入正理論商羯羅主菩薩造

1631：迴諍論龍樹菩薩造

1632：方便心論

1633：如實論

1634：入大乘論堅意菩薩造

1635：大乘寶要義論

1636：大乘集菩薩學論法稱菩薩造

1637：集大乘相論覺吉祥智菩薩造

1638：集諸法寶最上義論善寂菩薩造

1639：提婆菩薩破楞伽經中外道小
乘四宗論提波菩薩造

1640：提婆菩薩釋楞伽經中外道小
乘涅槃論提波菩薩造

1641：隨相論德慧法師造

1642：金剛針論法稱菩薩造

1643：尼乾子問無我義經馬鳴菩薩
集

1644：佛說立世阿毘曇論

1645：彰所知論發合思巴造

1646：成實論訶梨跋摩造

1647：四諦論婆藪跋摩造

1648：解脫道論阿羅漢優波底沙造

1649：三彌底部論

1650：辟支佛因緣論

1651：十二因緣論淨意菩薩造

1652：緣生論聖者鬱楞迦造

1653：大乘緣生論聖者鬱楞迦造

1654：因緣心論頌、因緣心論釋龍
猛菩薩造

1655：止觀門論頌世親菩薩造

1656：寶行王正論

1657：手杖論尊者釋迦稱造

1658：諸教決定名義論聖慈氏菩薩
造

1659：發菩提心經論天親菩薩造

1660：菩提資糧論聖者龍樹本，比
丘自在釋

1661：菩提心離相論龍樹菩薩造

1662：菩提行經聖龍樹菩薩集頌

1663：菩提心觀釋

1664：廣釋菩提心論蓮華戒菩薩造

1665：金剛頂瑜伽中發阿耨多羅三
藐三菩提心論

1666：大乘起信論馬鳴菩薩造

1667：大乘起信論馬鳴菩薩造

1668：釋摩訶衍論龍樹菩薩造

1669：大宗地玄文本論馬鳴菩薩造

1670：那先比丘經

1670：那先比丘經（別本）

1671：福蓋正行所集經龍樹菩薩集

1672：龍樹菩薩為禪陀迦王說法要
偈

1673：勸發諸王要偈龍樹菩薩撰

1674：龍樹菩薩勸誡王頌

1675：讚法界頌龍樹菩薩造

1676：廣大發願頌龍樹菩薩造

1677：三身梵讚

1678：佛三身讚西土賢聖撰

1679：佛一百八名讚

1680：一百五十讚佛頌尊者摩咥里
制吒造

1681：佛吉祥德讚尊者寂友造

1682：七佛讚唄伽他

1683：捷稚梵讚

1684：八大靈塔梵讚西天戒日王製

1685：佛說八大靈塔名號經

1686：賢聖集伽陀一百頌

1687：事師法五十頌馬鳴菩薩集

1688：密跡力士大權神王經偈頌

1689：請賓頭盧法

1690：賓頭盧突羅闍為優陀延王說
法經

1691：迦葉仙人說醫女人經

1692：勝軍化世百喻伽他經

1693：人本欲生經註

1694：陰持入經註

1695：大般若波羅蜜多經般若理趣
分述讚

1696：大品遊意

1697：大慧度經宗要

1698：金剛般若經疏

1699：金剛般若疏

1700：金剛般若經贊述

1701：金剛般若經疏論纂要

1702：金剛經纂要刊定記

1703：金剛般若波羅蜜經註解

1704：佛說金剛般若波羅蜜經略疏

1705：仁王護國般若經疏

1706：佛說仁王護國般若波羅蜜經
　　　疏神寶記

1707：仁王般若經疏

1708：仁王經疏

1709：仁王護國般若波羅蜜多經疏

1710：般若波羅蜜多心經幽贊

1711：佛說般若波羅蜜多心經贊

1712：般若波羅蜜多心經略疏

1713：般若心經略疏連珠記

1714：般若波羅蜜多心經註解

1715：法華經義記

1716：妙法蓮華經玄義

1717：法華玄義釋籤

1718：妙法蓮華經文句

1719：法華文句記

1720：法華玄論

1721：法華義疏

1722：法華遊意

1723：妙法蓮華經玄贊

1724：法華玄贊義決

1725：法華宗要

1726：觀音玄義

1727：觀音玄義記

1728：觀音義疏

1729：觀音義疏記

1730：金剛三昧經論

1731：華嚴遊意

1732：大方廣佛華嚴經搜玄分齊通
　　　智方軌

1733：華嚴經探玄記

1734：華嚴經文義綱目

1735：大方廣佛華嚴經疏

1736：大方廣佛華嚴經隨疏演義鈔

1737：大華嚴經略策

1738：新譯華嚴經七處九會頌釋章

1739：新華嚴經論

1740：大方廣佛華嚴經中卷卷大意
　　　略敘

1741：略釋新華嚴經修行次第決疑
　　　論

1742：大方廣佛華嚴經願行觀門骨
　　　目

1743：皇帝降誕日於麟德殿講大方
　　　廣佛華嚴經玄義一部

1744：勝鬘寶窟

1745：無量壽經義疏

1746：無量壽經義疏

1747：兩卷無量壽經宗要

1748：無量壽經連義述文贊

1749：觀無量壽經義疏

1750：佛說觀無量壽佛經疏

1751：觀無量壽佛經疏妙宗鈔

1752：觀無量壽經義疏

1753：觀無量壽佛經疏

1754：觀無量壽佛經義疏

1755：阿彌陀經義記

1756：阿彌陀經義述

1757：阿彌陀經疏

1758：阿彌陀經通贊疏

1759：佛說阿彌陀經疏

1760：佛說阿彌陀經疏

1761：佛說阿彌陀經義疏

1762：佛說阿彌陀經要解

1763：大般涅槃經集解

1764：大般涅槃經義記

1765：大般涅槃經玄義

1766：涅槃玄義發源機要

1767：大般涅槃經疏

1768：涅槃經遊意

1769：涅槃宗要

1770：本願藥師經古迹

1771：彌勒經遊意

1772：觀彌勒上生兜率天經贊

1773：彌勒上生經宗要

1774：三彌勒經疏

1775：注維摩詰經

1776：維摩義記

1777：維摩經玄疏

1778：維摩經略疏

1779：維摩經略疏垂裕記

1780：淨名玄論

1781：維摩經義疏

1782：說無垢稱經疏

1783：金光明經玄義

1784：金光明經玄義拾遺記

1785：金光明經文句

1786：金光明經文句記

1787：金光明經疏

1788：金光明最勝王經疏

1789：楞伽阿跋多羅寶經註解

1790：入楞伽心玄義

1791：注大乘入楞伽經

1792：佛說盂蘭盆經疏

1793：溫室經義記

1794：註四十二章經

1795：大方廣圓覺修多羅了義經略
　　　疏註

1796：大毘盧遮那成佛經疏

1797：大毘盧遮那經供養次第法疏

1798：金剛頂經大瑜伽祕密心地法
　　　門義訣

1799：首楞嚴義疏注經

1800：請觀音經疏

1801：請觀音經疏闡義鈔

1802：十一面神咒心經義疏

1803：佛頂尊勝陀羅尼經教跡義記

1804：四分律刪繁補闕行事鈔

1805：四分律行事鈔資持記

1806：四分律比丘含注戒本

1807：四分比丘戒本疏

1808：四分律刪補隨機羯磨

1809：僧羯磨

1810：尼羯磨

1811：菩薩戒義疏

1812：天台菩薩戒疏

1813：梵網經菩薩戒本疏

1814：菩薩戒本疏

1815：梵網經古述記

1816：金剛般若論會釋

1817：略明般若末後一頌讚述

1818：法華論疏

1819：無量壽經優婆提舍願生偈註

1820：佛遺教經論疏節要

1821：俱舍論記

1822：俱舍論疏

1823：俱舍論頌疏論本

1824：中觀論疏

1825：十二門論疏

1826：十二門論宗致義記

1827：百論疏

1828：瑜伽論記

1829：瑜伽師地論略纂

1830：成唯識論述記

1831：成唯識論掌中樞要

1832：成唯識論了義燈

1833：成唯識論演祕

1834：唯識二十論述記

1835：辯中邊論述記

1836：大乘百法明門論解

1837：大乘百法明門論疏

1838：大乘法界無差別論疏

1839：理門論述記

1840：因明入正理論疏

1841：因明義斷

1842：因明入正理論義纂要

1843：大乘起信論義疏

1844：起信論疏

1845：大乘起信論別記

1846：大乘起信論義記

1847：大乘起信論義記別記

1848：起信論疏筆削記

1849：大乘起信論內義略探記

1850：大乘起信論裂網疏

1851：大乘義章

1852：三論玄義

1853：大乘玄論

1854：二諦義

1855：三論遊意義

1856：鳩摩羅什法師大義

1857：寶藏論

1858：肇論

1859：肇論疏

1860：肇論新疏

1861：大乘法苑義林章

1862：勸發菩提心集

1863：能顯中邊慧日論

1864：大乘入道次第

1865：八識規矩補註

1866：華嚴一乘教義分齊章

1867：華嚴五教止觀

1868：華嚴一乘十玄門

1869：華嚴五十要問答

1870：華嚴經內章門等雜孔目章

1871：華嚴經旨歸

1872：華嚴策林

1873：華嚴經問答

1874：華嚴經明法品內立三寶章

1875：華嚴經義海百門

1876：修華嚴奧旨妄盡還源觀

1877：華嚴遊心法界記

1878：華嚴發菩提心章

1879：華嚴經關脈義記

1879：華嚴關脈義記（別本）

1880：金師子章雲間類解

1881：大方廣佛華嚴經金師子章

1882：三聖圓融觀門

1883：華嚴法界玄鏡

1884：註華嚴法界觀門

1885：註華嚴經題法界觀門頌

1886：原人論

1887：華嚴一乘法界圖

1887：法界圖記叢髓錄

1888：解迷顯智成悲十明論

1889：海印三昧論

1890：華嚴一乘成佛妙義

1891：文殊指南圖讚

1892：關中創立戒壇圖經

1893：淨心戒觀法

1894：釋門章服儀

1895：量處輕重儀

1896：釋門歸敬儀

1897：教誡新學比丘行護律儀

1898：律相感通傳

1899：中天竺舍衛國祇洹寺圖經

1900：佛制比丘六物圖

1901：護命放生軌儀法

1902：受用三水要行法

1903：說罪要行法

1904：根本說一切有部出家授近圓
羯磨儀範

1905：根本說一切有部苾芻習學略
法

1906：菩薩戒本宗要

1907：菩薩戒本持犯要記

1908：大乘六情懺悔

1909：慈悲道場懺法

1910：慈悲水懺法

1911：摩訶止觀

1912：止觀輔行傳弘決

1913：止觀義例

1914：止觀大意

1915：修習止觀坐禪法要

1916：釋禪波羅蜜次第法門

1917：六妙法門

1918：四念處

1919：天台智者大師禪門口訣

1920：觀心論亦名煎乳論

1921：觀心論疏

1922：釋摩訶般若波羅蜜覺意三昧

1923：諸法無諍三昧法門

1924：大乘止觀法門

1925：法界次第初門

1926：法華經安樂行義

1927：十不二門

1928：十不二門指要鈔

1929：四教義

1930：天台八教大意

1931：天台四教儀

1932：金剛錍

1933：南嶽思大禪師立誓願文

1934：國清百錄

1935：法智遺編觀心二百問

1936：四明十義書

1937：四明尊者教行錄

1938：天台傳佛心印記

1939：教觀綱宗

1940：方等三昧行法

1941：法華三昧懺儀

1942：法華三昧行事運想補助儀

1943：略法華三昧補助儀

1944：禮法華經儀式

1945：金光明懺法補助儀

1946：金光明最勝懺儀

1947：釋迦如來涅槃禮讚文

1948：天台智者大師齋忌禮讚文

1949：請觀世音菩薩消伏毒害陀羅
尼三昧儀

1950：千手眼大悲心咒行法

1951：熾盛光道場念誦儀

1952：觀自在菩薩如意輪咒課法

1953：菩提心義

1954：明佛法根本碑

1955：顯密圓通成佛心要集

1956：密咒圓因往生集

1957：略論安樂淨土義

1958：安樂集

1959：觀念阿彌陀佛相海三昧功德
法門

1960：釋淨土群疑論

1961：淨土十疑論

1962：五方便念佛門

1963：淨土論

1964：西方要決釋疑通規

1965：遊心安樂道

1966：念佛鏡

1967：念佛三昧寶王論

1968：往生淨土決疑行願二門

1969：樂邦文類

1969：樂邦遺稿

1970：龍舒增廣淨土文

1971：淨土境觀要門

1972：淨土或問

1973：廬山蓮宗寶鑑

1974：寶王三昧念佛直指

1975：淨土生無生論

1976：西方合論

1977：淨土疑辯

1978：讚阿彌陀佛偈

1979：轉經行道願往生淨土法事讚

1980：往生禮讚偈

1981：依觀經等明般舟三昧行道往
生讚

1982：集諸經禮懺儀

1983：淨土五會念佛略法事儀讚

1984：往生淨土懺願儀

1985：鎮州臨濟慧照禪師語錄

1986：筠州洞山悟本禪師語錄

1986：瑞州洞山良价禪師語錄

1987：撫州曹山元證禪師語錄

1987：撫州曹山本寂禪師語錄

1988：雲門匡真禪師廣錄

1989：潭州溈山靈祐禪師語錄

1990：袁州仰山慧寂禪師語錄

1991：金陵清涼院文益禪師語錄

1992：汾陽無德禪師語錄

1993：黃龍慧南禪師語錄

1994：楊岐方會和尚語錄

1994：楊岐方會和尚後錄

1995：法演禪師語錄

1996：明覺禪師語錄

1997：圓悟佛果禪師語錄

1998：大慧普覺禪師語錄

1998：大慧普覺禪師宗門武庫

1999：密菴和尚語錄

2000：虛堂和尚語錄

2001：宏智禪師廣錄

2002：如淨和尚語錄

2002：天童山景德寺如淨禪師續語
　　　錄

2003：佛果圓悟禪師碧巖錄

2004：萬松老人評唱天童覺和尚頌
　　　古從容庵錄

2005：無門關

2006：人天眼目

2007：南宗頓教最上大乘摩訶般若
　　　波羅蜜經六祖惠能大師於韶
　　　州大梵寺施法壇經

2008：六祖大師法寶壇經

2009：少室六門

2010：信心銘

2011：最上乘論

2012：黃檗山斷際禪師傳心法要

2012：黃檗斷際禪師宛陵錄

2013：禪宗永嘉集

2014：永嘉證道歌

2015：禪源諸詮集都序

2016：宗鏡錄

2017：萬善同歸集

2018：永明智覺禪師唯心訣

2019：真心直說

2019：誡初心學人文

2020：高麗國普照禪師修心訣

2021：禪宗決疑集

2022：禪林寶訓

2023：緇門警訓

2024：禪關策進

2025：勑修百丈清規

2026：撰集三藏及雜藏傳

2027：迦葉結經

2028：迦丁比丘說當來變經

2029：佛使比丘迦旃延說法沒盡偈
　　　百二十章

2030：大阿羅漢難提蜜多羅所說法
　　　住記

2031：異部宗輪論世友菩薩造

2032：十八部論

2033：部執異論天友菩薩造

2034：歷代三寶紀

2035：佛祖統紀

2036：佛祖歷代通載

2037：釋氏稽古略

2038：釋鑑稽古略續集

2039：三國遺事

2040：釋迦譜

2041：釋迦氏譜

2042：阿育王傳

2043：阿育王經

2044：天尊說阿育王譬喻經

2045：阿育王息壞目因緣經

2046：馬鳴菩薩傳

2047：龍樹菩薩傳

2047：龍樹菩薩傳（別本）

2048：提婆菩薩傳

2049：婆藪槃豆法師傳

2050：隋天台智者大師別傳

2051：唐護法沙門法琳別傳

2052：大唐故三藏玄奘法師行狀

2053：大唐大慈恩寺三藏法師傳

2054：唐大薦福寺故寺主翻經大德法藏和尚傳

2055：玄宗朝翻經三藏善無畏贈鴻臚卿行狀

2056：大唐故大德贈司空大辨正廣智不空三藏行狀

2057：大唐青龍寺三朝供奉大德行狀

2058：付法藏因緣傳

2059：高僧傳

2060：續高僧傳

2061：宋高僧傳

2062：大明高僧傳

2063：比丘尼傳

2064：神僧傳

2065：海東高僧傳

2066：大唐西域求法高僧傳

2067：弘贊法華傳

2068：法華傳記

2069：天台九祖傳

2070：往生西方淨土瑞應傳

2071：淨土往生傳

2072：往生集

2073：華嚴經傳記

2074：大方廣佛華嚴經感應傳

2075：歷代法寶記

2076：景德傳燈錄

2077：續傳燈錄

2898：高王觀世音經

2899：妙法蓮華經馬明菩薩品第三十

2900：齋法清淨經

2901：佛說法句經

2902：法句經疏

2903：無量大慈教經

2904：七千佛神符經

2905：現在十方千五百佛名並雜佛同號

2906：三萬佛同根本神祕之印並法龍種上尊王佛法

2907：普賢菩薩行願王經

2908：大方廣佛華嚴經普賢菩薩行願王品

2909：地藏菩薩經

2910：金有陀羅尼經

2911：讚僧功德經

2912：無常三啟經

2913：七女觀經

2914：觀經

2915：救諸眾生一切苦難經

2916：勸善經

2917：新菩薩經

2917：新菩薩經

2918：釋家觀化還愚經

2919：佛母經

2920：僧伽和尚欲入涅槃說六度經

　　六、作為《〈大正藏〉異文大典》姊妹篇的《大藏經疑難字大典》，由於搜集範圍更廣，不僅包括《大正新修大藏經》，還包括《卍新纂續藏經》《嘉興大藏經》《房山石經》《趙城金藏》《永樂北藏》《國家圖書館善本佛典》《漢譯南傳大藏經》《藏外佛教文獻》《大藏經補編》《中國佛寺志》《正史佛教資料類編》《北朝佛教石刻拓片百品》等 CBETA 電子佛典資料庫全部內容，所以還有一定數量的疑難字正在辨別考釋中，暫時不能按原計劃同時出版，敬請期待！

A

阿

啊：[宋][明]969 引。

安：[明]721 那般那，[明]1476 那般那。

唵：[甲]901 波唎二。

盎：[乙]867 阿。

陁：[宮]901。

本：[原]、甲本註曰阿字更勘2297 於理何。

彼：[甲]1828 種子頼。

波：[三]1014 字是。

部：[甲][乙]2218 婆麁。

初：[甲]2399 字菩提。

除：[宮]2053 濫摩唐，[三]1341 茶布一。

大：[明]1450 羅漢爾。

得：[明]1536 羅漢果，[三][久]、得阿[宮]1486 耨多羅。

帝：[三]1 羅予多。

闍：[宮]244 闍梨先。

段：[甲][乙]2192 用。

多：[明]2154 耨多羅。

扃：[明]2016 師云是。

婀：[甲]、娿[乙]1211 三，[甲][乙][丙][丁]1141 阿哩，[甲][乙][丙]1211 字門即，[甲]867 尾捨彼，[甲]1000 弩，[甲]1000 上難，[甲]1000 字，[三][甲]1171 囉跛者，[乙][丙][丁]1199 慕伽贊，[乙]1069 密，[乙]1069 三。

惡：[乙]1086，[原]2409 入引。

遏：[三]982 爾迦曼。

耳：[宮]2121 母願以。

附：[三]1331 多四。

故：[聖]223 羅漢阿。

國：[宮]262 羅漢。

呵：[高]1668 阿，[高]1668 囉，[高]1668 那帝，[宮]1596 梨耶識，[宮]2040 梨勒極，[甲][乙]1239，[甲][乙]1799，[甲]901 拏二十，[明]81 素囉壽，[明]244 四賀賀，[明]993 囉提二，[明]1018 僧伽泥，[明]1169 顛多囀，[明]1341 囉輸馱，[明]1354 嘖悼，[三]991 那阿，[三][宮][別]397 毘婆差，[三][宮][聖]1463 那是名，[三][宮][石]1509 羅邏地，[三][宮]280 那，[三][宮]397 佛梨帝，[三][宮]410

奢波利，[三][宮]626 刹土其，[三][宮]664 波羅帝，[三][宮]2043，[三][甲]1332 兜五究，[三]186 書四十，[三]397 吒三十，[三]984 梨，[三]1332 蜜阿富，[三]1335 那茶尤，[三]1336 曷，[三]1336 那三，[三]2149 支羅迦，[聖]1463 難即衆，[宋][宮]、訶[元]222 竭阿羅，[宋][元]1644 毘羅，[宋]847 僧伽鞞，[宋]1331 梨，[元][明][甲]901 囉訶陀，[元][明]1336 利沙夜，[元][明]1428 婆陀制。

訶：[宮]279 脩羅王，[宮]1668 呵，[甲][乙]894 羅阿，[甲]981 上蜜哩，[甲]2401 悉多，[明]312 羯臘波，[明]220 素洛等，[明]651 修羅等，[明]664 奴蔓若，[三][宮]、呵[聖]397 囉悉那，[三][宮]、呵[聖]397 泥那跋，[三][宮][甲][乙][丙][丁]848 字門，[三][宮][甲]901 跢七鳴，[三][宮][聖][另]310 耐摩陀，[三][宮]622 竭稱明，[三][甲]1227 迦羅火，[三]25，[三]985 説訖利，[乙]、呵[乙]2157 耶揭唎，[乙][丙]2092，[乙]1201 路哈，[乙]2393，[元]224 竭目，[原][甲][乙]1821 那皆訛，[原]1201 嚧唅，[原]2243 利母。

何：[宮]、呵[甲]901 羅阿，[宮]397 伽多地，[宮]443 囉，[宮]539 枉正應，[宮]1545 耆尼是，[宮]1799 㘐吒唬，[宮]2041 耆比，[宮]2121 羅婆極，[甲][乙][丙]2185 難所以，[甲][乙]867 尾，[甲]901 耶，[甲]1026 反

薄，[甲]1238 反婆醯，[甲]1805 異答第，[甲]1816 修羅化，[甲]2214 者一切，[甲]2266 緣有此，[明]1462 羅陀國，[明][宮]397 邏多那，[明]194 舒伽樹，[明]220 練若宴，[明]221 耨多羅，[明]414 難言諸，[明]1177 毘曬闍，[明]1191 梨樹枝，[明]1336 利蛇婆，[明]1336 路伽脾，[明]1428 難復問，[明]1428 難於樓，[明]1547 梨那山，[明]1547 毘曇，[明]1559 賓伽羅，[明]1562 羅漢果，[明]1647 伽陀復，[明]2026 難説，[明]2034 毘曇心，[明]2034 質國王，[三][宮][甲][乙]901 上音覩，[三][宮]278 羅莊嚴，[三][宮]397 囉，[三][宮]443，[三][宮]443 辣那彌，[三][宮]443 羅波底，[三][宮]451，[三][宮]1458 路祇若，[三][宮]1546 此非一，[三][聖]1509 利迦哆，[三]99 羅漢受，[三]402 哉愛子，[三]989 波羅龍，[三]1139，[三]1341 羅，[三]1341 羅曼帝，[三]1341 羅摩，[三]1440 毘，[三]2149 鵬或作，[聖]1509 伽，[聖]1509 羅，[聖]1509 誰是薩，[聖]2157 囉，[宋][宮]397，[宋][宮]1509 鞞跋致，[宋][元][宮]1479 鉢帝當，[宋][元]991 囉提二，[宋][元]1336 若兜一，[宋][元]2034 育王第，[宋][元]2121 那邠，[宋]157 僧祇劫，[宋]418 惟三佛，[宋]1191，[宋]1428 難言我，[乙]1796 刹藍阿，[乙]2192 況五智，[乙]2393 字門等，[元][明][宮]310 呵那移，

[元]71 㳑言我，[元]99 耆毘迦，[元]199 耨達大，[元]380，[元]1173 者是無，[元]1545 毘達磨。

河：[丙]2087 恃多伐，[宮]1552 濕波羅，[宮]886 引四暗，[宮]2087 至跋祿，[甲]2068 陰白馬，[甲]2084，[三][宮]2122 一夜忽，[三]1 耶樓，[三]2088 有大石，[聖]1421 浮訶那，[宋][宮][別]397 薩帝鼻，[宋][宮]2053 參荼，[宋][元]2061 蘭若學，[宋]984 沙泥奴，[元][明]89 脂，[元][明]2145 接足能。

恒：[甲]2290 沙然。

吽：[三][乙]、呵[聖]953。

即：[甲]2214 同法界。

急：[三]1464 難役務。

家：[明]1505 羅漢利。

苛：[元][明][宮]2121 扢百姓。

珂：[甲]2130 第五十，[三]1288 囉二十。

柯：[元][明][宮]310 迦優。

痾：[三]468 字出沒。

可：[宮]1799 難將謂，[甲][乙]1751 彌，[甲]2128 羅漢，[宋]1428 那，[乙]2408 有訖，[元]99。

羅：[原]2396 樹那菩。

囉：[乙]1796 字在於。

門：[明]2034 毘曇七。

娜：[甲]、婀[乙]1211 字，[甲]996。

欠：[原]、[原]2391 �。

糅：[三]192 難陀。

沙：[甲]2348 門大乘。

聲：[甲][乙]2390 已重故。

使：[三][宮][聖]376 羅漢以。

四：[明]2154 卷與黃，[明]2154 那律八。

隨：[甲]2230 蘭若等。

同：[宮]2053 吒釐國，[三]985 鉢羅羅。

陀：[甲]1268 迦木葉，[甲]2130 伽亦云，[甲]2130 炎者施，[甲]2250 蘭若如，[甲]2270，[三][宮]397 摩帝二，[三][宮][福]370 禰，[三][宮][甲]901 那陀若，[三][宮]397 羅尼陀，[三][宮]397 婆嚌頗，[三][宮]397 遮囉毘，[三][宮]1464 施那宿，[三][宮]1505 跋，[三]986，[三]1137 呵尼六，[三]1331 婁盧龍，[三]1337 囉上嬭，[三]1341 羅多亦，[三]2153 賢王經，[另]1442，[宋][元]1045 鞞莎婆，[宋][元]1057 利闍羅，[元][明]2040 那婆王，[元]40 那含阿。

尾：[丁]2244 疙耶又。

問：[三][宮]1462 羅漢漏。

五：[甲]、阿智阿字[乙]2192 智之前。

向：[甲]2039 留夫人。

斜：[三]2122 曲大人。

心：[三][宮]2121 毘曇心。

搯：[三][宮]411。

言：[甲][乙]2263 未嫌眞。

旃：[元][明][甲][乙]1092 暮伽王，[元][明][乙]1092 暮伽王。

優：[三]1523 波提舍。

者：[乙]、[丙]2396 阿字短。

諸：[三][宮]721 修羅之。

字：[甲]2219 也第七。

嘠

復：[甲]2779 浪養。

嘠：[三]2110 聾者必。

啊

阿：[三][甲]1080 去露。

哀

愁：[宮]374 感涕。

道：[明]565 詣貧匱。

號：[原]852 滿願。

懷：[宋][元][宮]448 眼如來。

擧：[元][明]624 所以者。

憐：[三][宮]2042 愍我故，[三]411 愍諸有。

愍：[甲]2311 莊嚴論。

喪：[三][宮]263 啼哭悲，[三][宮]2103 帝。

衷：[宮]839 惱一百，[宮]2104 其不及，[甲]1828 阿一伊，[甲]2128 鳴也說，[甲]2339 惱憂患，[聖][甲]1723 思已孤，[宋][元]、表[明]、[宮]2104 九月，[原]1308 王者矣。

畏：[三]153，[三]362。

現：[三][宮]2059 遊魂禁。

依：[宮]585 眼覩衆。

衷：[丙]2120 祈搜求，[宮]2060 情抱賜，[三][宮]2034 遊魂禁，[三]

2122 彼我通，[三]2145 竊依前，[元][明]2034 立是爲。

著：[三]、一[宮]2060 杖策而。

追：[三]152 慕一國。

埃

垢：[甲]1822 隨著貪，[三]194 虛空之。

埈：[宮]309 傷害人。

挨

推：[三]、排[宮]2122 其夫墮。

族：[三][宮]1547 妙語，[宋][宮]2103 崇。

喳

唖：[明]156 喋哮。

矮

蹉：[宋][宮]2122 人。

藹

藹：[三][宮]2060 不見後。

靄

藹：[三][宮]2122 覆所講，[宋][明][宮]、藹[元]2103 九霄落。

島：[原]、島[甲]2006 雲林宣。

霂：[三][宮]2122 煙。

艾

交：[甲]2231 雜有二。

又：[宋]2060 致使裕。

隘

聚：[三][宮]729 長侵人。

隆：[三]2145 山不交。

險：[三]、溢[宮]2121 岸當有。

溢：[甲][乙]2194 路不容，[甲]1728 名爲險。

碍

網：[三]1340 如來。

嗌

噎：[三][宮]下同 1435 突吉羅，[三]1437 向比丘，[元][明]153。

愛

哀：[甲]2186 見是大，[三]125 愍不去。

安：[明]476 樂正法，[三]193。

變：[甲]2250 境無勝，[甲]2266 當生即，[三][宮]2121 心便自。

別：[三][宮]2123 離苦故。

不：[三][宮]1525 離利益。

瞋：[甲][乙]1909 心構起。

塵：[甲]2255 及一異，[三][宮]310 染，[三][甲][乙]950 染。

處：[別]397 樂獨行，[三][宮]1546，[三]721 心轉增，[三]1579，[聖]310 樂濁水，[聖]425 重至德，[聖]1546 時無處，[宋]721 不離不，[乙]2263 住地無。

慈：[三][宮]425 不能，[乙]1909 念衆生。

登：[甲]甲本傍註云是起信與唯識不同明抄也 2218 起唯。

定：[甲]2801 味障三。

度：[甲]2053 達摩羯。

渡：[甲]2006 荒郊騎。

多：[宋]101 貪能度。

惡：[明]2131 爲業四，[三][宮]402。

反：[乙]2408 白。

服：[三][宮][石]1509 亦從天。

更：[三][宮]1549 造有識。

恭：[甲]1280 敬，[三][宮][甲][乙][丙][丁]848 敬，[三][宮]352 敬，[乙]1909 敬法門。

寒：[三]375。

好：[三]、－[宮]2059 遊獵嘗。

及：[宮]397 不瞋不，[三]、爱[宮]2122 賢美哀。

極：[宋][明][乙]、受[元]1092 樂世界。

敬：[三]125 可貴實，[三]202 念合國，[三]1341 佛。

覺：[乙]2215 故云云。

可：[三][宮]2122。

快：[明]1650 樂必有。

戀：[宋][元]212。

吝：[甲]1909 惜心心。

漏：[聖]1548 是名有。

慕：[三][宮]1442 心遙唱，[元][明][宮]374 無已將。

念：[三][甲]1039。

妻：[三]186。

慶：[丙]2218 其功勳，[甲]1744 故知不，[明]1674 而興述，[三]125，

[三]2122 天三名，[宋][宮]2122 敬能行。

　　取：[元][明]397 滅愛。

　　忍：[三][聖]26 樂見無，[聖]26 樂。

　　色：[明]1536 潤生故。

　　善：[三]2151 以晉安。

　　上：[明]1544 盡退時。

　　聲：[原]2262 盡遍知。

　　是：[三]185 轉受生。

　　受：[丙]1184 敬欲眠，[宮]671 有求等，[宮]720 身，[宮]721 樂形服，[宮]817 慳貪招，[宮]1559 著於境，[宮]2123 身命與，[宮][聖]1579 習爲因，[宮][聖][另]1552 及，[宮][聖]381 無有我，[宮][知]598，[宮]285 緣故致，[宮]309 同空而，[宮]309 欲菩薩，[宮]309 欲之中，[宮]347 悅及睡，[宮]374 以，[宮]397 能壞闇，[宮]401 結，[宮]411 是名大，[宮]425 光侍者，[宮]443 示現如，[宮]464 無貪著，[宮]533 法不遠，[宮]618 者心樂，[宮]656，[宮]657 重物以，[宮]721 如蜜雜，[宮]814 想，[宮]1428 諸惡不，[宮]1428 著情篤，[宮]1505 樂痛苦，[宮]1509 著邪道，[宮]1540 身亦爾，[宮]1543 爲三結，[宮]1546 恚是名，[宮]1548 喜適意，[宮]1559 於樂，[宮]1598 此三皆，[宮]1646 法中心，[宮]1646 身故願，[宮]1647 香故如，[宮]1662 樂深煩，[宮]2030 樂故於，[宮]2053 論師德，

[宮]2102 儒言未，[宮]2122 念四信，[宮]2122 欲塵勞，[宮]2123 法果報，[宮]2123 欲故卵，[己]1830 等，[甲]1736 不與受，[甲]1736 行者怖，[甲]1925 名之爲，[甲]2266，[甲]2266 樂善法，[甲]2339 四，[甲][乙]1821 解云現，[甲][乙]1821 自有阿，[甲][乙]1822 六，[甲][乙]1822 取，[甲][乙]1822 即果有，[甲][乙]1822 俱，[甲][乙]1822 心法滅，[甲][乙]1900 淨六明，[甲][乙]1929 四邊見，[甲][乙]2223 歡喜根，[甲][乙]2227 樂故，[甲][乙]2250 味依如，[甲][乙]2259 別生義，[甲][乙]2259 癡，[甲][乙]2309 樂若能，[甲][乙]2309 樂世事，[甲]895 他利養，[甲]952 願同見，[甲]1763 生之生，[甲]1782 廣大，[甲]1782 恚慢無，[甲]1782 四諦了，[甲]1816 不名生，[甲]1816 德，[甲]1816 憎迴向，[甲]1821 四方追，[甲]1822 戒至無，[甲]1828，[甲]1828 皆苦之，[甲]1828 然今，[甲]1828 爲，[甲]1828 者此據，[甲]1830 不執應，[甲]1830 等故彼，[甲]1830 作業非，[甲]1851 中強故，[甲]1906 網纏生，[甲]2015 否炎涼，[甲]2075 心不，[甲]2250 戒所善，[甲]2250 縱有犯，[甲]2255 若愛，[甲]2255 貪及顛，[甲]2255 想行等，[甲]2266，[甲]2266 取，[甲]2266 此名，[甲]2266 此中六，[甲]2266 生，[甲]2266 爲先由，[甲]2266 味生上，[甲]2266 與

1551，[三][宮]1552 生説愛，[三][宮]1558 等所依，[三][宮]1558 力依著，[三][宮]1562，[三][宮]1562 果生，[三][宮]1562 應，[三][宮]1563，[三][宮]1563 非愛等，[三][宮]1579，[三][宮]1579 乃至廣，[三][宮]1579 樂故云，[三][宮]1579 諸業雜，[三][宮]1581 樂其心，[三][宮]1592 果報此，[三][宮]1594 一切自，[三][宮]1597 非愛業，[三][宮]1599 依處思，[三][宮]1628 等皆非，[三][宮]1641 後身結，[三][宮]1646 分想生，[三][宮]1646 爲因縁，[三][宮]1647 愛此愛，[三][宮]1647 果故道，[三][宮]1647 苦人求，[三][宮]1648 不可，[三][宮]2059 而養之，[三][宮]2121 欲心諸，[三][宮]2121 之從其，[三][宮]2122，[三][宮]2122 法持戒，[三][宮]2122 染交會，[三][宮]2122 身命與，[三][宮]2122 樂處所，[三][宮]2122 樂處五，[三][宮]2122 州仍即，[三][宮]2123 樂處所，[三][聖][石]1509 名過去，[三][聖]26 攝相應，[三][聖]99 誰持去，[三][聖]99 喜，[三][聖]99 言我是，[三][聖]99 樂施，[三][聖]158 樂使其，[三]1 我爲縛，[三]5 萬邪欲，[三]26 無欲滅，[三]26 樂那遊，[三]32 亦爾痛，[三]46，[三]98 爲從是，[三]99，[三]99 滅乃至，[三]99 如雷雨，[三]99 喜，[三]100 滅諸無，[三]100 世間有，[三]125 因縁，[三]170，[三]186 是諸根，[三]192 行

清淨，[三]192 著出家，[三]192 著袈裟，[三]193 欲無形，[三]194 現於法，[三]194 樂禁戒，[三]194 種種色，[三]196 不，[三]201 欲者厭，[三]206 之從其，[三]212 苦數數，[三]212 其福奉，[三]311 不受色，[三]362 推，[三]375 五陰，[三]414 身，[三]474 此者吾，[三]642 王位色，[三]681 及以無，[三]721，[三]721 念，[三]968 猪，[三]1097 樂功德，[三]1123 契相已，[三]1509 果之種，[三]1540 隨，[三]1543 無知也，[三]1548 樂，[三]1551，[三]1562 愛怨所，[三]1562 果又如，[三]1562 異熟説，[三]1563 餘，[三]1579 行，[三]1579 樂受妙，[三]1582 名爲出，[三]1582 無瞋故，[三]1611 無漏業，[三]1644 愛樂與，[三]1648 不交世，[三]2122 身空生，[三]2123，[三]2125 親説要，[聖]1 無上尊，[聖]99 喜離一，[聖]99 樂念耳，[聖]291，[聖]419，[聖]1562 果故非，[聖]1562 結有緣，[聖]1579 如是三，[聖][另]1548 喜，[聖][另]1451 於酒又，[聖][另]1543 結憍，[聖][另]1543 受有又，[聖][另]1548 是名意，[聖][知]1581 果業是，[聖]26 有，[聖]99 身，[聖]99 喜彼若，[聖]158 睡掉悔，[聖]190 樂著心，[聖]200 所，[聖]223 色乃至，[聖]272 語安隱，[聖]310 樂工巧，[聖]354 心樂鮮，[聖]397 無，[聖]410，[聖]425 敬和同，[聖]481 樂

法佛，[聖]515 諸欲樂，[聖]627 身及，[聖]664 之子大，[聖]953 樂壽命，[聖]1421，[聖]1421 恚癡畏，[聖]1421 者可，[聖]1425 群共相，[聖]1425 染著乃，[聖]1435 衣鉢不，[聖]1451 財貨有，[聖]1460 有恚有，[聖]1462 盡至涅，[聖]1509 徹骨髓，[聖]1509 法故説，[聖]1509 敬般若，[聖]1509 行法不，[聖]1509 樂，[聖]1509 著是事，[聖]1536 異熟云，[聖]1537 水不能，[聖]1539 樂忍受，[聖]1544 樂非喜，[聖]1546 盡斷智，[聖]1547 欲故以，[聖]1548 若法善，[聖]1562 若於識，[聖]1579 味眷，[聖]1579 樂聲譽，[聖]1579 諸，[聖]1595 奇躬爲，[聖]1602 欲，[聖]1723 法，[聖]1733 取唯業，[聖]2157 惜之志，[另]765 一切如，[另]1442 樂沙門，[另]1543 結繫及，[另]1543 無有中，[另]1721 於五欲，[石]1509 因縁出，[石]1509 戒及持，[石]1509 味云何，[宋]、愛穢[元][明]1579 種子，[宋]62 爲已滅，[宋]101 盡爲色，[宋][宮][聖]1509 著自念，[宋][明][宮]、度[元]2122 純懿孝，[宋][聖][另]1543，[宋][元][宮]672 樂已法，[宋][元][宮]1545 定，[宋][元]158 即滅瞋，[宋][元]1558 乃至復，[宋][元]1581 敬樂欲，[宋][元]2149 禪是爲，[宋]14 因縁從，[宋]50 念謂第，[宋]99 爲縫紩，[宋]113 意不著，[宋]125 痛更樂，[宋]125 樂設，[宋]203 樂，[宋]374 五陰分，[宋]375 以其不，[宋]1525 樂受，[宋]1579 生所待，[宋]2123 無間已，[乙]2249 無心異，[乙]1775 染生死，[乙]1822 行者一，[乙]1900 法不犯，[乙]2215 彼計以，[乙]2237 樂，[乙]2249 心念住，[乙]2254，[乙]2261 味補特，[乙]2261 行，[乙]2261 語攝之，[乙]2396 三藏云，[元][明][宮]374 樂故是，[元][明][聖]1509 先法故，[元][明]153 心無厭，[元][明]194 度諸，[元][明]322 哉色聲，[元][明]361 佛經，[元][明]443 衣服心，[元][明]445 見世界，[元][明]664 樂常當，[元][明]721 大，[元][明]721 善業盡，[元][明]1509 欲時苦，[元][明]2034 欲一聲，[元][明]201 憎應生，[元]311 亦不毀，[元]1341 敬雖作，[元]1579 不生亦，[原]895 語樂，[原]1869 善名不，[原]2196 生死得，[知]598 欲可盡，[知]1579 境界，[知]1579 境界宿。

授：[甲]1828 相，[三]1579 相爲後，[三][宮]1545 子初生，[三]2103 君父與，[三]2110 君父與。

所：[三][宮]2122 寵故其。

索：[三][宮]403 其道正。

貪：[宮]1543 身中。

戾：[甲]1813 心者謂。

痛：[三][宮]398 從愛。

突：[甲]1828。

畏：[宮]374 命，[三]1331。

心：[三]、心愛[宮]397 愛亦有。

性：[宮]374。

夜：[原]2408 者世。

宜：[三][宮]2122 莫若太。

異：[甲]1929 見有。

意：[三][聖]211 望止，[三]211 甚牢。

憂：[宮]1571 有何思，[宮]1670 欲持意，[宮]2122 念共相，[甲][乙]1822 亦能生，[甲]1709 復次修，[甲]1782，[甲]1828 沒彼經，[甲]2249 心所爲，[甲]2266 悲，[三][宮]783 法則能，[三][宮]1548 順持戒，[三][聖]210 何有世，[三]99 惡，[三]99 惡不善，[三]99 苦離一，[三]99 苦捨一，[三]2122 喜空村，[聖]99 惡，[聖]210 喜生畏，[宋][元][宮]1442 同己子，[宋]99 離念離，[元][明]5 身無生，[元][明]1549 愛斷，[元][明]99 惡不善，[元][明]286 不喜自，[元]125 欲入於，[原]1771 言善則，[原]2196 惱耶答，[原]2264 捨四，[知]384 無所染，[中]440 佛南無。

優：[宋][元]、憂[明]2063 念使其。

友：[三][聖]311 想修行，[三]201 皆別離。

有：[甲]1736 等疏三，[三]125。

欲：[宮]1425 不隨瞋，[宮]1549 六身識，[宮]1646 等一切，[三]192 令人賤。

爰：[甲]1724 有情非。

樂：[甲]、愛 1821 耶以，[三][宮]523 者即捨。

種：[宋]721 不樂心。

衆：[宋]374 苦修八。

住：[甲]1828 欲。

暖

優：[元][明]2145 乎如在。

煥：[宋][元][宮]、喚[明]2040 微塵之。

瞬：[宋][宮]2103 千門之。

煖：[三]2145 若隱而。

下：[三][宮]2060 松深香。

映：[三]、暖[宮]2103 林篁飛。

礙

岸：[三]311 智菩薩。

邊：[三][宮]374，[三]278 善根普。

常：[甲]2273 所依有。

癡：[甲]2250 智見性，[明][宮]586 菩薩中，[明]316 心一切，[明]397 乃至不，[明]1488 離是惡，[三][宮]278 清，[三][宮]278 知法亦，[三][宮]310 頂禮愛，[三][宮]310 行菩薩，[三][宮]371 菩薩彌，[三][宮]1521 若在居，[三]649 除捨愛，[聖]1579 無著正，[乙]1736 金剛之，[元][明]357 無覺無。

得：[甲]2270 故同喻，[甲][乙]1724 故出三，[甲][乙]1821 法不，[甲]2266 彼果名，[三][宮][聖][石]1509 但欲度，[三][宮]285 曉了法，[三][宮]288 之法，[三]267 是名爲，[宋][宮]1509 入佛智，[元][明]1559

故不能，[原]1744 義故佛。

　　等：[甲]1733 德耶自，[甲][乙]1822 故作化，[甲]2266 文義演，[三][宮]657，[聖]397 無共無，[宋][聖]、得[明]291 無所，[乙]1736 住故云，[原]、影[甲][乙]2350 而隨時，[原]1764 體有可，[原]2339 事。

　　闍：[乙]2404 力明妃。

　　對：[三][宮][聖]223 法中有。

　　妨：[甲]1273 是真言。

　　故：[原]2337 體用。

　　果：[聖]1509 知辟支。

　　閡：[博]262，[宮]452 性陀羅，[宮]460 靡不燿，[甲]2186 一切不，[甲]1736 下半緣，[甲]1881 幻法宛，[別]397，[明]1521，[明]1092 壽命等，[三]375 具足十，[三][宮]221 故世尊，[三][宮][聖][另]1552 故，[三][宮]276 辯才，[三][宮]354 故不愁，[三][宮]385 法離捨，[三][宮]460 門精進，[三][宮]586 智慧之，[三][宮]1552 道，[三][宮]1808 是為篤，[三][宮]2102 則無往，[三][宮]下同 721 於母愛，[三][宮]下同 1552 道及解，[三][聖]375 處於一，[三][聖]375 智金剛，[三]375，[三]375 辯何以，[三]375 常不變，[三]375 大智猶，[三]375 而心常，[三]375 復次善，[三]375 復見，[三]375 或見病，[三]375 履水如，[三]375 如是四，[三]375 是，[三]375 亦名無，[三]375 於諸沙，[三]375 衆生佛，[三]375 諸佛

世，[三]1568 念即能，[三]下同 375 故四足，[三]下同 375 繫縛拘，[聖]、一[宮]278 菩薩悉，[聖]278 實際無，[聖]310 法，[聖]475 是不，[聖]1428 佛語私，[聖]99，[聖]99 辯清淨，[聖]99 垢則解，[聖]99 故久，[聖]99 有難此，[聖]231 如，[聖]231 一切念，[聖]272 名不共，[聖]272 所言字，[聖]272 欲，[聖]278，[聖]278 出生無，[聖]278 大悲安，[聖]278 道，[聖]278 法界具，[聖]278 慧眼普，[聖]278 戒香除，[聖]278 乃至一，[聖]278 趣，[聖]278 是為第，[聖]278 虛空智，[聖]278 一日之，[聖]278 於一切，[聖]278 正法不，[聖]278 住法界，[聖]291 所，[聖]294 善，[聖]294 亦知菩，[聖]310 而普示，[聖]341 辯菩薩，[聖]545 光炎，[聖]606，[聖]1421 不得作，[聖]1421 何為相，[聖]1428，[聖]1428 頭坐趣，[聖]1435 有一住，[聖]1440 衆生得，[聖]1541 云，[聖]1546 道中麁，[聖]1546 智以觀，[聖]1552 道復次，[聖]1552 道及滅，[聖]1552 相是說，[聖]下同 1546 道八解，[另]310 道，[另]1435 道是中，[另]下同 310 非佛正，[石]1509 道八解，[石]1509 道中金，[宋][元][宮]1522 故以得，[宋][元][宮]下同 1522 隨意所，[元][宮]454 日月，[元][明]375 故直以，[元][明]2016 體。

　　間：[聖]223 道，[乙]2425 道來名。

解：[甲]2261 雖皆緣。

界：[宮]761 處證滅，[甲]2266 菩薩者，[甲]2266 繫所斷。

盡：[甲]2266 解最。

可：[原]2248 文。

量：[宮]448 丹量，[宮]1522 智知一，[甲]2218 已下，[甲]2312 慧光依，[甲]2371 惡見，[甲]2386 事業巧，[甲]2409 力至示，[三][宮]397 大自在，[三][宮]586 辯才善，[三][宮]657 無邊辯，[宋][元]448，[元][明]1339 如文殊，[原]1744 故名方。

留：[甲][乙]1822 失二或。

明：[甲]1918 徹至法。

難：[三][聖]211。

擬：[宮]、尋[聖]1547 不令入，[甲]2266 宜名有。

凝：[明]2016 於澄潭，[元]2154 未竟遂。

破：[甲]2337 俗而恒，[明]220 無上正，[三][宮]616 實智譬，[三][宮]1537 彼類能，[三]1646 法寶又，[三]1647 之惑初，[聖]279 與一切，[聖]664 無垢佛，[乙]1709 斷故五，[知]1785 此是法。

且：[知]384 不住五。

色：[元][明]598 定意。

上：[宮]657 法。

昇：[聖]225 施是與。

事：[高]1668 假人門，[原]1205 者是呼。

是：[三]1559 處有功，[聖]272 自觀心。

體：[三][宮]479 猶如虛。

物：[三][宮]408 無。

悟：[明]359 心無所。

學：[甲][乙][丙]1833 如來亦，[甲]2266 如來亦。

尋：[聖]1547 如所説。

崖：[宮]382 而無放。

眼：[三][宮]440 佛南無。

厭：[三][宮]585 猶如巨。

宜：[宮]1425 應語當。

疑：[宮]657 又以，[宮]1509 論釋，[宮]1646 障離欲，[甲][乙]1796 堪能傳，[甲][乙]1929 所以然，[甲]1184，[甲]1736 二約深，[甲]1772 無謗六，[甲]1929 解脱大，[甲]2337 於清淨，[明]2131 解脱是，[明]310 超過一，[三]1545 故便執，[三][宮]310，[三][宮]1549 解脱當，[三][乙]950，[三]152 端正暉，[三]278 最正覺，[聖][甲]953，[聖]1602 二非隱，[乙]2249 如何，[元][明]1598 功德安，[知]418 超衆智。

異：[聖]1509 初心後。

因：[甲][乙]1929 故名爲。

有：[三][宮]456。

欲：[三][宮]309 離於所。

障：[宮][甲]1884 納須彌，[明][宮]286。

證：[宮]810。

止：[宮]342 乎答曰。

置：[三][宮]1521 是百千。

質：[甲]2274 彼宗業。

子：[三][宮]285。

謎

戲：[三][宮]769 笑不。

譴：[三][宮]1472 二者不。

安

按：[甲]1828 舊論中，[三][宮]、案[聖]272 行知水，[三][宮]1425 行房舍，[三][宮]1470 座乃，[三]2151 摩經一，[乙]2393 其地，[原]2216 誦已上。

案：[宮]2060，[甲][乙]2263 立耳，[甲][乙]2263 義准言，[甲]2298 大乘無，[甲]2400 本軌不，[甲]2400 今軌金，[甲]2434 大唐王，[三][宮]2123 行，[三][宮][聖]1462 縷又如，[三][宮]2034 摩經一，[三][宮]2105 北涼州，[三][宮]2122 籍記僧，[三]1352 那波提，[聖][甲]1763 道生曰，[聖]1462 鉤紐，[聖]1462 置好處，[宋][宮]329 一切成，[宋][明]2105 玄通記，[乙]2394 印或，[元][明][宮]283 行法王。

別：[甲][丙]2396 立四教。

赤：[三][宮]1425 枕以白。

處：[原]、字[乙]2408 不必慥。

次：[甲][乙]867 於輪四。

當：[明]220 樂善現。

得：[元][明]658 隱産當。

定：[明]1648 定問云，[三]190 之處已，[聖]1723 勤，[原]2339 必從同。

二：[甲]2299 論初歟。

方：[三][宮]2122 達京師。

分：[三]1043 荼梨。

綱：[元][明]2110，[元][明]2110 周大將。

各：[明]1003 立次第。

宮：[甲]2036，[三][宮]1428 人著屏。

共：[甲]1124 頭向左。

故：[明]60 隱樂此。

合：[三][宮]310 得難壞。

荷：[三]1424 母於上。

乎：[明]261 忍見懈。

及：[甲]1828 樂受安。

吉：[原]2408 祥寺有。

極：[三][宮]415 樂世界。

寂：[三][宮]1488。

家：[甲]2035 不可住。

建：[宮]1581 立云，[三][宮]2122 安王兼。

皆：[明][和]261 忍受之。

居：[明]1421 如故可。

開：[宋][元]1057 四門。

康：[三]2153 年竺法。

空：[宋]2122 隋沙門。

快：[三][甲]1335 樂，[宋]、決[宮]2123 樂。

令：[甲]2907 致有情。

難：[甲]1969 測除非。

寧：[三][宮]544，[三][宮]1425。

女：[宮][聖][另]1435 樂自娛，[甲]1098 住莽扼，[甲]2089 州州大，[明]99 樂食，[三][宮]1428 乘若命，[聖]99 住諸漏，[另]1435 樂自娛，

[宋][宮]2123 可近之，[宋][明][宮]2122 辦法衣，[宋][元][宮]－[明]安母[甲]2053 咸反所，[宋]1536 住正念，[宋]2149 經見道，[元][明]337 無愁憂。

其：[宋]1351 吉善名。

妾：[三]193 施不敢。

如：[三]186 明山蹕。

汝：[宮]2102 漸哉諸，[三]2153 陽侯，[元][明]1598 樂一切。

什：[甲]1717 師云譯。

師：[甲]2006 一日示。

實：[三][宮]2059 而曇宗。

世：[元][明]210。

事：[三][宮]2059 親以成。

數：[原][甲]1781 也其有。

睡：[三][宮]616 眠如對。

斯：[明]1450 居事宜。

娑：[宮]657 王。

土：[乙]2261 樂恒苦。

妄：[宮]672 住三界，[甲]1805 計本無，[三]20 臥好床，[乙]2397 心厭生。

忘：[甲]2263。

為：[聖][另]790 樂順事。

委：[宮][聖][另]765 密禁守，[三][宮][聖]1537 助資糧。

侮：[甲]1736 覺即是。

祥：[明]1421 從乞少。

行：[明]2103 等並爲。

晏：[宋][元][宮]、宴[明]2102 安乖聖。

宴：[甲]1799 坐水月，[明]2076 坐告寂，[三]203 樂縱伎。

要：[宮]606 心尊第，[甲]1781 而身心，[甲]2036 可久留，[三][宮]607，[三][聖]285，[聖]210，[宋][元]2061 人也母。

一：[三]200 心行道。

依：[乙]1022 此法要。

矣：[宋][宮]2102 自古千。

亦：[甲]2266 適受受，[甲]2266 應。

用：[宋][元]1169 左手小。

於：[原]2409 幢剎上。

樂：[三][宮]2104 經將欲，[三]210。

在：[三][宮]1545 居士，[乙]2263 極成言。

正：[甲]1007。

置：[三][甲]1085 於當心，[乙]2394 字也。

重：[甲]2879 進退成。

著：[三][宮]1425 薪。

字：[宮][聖][另]1442 人福力。

坐：[宮]1453 居僧伽。

桉

按：[三]1371 致引挽。

庵

唵：[三][宮]下同 273 摩羅佛。

却：[明]2076 門。

奄：[明]2131 忽何期。

鞍

安：[宋][明][宮][乙]895 乘嚴具。

案：[聖]189 勒。

諳

闇：[宮]1435 不誦次，[三][宮]1421 悉應小，[三][聖]199 知，[聖]26 彼道耶，[另]1428 經。

暗：[甲][乙]2288 推之義。

精：[原]2720 練一統。

諳：[乙]2194 合精舍。

識：[甲]1718 知就履，[甲]1718 今試。

聞：[三]26 世間成，[宋][元]1521 若有好。

諧：[甲]2035 凡我七。

菴：[甲]2044。

諸：[明]1442 悉苾芻，[三][宮]1424 委界相，[聖][另][石]1509 彼國弟，[宋]2154 解大小。

闇

礙：[三][宮]657，[三][宮][聖]223 智是名。

諳：[甲][乙]2092 誦閣，[三][宮]531 然後長。

暗：[甲]1929 時無明，[甲][乙]1822 往來易，[甲]下同 1929 破惡業，[明]316 鈍成就，[明]316 淨諸煩，[明]1443 中，[三]3 到彼岸，[三][宮]1462 婆陀羅，[三][宮]2122 來至我，[三][宮]342 菩薩大，[三][宮]613

坑無明，[三][宮]1443 林來，[三][宮]1551 分故名，[三]157，[三]157 處盡諸，[三]157 覆心聞，[三]157 冥臭處，[三]157 有斷頭，[三]190 無有遺，[聖]190。

閉：[三][宮]2122 不覺昇，[三]152 坏沒火。

癡：[三]99 無明大。

殿：[宋]2149 諸小乘。

闍：[甲]2036，[甲]2130 藍水譯，[甲]2266 相作意，[甲]2266 又云染，[明]1341，[明]2131 那又曰，[三]、闍果園 125 婆梨果，[三]192 皮骨離，[三]1097 微麼阿，[三][宮][甲]866 引，[三][宮][甲]2053 言闍林，[三][宮]337 貰求持，[三][宮]1425 崛山側，[三][宮]1546 盧破毱，[三]1130 燈，[三]1336 彌坻摩，[三]1336 遮泜南，[另]765 鈍，[宋][明][甲]901 二合若，[宋][元]2121，[宋]310 中自然，[宋]384 權生父，[乙]1736 答。

閣：[聖]200 室。

闇：[宮]278。

黑：[宮][聖]1602，[三][宮][聖]1509 故淨智。

惑：[三][宮]534 不逆人。

間：[甲]1721，[三][宮]1552 普周滿，[三]192 冥，[三]1038 亦得日，[聖]279，[聖]397，[聖]1851 闇明生，[元]1566 所覆者，[元][明]351 無所有，[元]1579 昧者愚，[原]1819 冥經言。

開：[宮]310 廣博仙，[甲]2270 曉事猶，[明]211 近智如，[明]261 使見善。

闊：[三]721 沸鐵滿。

昧：[三][宮][聖]1421 不至此。

門：[聖]1421 無知。

悶：[宮]901 或念財，[元][明][宮]614 淺不淨。

明：[宮]1647 種種諸。

冥：[三][宮]345 夜家。

瞑：[另]279。

晴：[甲]1733 故爲證。

取：[原]1851 性。

闕：[宋][宮]、闚[元][明]657 不行邪。

蛇：[聖]157。

闍：[宮]1546 婆阿尼。

聞：[甲][乙]894 二合，[明]2053 而，[三][宮][聖]1428 處聞動，[三]99 從出家，[三]1579 説大説，[東][宮]721 十名閣，[宋]2034 短染法。

問：[甲]2290。

閣：[三][宮]721 窟仙人，[原]、闇[甲]1158 摩他摩。

耶：[三][宮]2040。

音：[甲]2266 若空一。

闇：[甲]2266 末有三。

遮：[元][明]186。

唵

吽：[三]882 引一。

噷：[三][乙]1200 日唎二。

甚：[甲][乙]981 反下同。

奄：[明]2016 摩羅識，[宋]866 跋折囉。

掩：[原]2001 耳不及。

菴：[甲]2290 摩羅本，[甲][丙]2397 摩羅，[甲]2397 摩羅識，[明]2016 摩羅佛，[三]1333 呵羅呵，[宋][明]1081 斫羯羅，[宋]1333 呵邏呵。

齚：[三]153 未咽之。

左：[明]1401 引護嚕。

揞

暗：[宮]1985 黑豆老。

晻

奄：[三][宮]2102 曖顯沒。

罯

揞：[元][明][甲]951 米鞞羅。

犴

干：[宋]2061 鳴也但。

岸

安：[三][宮]630。

拆：[聖]1428 順水若。

坼：[宮]385 縛，[宮]1425 當墮泥，[聖]639，[聖]639 持此離，[聖]639 堪能利，[聖]1552 故當知。

道：[三]721。

峯：[另]1442 此中犯。

垢：[聖]425 斷狐疑。

灰：[三]1101 土及諸。

阬：[三]374 上有草。

汻：[三][甲]951 渾亦詣，[三]

[甲][乙]1092，[三][甲]951 採以蓮，[三][甲]951 純以白，[三][甲]951 清淨明。

片：[宮]1546 有影有。

圻：[聖]1509 彼岸如，[聖]下同1509 沒海中，[宋][元][宮]、拒[明]2105 爲。

石：[甲]2089 無計可。

所：[甲]2266 能現行。

陀：[宮]1425 請二部。

庠：[甲]1816 故所修。

㟧：[乙]2296 極故名。

崖：[甲][丙]2087 周三百，[甲]1973 舟固可，[甲]2068 無損一，[甲]2230 中背，[甲]2397 際如來，[明][宮]810 不長不，[三]200 嶮岨不，[三][宮]657 智慧，[三][宮]1435，[三][宮]1442 有七百，[三][宮]2060，[三][宮]2060 爲建甋，[三]23，[三]153 在草敷，[三]656，[乙]2087 有其室。

涯：[甲]2378 唯，[三][宮]384，[元][明]272 隨何等。

獄：[甲]2879 無有出。

按

安：[三][宮]2122 座，[聖]1440 行諸房，[聖]2157 今生經。

桉：[宮]、案[石]1509 其，[宮]2078 地地動，[宮]2078 地而地，[宮]2080 僧祐出，[宋][宮]1435，[宋]190 樹一枝，[宋]2153 梁朝釋，[宋]2154 梁沙門。

案：[宮]556 地三千，[宮]1646

目，[甲]1717 經文文，[甲]1717 經題以，[甲]2120 大佛，[明]1440 腹殺者，[明]2153 摩經一，[三]2153 行世間，[三][宮]1435 行諸精，[三][宮][聖]1549 契經句，[三][宮]620 摩法停，[三][宮]1421 著湯中，[三][宮]1425 若牽若，[三][宮]1425 行諸房，[三][宮]1428 威儀著，[三][宮]1435 摩手足，[三][宮]1435 搯抱上，[三][宮]1547 行天下，[三][宮]1548 摩調身，[三][宮]1646，[三][宮]1646 一眼則，[三]154 行見一，[三]203 來時，[三]203 行國界，[三]203 行隨，[三]212 大，[三]212 正律如，[三]1582 摩復有，[三]2151，[三]2153 摩經一，[聖]、安[福]375 摩以是，[聖]26 行鉏蘆，[聖]643，[聖]1859 乘馬曰，[宋][宮]、安[元][明]606 戒法而，[宋][元][宮]1548 使氣出，[宋][元][宮]1646 目則見，[宋][元][宮]2122 手其華。

構：[三][宮]2122 乳一乳。

後：[宋]、案[元][明][宮]2122。

檢：[甲]2320 彼卷亦，[甲]2266 瓔王各，[三]2154。

接：[甲]1706 後七地，[甲]1781 前文生，[三]184 地是知，[乙][丙]2227 其物。

距：[甲]1733 地乃得。

樓：[聖]125。

案

安：[甲]1225 於頂，[甲]1708 非

論正，[甲]1733 此而立，[甲]1771 行世間，[甲]1783 下文云，[甲]2087 達羅國，[甲]2250 瑜伽意，[甲]2255 逍遙園，[甲]2261 云相別，[三][宮]2122 行品并，[三]2145 鉢經一，[聖][另]1459，[聖]1763 心得所，[乙]2394 臺及八。

鞍：[三][宮]2103 八道三。

按：[甲]2219 今能破，[甲][乙]901 水罐上，[甲][乙]901 水罐又，[甲]1736 定爲五，[甲]1736 文解釋，[明][宮]1537 摩資具，[明][明]1 行世間，[明]221 我經中，[明]2122 王玄策，[三][宮]313 地，[三]26 行國界，[三]99 此法而，[元][明]26 行鉬蘆。

乘：[甲]2255 義乃入。

廻：[甲]2263 也別紙。

籍：[三]2110 業僧尼。

寮：[甲]、察[乙]2194 一。

難：[甲]2271 彼意不。

氣：[甲][乙]2263 可祕。

思：[乙]2263 之。

謂：[甲]、甲本傍註曰已下本文也 2207 魯扈自。

要：[甲]2261 集文云。

葉：[宮]2122 周書異。

業：[宮]2122，[甲]1834 擲人置。

暗

阿：[三][甲]1003 字者等。

諳：[甲]2266 記。

闇：[宮]1912 室不然，[甲]1783 共住，[甲][乙]2309 生日月，[明]2060，[明]2060 逼目無，[明]2060 更放神，[明]2060 匍匐而，[三][宮]262 得燈，[三][宮]615 坑無目，[三][宮]1451 應識，[三][宮]1504 障滅一，[三]26 尊者舍，[三]190，[三]212 猶尚乃，[聖]26 識諸經，[乙]2394 之義言。

晦：[甲]1736 俱而亦。

惛：[原]、[宮]、昏[甲][乙]1799 鈍體是。

昧：[三][宮]680 衆生智。

明：[甲]1782 都無分。

情：[甲]2299 惑之心。

晴：[甲]2128 一覆也，[甲]2266 亦聞聲。

權：[甲]1719 訥若作。

時：[甲]1736 暗中有。

聞：[宮]2053 室猶昏。

噎：[宮]425 翳是曰。

音：[宮][聖]310 心無生，[宋][宮]、瘖[元][明]407 啞諸根。

照：[三][宮]1610 故須照。

黯

暗：[宋][宮]2123 色生。

默：[宮]1799 名色陰。

卬

卯：[甲]2128 作。

印：[甲]2035 竹杖蜀。

昂

曷：[明]1107 娑普二。

即：[宮]2060。

昇：[三][宮]2060 爲之銘，[乙]2397 名爲。

仰：[三][宮]2122 即皆就，[三][宮]2122 戲汪水，[三]26 儀。

昻

昇：[宮]2059 永康定，[聖][另]1733 時等若。

楜

柳：[元][明]2122 中間懸。

柳：[元][明]2106 中掛一。

盇

鉢：[三]2149 襆因悟。

益：[三]1242 俱舍等，[乙]1796 伽在西。

凹

曲：[宮]1488 迕平治。

四：[宮]1425 四邊縫。

凸：[宮]1435 胸。

敖

厫：[甲]2036。

傲：[乙][丙]2092 學極六。

敷：[宮]2025 軌範。

遨

遊：[三][宮]721 戲受樂，[三][宮]785 戲，[三]190 戲作是。

嗷

傲：[三][宮]2060 未之數。

號：[三][宮]687 絕。

叫：[三][宮]606 如是再。

熬

敖：[三][宮]2053 然竟不。

螯：[三][宮]2123 蛤。

麨：[三][宮]1425 盛滿鉢。

故：[聖]1425 豆挑擲。

殺：[三]1523 滅有芽。

螯

蝎：[宋]蠍[元][明]1 虼蛇毒。

翱

翻：[明][和]293 翔出妙。

翔：[三][宮]2102。

鼇

獒：[宋]2145 足亦詭。

螯：[宋][元][宮]2109 折柱之。

沼：[宮]2053 之。

芺

鉢：[宋][宮]1435。

怮

懊：[三][宮][聖]223。

襖

袄：[原]2409 法七箇。

扷

狀：[三][宮]2122 達囉闍。

坳

坳：[宋][元][宮]1609 凹便起。

拗：[乙]1723 塘致杯。

拗

抅：[宋][宮]、幻[元][明]2121 捉尖，[宋]190 折打破。

坳：[三][宮]2103。

拘：[甲]2089。

傲

傲：[三]26 摩。

豪：[三][宮]397 貴自在。

教：[三][宮]598。

微：[三][宮]623 想不我，[乙]2157 岸出群。

族：[三][宮]222 姓家梵。

奧

典：[三][宮]2053，[三][宮]2053 譯粹於。

舉：[甲]1820 宗思而。

入：[三][宮]810 忍辱行。

與：[三][宮]2102 人之頌，[三][宮]2102 食懷。

奧

喚：[原]、興[甲]、交[甲]2196 易戍達。

具：[原]2409 有修。

篋：[三][宮]638 優。

深：[三][宮]638 難量無。

盛：[三]、興[宮]2123 盛但法。

實：[乙]1736 義故爲。

邃：[三][宮]638 無際久。

興：[甲]2266 顯，[甲]2299 也良快，[三]2145 撫玄中。

昇：[三]125 須菩提。

粵：[三][宮]2060 廣嗣。

傲

敖：[另]790 慢。

傲：[宋][元][宮]2121 慢相語，[元][明]190 慢時諸，[元][明]190 慢悉遠。

憍：[三][宮]657 慢我慢。

慢：[三]125 爲力以，[元][明]190 慢令心。

汙：[三][宮]2122 慢。

隩

奧：[三][宮]2060 明銓昔。

奧：[三][宮]2060 帝每令，[三][宮]2103 與環景，[三]2145 突之内。

薁

菊：[宮]1459。

澳

燠：[三][宮]2060 漸致。

懊

煩：[明]1450 惱便當，[明]1450 惱此非，[元][明]189 惱爾。

憒：[明]1615 恚暴惡。

冀：[三][宮]588。

淚：[石]1509 惱。

夭：[三]2153 惱經亦。

憂：[三]202 惱誦經。

燠：[元][明]187 字時出。

B

八

跋：[三][宮][另]1543 渠第。

辯：[三][宮]2122 地菩薩。

不：[三]2145 不思議，[元][明]1585 唯無記。

藏：[丙]2218 識海常。

成：[甲]1089 葉蓮華。

出：[宮]1425 時。

大：[宮]2041 遷神化，[甲]2194 衆，[三][甲]2087 地菩薩，[原]2216 衆。

第：[甲]2128 十卷中。

爾：[元][明]1579 然非即。

二：[宮]1644 十小劫，[甲][乙]2259 百八十，[甲]2281 句同品，[三]、八終[明]212，[原]1112。

凡：[宋][元]1545 智皆通。

非：[甲]2128。

分：[宮]618 聖平等。

佛：[聖]397 陀羅尼。

火：[宮]2122 方一風。

及：[明]889 護世菩。

金：[宋][元]954。

九：[宮]223，[甲]2035 終，[甲][乙][丙]1246，[甲][乙]2250 八紙右，[甲]923，[甲]1733 地已上，[甲]1735 中初句，[甲]2035，[甲]2035 終，[甲]2036，[甲]2214 釋云當，[甲]2266 右攝論，[甲]2337 地説者，[久]1486 者不過，[明][甲][乙]901，[明][甲]901 金剛，[明]1435，[明]1552，[明]2110，[明]2110 歷，[明]2145，[三]、力[宮]1611 行偈略，[三][宮][聖]2034 部合一，[三][宮]223，[三][宮]263，[三][宮]278 者於一，[三][宮]408 摩呵迦，[三][宮]721 名風刀，[三][宮]2034，[三][宮]2059，[三][宮]2059 釋曇超，[三][宮]2060，[三][宮]2060 玄覺，[三][甲]989 阿，[三]199，[三]210 章，[三]982 娑嚩二，[三]1056 唧里唧，[三]1124 昧母娜，[三]2059 頃之道，[三]2146，[三]2151 卷證第，[三]2154 部，[聖]278，[聖]1421 食法，[石]1509，[宋][元][宮]2122，[宋][元][宮]2122 部，[宋][元][宮]2122 此別，[乙][丙]2812 識也，[乙]1709 十九品，[元]、九下[明]1425，[元][明]656

者道當，[元][明]1435，[元][明]1435竟，[原]2261 增上慧，[原]2300 品破有。

句：[三]1337 閣上陵。

卷：[甲]2339 宗中云。

六：[宮]2034 卷，[甲]1736 門疏文，[甲]1835 等眞實，[甲]2218 義一數，[甲][乙]852 達麼薩，[甲]853 遍從前，[甲]1228 遍其，[甲]1822，[甲]1828 門一六，[甲]2157 帙或加，[甲]2183 紙，[甲]2262，[甲]2263 所變或，[甲]2266 十六右，[甲]2266 識是業，[甲]2425 萬，[麗]、七[聖]125，[三][宮]2121，[三][宮]397 之二，[三][宮]741 齋布施，[三][乙]1092 舍縒野，[三]212，[三]1011 八百歲，[三]2026 億咸詣，[三]2088 十躯自，[三]2150 部一百，[三]2153，[聖]2157 分，[宋][宮][聖]1509 空故名，[宋][元]1435，[乙]1723 一無惡，[乙]2263，[乙]2394，[元][明]2088 金像齋，[元][明]2154 部一卷，[原]、[甲][乙]1744 獵師伺，[原]1112 度遠相。

七：[丙]2396 月有無，[宮][聖]2034 卷梁武，[宮]2034 部，[宮]2078 世曰徑，[宮]2078 世曰汝，[甲]、一[乙]850 達，[甲]2266 左，[甲][乙]1214 薩嚩嚩，[甲]1733 句分二，[甲]1735 云一切，[甲]1999 板板二，[甲]2157 卷一百，[甲]2230 難義今，[甲]2261 品或第，[甲]2266 十八右，[甲]2266 十八左，[甲]2300 部一大，[甲]2305 識爲六，[甲]2348 部三百，[明]1537，[明]1596，[三][宮]1558，[三][宮]397 道以八，[三][宮]481，[三][宮]1540 界十二，[三][宮]2122 驗出唐，[三][甲][乙]982 嚩日囉，[三][甲][乙]1092 馱囉馱，[三][甲]1102，[三][甲]1335 遍，[三]125，[三]190 萬歲爲，[三]397 比比，[三]656，[三]982，[三]1582 者不說，[三]2154 卷，[聖][甲]1733 信，[聖][另]1543 道種亦，[聖]125，[聖]223，[聖]1595 兩人第，[聖]2157 卷，[宋]、九[宮]901 揭嚧，[宋][宮]1509 者捨一，[宋][宮]2034 十，[宋][元]、八一百六十八五字細註[宋][元]1443，[宋][元][宮]2122，[宋][元][乙]、七句[明]1092，[宋][元]1427，[宋][元]1559 心威儀，[宋][元]2154 十七紙，[乙][丙]1830 增上緣，[乙]1724，[乙]1736 全一少，[乙]1822 卷云釋，[乙]2157 卷異譯，[乙]2215，[乙]2263，[乙]2263 非餘譬，[元][明][乙]1092 麼，[元][明]212，[元][明]2153 經十卷，[原]、[甲]1744 識名阿。

切：[元][明]273 識皆。

人：[宮]411 法所不，[宮]2123，[甲]2261 二識說，[甲]2266 外道朋，[明]18 十增減，[明]397 方便能，[明]649 分具足，[明]1428 萬四千，[明]1584 果道道，[三]1559 忍及七，[聖]1428 事故比，[宋]1694 聖，[宋]2123 萬諸天，[乙]1822 對十六，[元][明]187 法之所，[元][明]2121 二十四，

[元]1425 萬畏不。

入：[宮][甲]1912 道場，[宮][甲]1912 亦非二，[宮][甲]1912 義亦兼，[宮]244 角寶柱，[宮]1435 難中，[宮]1470 者當教，[宮]1541 無報四，[宮]1545 謂命等，[宮]1546 一切處，[宮]1550 智所以，[宮]1602 苦應知，[宮]1644 车休多，[宮]1647 地獄中，[宮]2043 舍利塔，[宮]2102 冥玄味，[宮]2103，[甲]1735 相前，[甲]1736 大河悉，[甲]1736 定則名，[甲]1736 涅槃時，[甲]1832 地已去，[甲][乙][丙][丁]2092 議者莫，[甲][乙]1929 及一入，[甲][乙]2391，[甲][乙]2397 之，[甲]1112 地故當，[甲]1719，[甲]1735 反第九，[甲]1735 門不同，[甲]1736 品未斷，[甲]1736 識故不，[甲]1804，[甲]1816 地淨心，[甲]1822 聖道若，[甲]1828，[甲]1833 法中者，[甲]1851 九結中，[甲]1913 門及以，[甲]2039 定，[甲]2068 大海於，[甲]2128 八疊一，[甲]2128 卷中已，[甲]2130 波那者，[甲]2157 九紙文，[甲]2255 內凡位，[明]220 勝處九，[明]375 聖道無，[明]587 得樂説，[明]1562 隨眠全，[明]2016，[明][甲]1177 聖仁位，[明]384 道斯人，[明]997 所謂知，[明]1005 瓶乳粥，[明]1056，[明]1129 大地獄，[明]1339 重禁應，[明]1340 盡際入，[明]1428 比丘尼，[明]1443 他勝中，[明]1451 夢，[明]1462 輩僧捨，[明]1541 入及三，[明]1548 勝入是，[明]1549 現色入，[明]1596 與一世，[明]1644 月日中，[明]1646 一切處，[明]1673 大地獄，[明]2103 正道千，[明]2110 人以掌，[明]2154 月訖沙，[三][宮]310 百千行，[三][宮]1506 一切入，[三][宮]1559 謂眼入，[三][宮]2059 能流，[三]1541 一切入，[三]1545 過去若，[聖]643 爾時如，[聖]1788 定次一，[宋][元]、入聲[明]985 嚕乎嚕，[宋][元]1435 夜，[宋]187，[乙]1978 梵聲授，[乙]2157 曼茶羅，[乙]2192 佛惠，[元]384 正道菩，[元]1543 犍度論，[元][明]1545 地見修，[元][明]2016 不思議，[元][明]385 地獄衣，[元][明]579 三昧故，[元][明]618 背捨勝，[元][明]1543 三昧四，[元][明]1545 智或十，[元][明]1563 勝處於，[元][明]1581，[元][明]1646，[元][明]2016 所仗本，[元][明]2103 日至午，[元]309 直行過，[元]848 阿鉢囉，[元]1451 養母而，[元]1545 無漏道，[元]1559 根相應，[原]1890 果勝進，[原]1890 八地，[原]2196 不思議，[原]2196 道事治，[原]2196 九地九。

三：[宮][石]1509，[甲][乙]1822，[甲][乙]1822 種名結，[甲]2266 左明五，[明]2076 女絕婚，[三]2153 部四百，[三]2153 帙，[宋][元][宮]2060，[原]1238 指二無。

十：[宮]2034 卷大薩，[甲]1733 名呼捨，[明][甲]901 呪有十，[明]

1549，[明]2060，[三][宮]、十三[聖]425，[三][宮]396 九十或，[三][宮]425，[三]222，[三]2103 七千，[三]2154。

四：[甲]1120 八，[甲]1929，[甲]2130 十四卷，[明]1602 苦中最，[明]2076 人善知，[明]2076 人坐道，[三][宮]、以下記數減四數[三][宮]402 阿婆賜，[聖]211 日案行，[原]1855 千。

王：[明]1336 方靡伏。

微：[甲][乙]1822。

五：[丁]2244 星形如，[甲]、一[乙]2263 方，[甲][乙]1822 云頗有，[甲]1705 部，[甲]1735 瑜伽五，[甲]1736 下總示，[甲]2073，[三][宮]1542 無漏處，[三][宮]2053 卷又錄，[三][甲]1102 怛儞也，[三]2153 經，[三]2154 卷，[聖]2157 十八卷，[元][明]2149 卷西天，[原]1744 者佛出。

小：[元][明]361 劫所居。

心：[乙]1832 是異熟。

行：[甲]2266 等執，[甲]2782 緣識合。

言：[甲]1736 正見見。

陽：[甲]2217 炎幻。

一：[宮]2034 部一百，[宮]2060 部，[甲]2036 十一化，[甲]2183 卷同上，[甲]2195 神力，[甲]2250 之十一，[甲]2266 右云覆，[久]761 界亦非，[元]221 法。

以：[宮]1457 敬法尼，[宮]2123，[甲][乙]1821，[甲][乙]1822 微同聚，[甲]1828 四相次，[甲]2305 喻顯，

[明][乙]866，[三]193 賢聖路，[三][宮]403 十種好，[三][宮]815 萬四，[三][宮]1546 是現在，[三][宮]2122，[三]153 戒具足，[聖]1440 法受戒，[原]1141 金剛界。

又：[明]1543 十種智。

玉：[原]1818 子成佛。

種：[聖]223。

諸：[甲]2879 難得生。

巴

芭：[宮]1646 連弗等，[石]1509 豆最有。

把：[三][宮]374 吒羅長，[三][聖]375 吒羅長。

龍：[三][宮]2103 罪三皇。

色：[宋][元]2088 連弗者。

巳：[聖]1425 連弗邑。

也：[甲]2128 蛇能吞。

己：[宮]1998 鼻唵蘇，[宮]2060 蜀捷深，[久]1486 連弗邑，[三][宮]2122 漢懷音，[三]20 蜜監化，[聖]278 連弗，[聖]643 浮提請，[宋][宮]2102 所感之，[乙]2087 連弗邑。

邑：[宋][元]2061。

芭

巴：[宮]674 蕉莖，[宮]1690 蕉，[宮]2040 蕉鼻涕，[宮]2060 蕉葉，[宮]2121 蕉鼻涕，[三][宮]342 蕉聚沫，[宋][元]2103 蕉枝葉。

苞：[聖]476 蕉心所，[聖]613 蕉中無。

色：[宮]2122 蕉水沫。

捌

淵：[乙]2296 而且博。

友

發：[原]2196 前故興。

友：[甲]2128 之朋謂。

反

無：[三]2150 二處經。

夭：[原]920 中。

拔

跋：[明][乙]1075，[三][宮]720 陀羅乃，[三]2103 燾用崔，[宋][元]2103 珪書。

伏：[明][宮]2103 聞道俗，[聖]361 諸愛欲。

濟：[三][宮]811 苦惱令。

救：[明][甲]1177 苦惱衆。

攝：[甲]1733 故此攝。

陞：[三][乙]1092 濟諸有。

沃：[甲]2792 得滅也。

枝：[三][宮]285 時盡其。

狀：[三][宮]292 度生死，[聖]361 勤苦。

拔

坁：[元]628 我恐墮。

跋：[甲]2217 致，[甲]2130 那龍應，[甲]2130 者有第，[甲]2300 難陀先，[明]196 耆國先，[明]222 致等乘，[明]222 致如是，[明]222 致遵崇，[明]2110 扈於鞏，[三][丙][丁]848 折囉頌，[三][宮]、處[聖]222 致薩芸，[三][宮]443 多羅梅，[三][宮]443 如來南，[三][宮][聖]1523 提凡夫，[三][宮][聖]2042，[三][宮][聖]2042 利佛，[三][宮]221 致者菩，[三][宮]379 坁，[三][宮]458 致者亦，[三][宮]632 陀斯利，[三][宮]675 提心過，[三][宮]1421 提菩薩，[三][宮]1462 闍子老，[三][宮]1463 難陀釋，[三][宮]1522 提，[三][宮]1523 提三，[三][宮]1523 提中，[三][宮]1546 提河側，[三][宮]1634 陀羅波，[三][宮]2042 利於優，[三][宮]2042 難陀龍，[三][宮]2042 陀羅優，[三][宮]2043，[三][宮]2049 陀羅聰，[三][宮]2060 摩述以，[三][宮]2121 陀四名，[三][宮]2121 亦至彼，[三][宮]下同 761 提菩薩，[三][宮]下同 2042，[三][甲]901 折羅，[三][甲]901 折囉波，[三][甲]901 折囉印，[三][知]418 致是三，[三]1 難陀止，[三]125 耆國，[三]201 提城有，[三]1331 陀沙羅，[三]1331 陀字威，[三]1336 漏那波，[三]1441 陀羅比，[三]2153 摩納經，[三]2154 折羅，[乙]852 難陀眞，[乙]2393 折羅授，[元][明][宮]272 提隨意，[元][明][宮]272 提知垢，[元][明][聖][另]310 香曼陀，[元][明]5 年百二，[元][明]100 利婆婁，[元][明]196 耆國阿，[元][明]222 致乎分，[元][明]598 陀

劫，[元][明]2060 爲之序，[原]904 折羅嚩。

敗：[聖]1471 其根株。

枚：[甲]2130 遮監譯。

秡：[乙][丁]2244。

昶：[元][明]2060 公講法。

從：[原]1778 苦得樂。

狄：[聖]26 絕根本。

抵：[三][宮]2122 多婆禰。

度：[聖]1788 示教利。

斷：[聖]1721 此見。

伐：[甲]2792 木以爲。

伏：[宮]310 慾淤，[明]1579 如是思，[三][宮]1584 斷諸善。

扶：[明]2145 英悟返。

桴：[甲]2409 打聲四。

縛：[原]1205 苦婆多。

護：[甲]1333 所有事。

換：[聖]1440 房房即。

挍：[明]2109 躬以七。

救：[宮]660 其根本，[明]194 濟，[明]2122 苦如是，[三][宮]374 濟世間，[三][宮]456 濟彼等，[三][宮]1545 濟他今，[三]201 濟我，[三]1396 濟令出，[聖]1509 一切衆，[元][明]375 濟世間。

據：[甲]2263 除有情。

括：[甲]1710 五趣以，[三][宮]2122 舌一人。

淚：[元][明]361 出者皆。

捩：[三][宮][另]1451 齒抶，[三][宮]2122 出著地。

滅：[三][宮]、搣[明]2122 頭髮分。

擬：[原]1854 者我有。

攀：[三]203 人心已。

披：[明]2076 閱，[三][宮]1442 髮多行，[三]1331 散尼字，[宋]2154 陀菩薩。

收：[聖]664 淚而言。

我：[元][明]1650 濟者，[元]380 諸無智。

校：[宮]2059 慧熙皆，[甲][乙]957 飾身，[元][明]、挍[宋]154 一肩。

援：[宮]2122 除三塗，[乙]2092 十步千，[乙]2391 捑羅二。

仗：[宮]618 刀五惡，[三][宮]425 衆根。

支：[甲]2255 能運動，[甲]2255 准之可。

枝：[丙]2120 接天霓，[宮]315 樹根終，[宮]397 馱那奢，[甲][乙]2397 内弱中，[三][宮]2122 吒牟那，[三]198 爲淨後，[聖]2157 羊，[宋][宮]、搐[元][明]2123 著水以。

知：[宮]2122 不宜使。

枭：[三]125 苦。

諸：[宋]、拔諸[元][明]620 國中獨。

狀：[宮]310 去止處，[宮]1505 翅甲也，[宮]2122 沈冥於，[三][宮]2122 凶頑於，[聖]425 其虛乏，[聖]1562 苦行相，[元][明][聖]224 後終不。

芨

鉢：[宮][聖]1428 椒佛言，[宮]1428 及移殖，[三][宮][另]1428 作種種，[三][宮]847 末而撲，[三][宮]1545 羅風有，[三][宮]2122 胡椒第。

撥：[宋][宮]1425 粥熟已，[宋][宮]2122，[宋][元]2125 知是風。

橃：[宋][宮]1425 羅根尼。

夭：[乙]1797 天命終。

妭

妖：[三]190 態熾盛。

炦

發：[甲][乙]1211 吒半，[乙]1211 吒。

泮：[甲][乙]1211 吒半，[乙]1211 吒半音。

軷

戰：[三][宮]280 陀師利。

跋

拔：[甲]1039 城給孤，[甲]1733 檀那此，[明]2103 行恭委，[三][甲][乙]1075 折羅第，[三]1154，[宋][元]1057 折，[宋][元]1101 難陀等。

拔：[丙]2164 馱羅，[宮]374 提河中，[宮]1435 摩爲一，[宮]2080 提河中，[甲]2401 折羅印，[明]397 持毘盧，[明]1435 提惡罪，[三]158 提世界，[三][宮]397 檀那，[三][宮]665 吒跋，[三][宮]1425 渠竟，[三][宮]1435 提本白，[三][宮]2122 多佛尼，[三][甲][乙]970 折囉迦，[三][甲]901 折囉波，[三][聖]200 陀天祠，[三][聖]375 提迦那，[三][乙]1008 陀羅藥，[三]1007 折囉二，[三]1352 靬滅支，[聖]120 陀羅，[聖]1463 難陀釋，[石]1509 提，[宋]、跋陀[元][明]374 言如來，[宋][宮]664 陀，[宋][明][甲]901 智五盞，[宋][聖]272，[宋][元][宮]1425 吒是比，[宋]374 陀，[宋]374 陀其年，[宋]374 陀言世，[宋]374 陀子其，[乙]913 折羅爐，[乙]2390 難，[元][乙]866 折囉上。

颰：[三][宮][石]1509 陀。

跋：[丙]982 羅爾多，[丙]982 羅樹，[宮]866 折嚕嗢，[宮]1452 者訛也，[甲][乙][丙]1098 囉跋，[甲]893 羅迦羅，[甲]901 囉二合，[甲]1110 折羅其，[甲]1112 日囉二，[甲]1120 折囉，[甲]2400 哩布，[甲]2402 囉二合，[明][甲]901 夜六莎，[明]665 者牛黃，[明]901 折囉俱，[三][宮][甲][乙][丙][丁]848 那易迦，[三][宮][甲]901 那五迦，[三][乙]1092，[三][乙]1092 囉嚩，[三]901 折囉闍，[宋][明][甲]901 多囉囉，[宋][明][甲]901 尼必唎，[乙]2391 跢曳曩，[元]、婆[聖]397，[元][明][宮]402 履軍闍，[元][明][甲]901 跢曳二，[元][明][乙]1092 駬隸抳，[元][明]443 唎匙多，[原]860 羅二，[原]1212 多曳摩，[原]1212 哆曳那。

大：[聖]1428 閣子比。

跢：[宮]901 折囉夜。

伐：[三][宮]2042 羅豆婆。

呿：[宋]、吷[元][明]1354 帝旃茶，[乙]877 跋折。

吷：[三][宮][別]397 多，[三][宮]2122 闍邏翅，[三]982，[三]985 率怒住，[聖]397 坻，[乙]866 折囉斫，[元][明][甲]901 去音囉。

跋：[甲][乙]2390 哩仙驕。

嚩：[宮]848 無，[甲]2228 日羅惹，[三]、－[甲]1202 折囉二。

婆：[三][宮]1463 多來到，[三][聖]375 難陀以，[三]984 底跋閣，[三]1435 提從。

跋：[宮]1566 外道説，[宮]2103 予，[甲]1733 陀羅此，[明]721 求之聲，[明]1648 多伽闍，[三][宮]1442 羅咸悉，[宋][元][宮]1451 底城而。

突：[乙]2157 羅闍爲。

政：[甲]2036 扈將軍，[明]2154 陀羅一。

枝：[甲]853 難徒。

呪：[三][宮][甲]901 陀座六。

魃

魃：[三][宮]263 湊滿貪。

夭：[宋][元][宮]、妖[明]606 魃化作。

颰

跋：[三][宮]下同 1521 陀婆，[三][宮]下同 1521 陀婆羅，[三]1331 和

菩，[三]1331 和於，[三]下同 1331 龍王阿。

把

靶：[三][聖]190 刀自以。

抱：[宮][甲]1911 炬痛那，[甲]1921 栴檀不，[三][宮]2121 黃金住，[三]212 七步蛇，[聖]190 我心，[原]1141 金剛鉤，[原]1141 於像中。

持：[甲]952 香爐佛，[原]2248 兩頭各。

搊：[明]2076 住師師。

打：[明]1988 老僧。

地：[丙]2392，[甲]1110 跋折羅，[甲]1238 拳又屈。

低：[明]2076 頭出師。

抵：[明]1985 虎尾。

犯：[甲]1232 處漸細，[三][宮]2060 毀我祖，[元][明][乙]1092 觸人即。

掬：[三]1428 水棄之。

捲：[元][明]2121 金錢佛，[元]2121 金錢四。

杷：[明]1428 推。

爬：[三]156 發塚開，[三]1441 搔時風，[三]1470 近五者，[元][明]397 土忽得，[元][明]1425 搔。

袍：[三][宮]1547 施故但。

捧：[甲][丙]973 寶。

色：[宮]385 施今得。

拖：[甲]、地[乙]2194 唯是空。

相：[甲]1268 女女右。

挹：[甲][乙]2387 香爐，[聖]

1723。

孟：[三]1336。

執：[甲][丙]1202 金剛杵，[三][宮]721 刀戟奮，[乙]973 劍，[原]923 數珠口。

捉：[三]212 草草化。

殟

貝：[宋]、把[宮]354。

紀：[聖]1458 若木。

罷

羅：[三][宮][別]397 輪筵那，[三]1332 聚鬼名。

疲：[明][甲]1177 勞其行，[三][宮]313 極中有，[三]210 不進道。

罷：[甲]1799 展禮深，[明]209 道如彼，[三][宮]429 蛇虺悉，[另]1442 時或灑，[宋][元][宮]、覆[明]768 爲獵者，[原]1212 熊等蛇。

畏：[元][明]425 勞施無。

悉：[甲]2879。

休：[三][宮]2122 道還俗。

覇

瀾：[三][宮]2102。

白

百：[宮]2122 鶴飛來，[甲][乙]2390 字，[甲]1260 食以牛，[甲]2128 巴聲亦，[甲]2128 反王逸，[甲]2250，[甲]2266，[三][宮]294 寶蓮華，[三][宮]549 傘蓋，[三][宮]664 五家首，

[三][宮]721，[三][宮]721 節蟲爲，[三][宮]2122 木香五，[三]440 寶勝佛，[三]644 寶色一，[聖]953 食，[宋][元]1579 遍處故，[元][明]1161 寶色其。

報：[三]171 王欲出。

并：[三]639 屋宇園。

伯：[甲]2036 母曰適，[聖]1456 塔寺大，[宋]2110。

帛：[宮]2060 其高軌，[明][聖]663 微妙上，[明]1086 帶勢誦，[三][宮]1462 潔裏懸，[三]2149，[三]2149 尸利，[聖][另]285 日甚漸，[聖]425 黑肥瘦，[宋]2153 法祖譯。

長：[宋]2154 沙寺爲。

答：[三]、－[聖]26 曰瞿曇，[三]153 王敬奉，[聖]157 言諸有，[石]1509。

惡：[三][宮]671 癩。

兒：[甲]914 也又葩。

幡：[三]2053。

高：[乙]1075 山及上。

告：[明]594 言汝今，[三][宮]1458 眾令知。

各：[三][宮]1428 言我等。

國：[明]2076 飯午後。

合：[宋]1069 檀香一。

黑：[甲][乙]2390 也次，[甲]1736 者如有，[明]1299 月四日，[三][宮]413 十五日。

紅：[三]656 蓮花香。

慧：[元][明]189 爲諸天。

見：[三][宮]2121 佛。

澆：[三]607 若解散。

淨：[聖][另]285 法，[聖]278 淨
法悉。

舊：[甲]2250 象形然。

句：[甲]2414 是，[甲]1709 義未
曾，[甲]2036 解，[甲]2196 總攝諸，
[聖]26 曰世尊。

口：[元]1810 言大姊。

立：[三]、－[宮]2121。

兒：[甲]1227，[甲]2128 酒曰醯。

貌：[三]1033 髮紺青，[乙]2376
觀諸財。

米：[三]202 爆頭骨。

內：[聖]1266。

迫：[甲]1782 劫竊盜。

啓：[三][宮]2121。

且：[甲]、日[乙]2393 也。

日：[丙]2286 月輪現，[宮]440
丹鄉日，[宮]2034 毛生於，[宮]2040
阿育王，[宮]2041 佛弟子，[甲][乙]
2089 峯尋江，[甲]1038 日亦得，[明]
[和][內]1665 月，[明]2041 今此世，
[三][宮]、曰[聖]354 珠毘琉，[三][宮]
[另]1435 諸比丘，[三][宮]657 面佛
妙，[三][宮]721，[三][宮]1443 中繫
在，[三][宮]2045 此人自，[三][宮]
2103 誌，[三]1101 觀世音，[三]1227
月畢以，[三]1440 以請今，[三]1579
於其食，[三]2088 普寺，[聖]1451 飲，
[聖]225 佛言難，[聖]303 華三摩，
[聖]1435 應作是，[聖]2157 爲五本，
[乙]2394 吉祥一。

色：[甲][乙]2250 紅花赤，[甲]
909 二。

身：[三]156 淨妙光。

首：[三][宮]2121 於親父。

疏：[三]2103。

所：[三][宮]1464 如此比。

同：[原]、者[甲]1781 時衆。

爲：[甲]1728 愍我者。

問：[明][聖]225 佛行闍，[三][宮]
2121 佛此金，[聖][石]1509，[聖]
1421，[另]1428 佛言小。

無：[甲]1847 覆無記。

五：[三]1038 色衣胡。

向：[甲][乙]2394 西寐夢，[甲]
1227 佛部母，[甲]1733，[明][甲]
997，[明]1450 佛而作，[明]1809 僧
應至，[聖]1463 摩訶迦，[宋][元]
1425 者如上，[宋]2110 衣家經，[乙]
2092 日來歸，[元][明]202 王今當，
[元]125 佛言止，[元]1425 世尊佛。

謝：[乙]1287 用普印。

匈：[明]261 巡門未，[三][宮]
2122 直。

言：[甲][乙]2070，[三][宮]534
承諸師，[三][宮]2103，[聖]200 但往
生，[聖]1433 我比丘，[宋][元][宮]、
－[明]1434。

業：[明]1450 之業。

銀：[三]2122 錢用剪，[三]2123
錢用剪，[聖]664 銀挍飾。

由：[甲]1735 大願爲，[明]1450
言此等，[元]1425 應先前。

與：[甲]850 蓮。

語：[三][宮]、曰[甲]2053 母曰飢，[三][宮][聖]376 王言大，[三][宮][聖]1421 諸比丘。

曰：[宮]1462 骨者若，[宮]1810 已然後，[宮]221 佛，[宮]227 大師言，[宮]544 佛言人，[宮]754 佛前後，[宮]754 皇后言，[宮]1421 僧不，[宮]1424 衣舍作，[宮]1428 衣家突，[宮]1432 應如是，[宮]1433 一切僧，[宮]1435 四羯磨，[宮]1442 佛佛言，[宮]1462 旗天人，[宮]1463 佛言唯，[宮]1523 法心集，[宮]1562 異熟業，[宮]1804 僧已軟，[宮]1809 五病不，[宮]2034 水，[宮]2034 延，[宮]2102 鳥哀鳴，[宮]2121 佛憶念，[宮]2122 王是琉，[甲]1763 重罪既，[甲]1804 之中間，[甲][乙]1822 此非專，[甲]1709 色光者，[甲]1709 言世尊，[甲]1736 佛言憶，[甲]1763 上鳥喻，[甲]1786 火天水，[明]191 若，[明]400 佛言世，[明][宮]2122 淨尼曾，[明]100 佛言彼，[明]135 大聖已，[明]154 王啓其，[明]203 某甲在，[明]203 尊者，[明]375 佛言世，[明]400 佛言世，[明]939 繖蓋花，[明]1340 良醫言，[明]1450 此象死，[明]1450 王曰羯，[明]1450 鄔波馱，[明]1450 言我，[明]1451 言大德，[明]1453 成，[明]1458 言明日，[明]1463 佛佛因，[明]1538，[明]1562 及空與，[明]1809 如是大，[明]1809 衣家還，[明]2087

其操二，[明]2106 鹿河水，[明]2122 王何故，[明]2123 淨尼等，[明]2131 衣不得，[三]2121 仁今便，[三][宮][聖]1595 齮波提，[三][宮][另]1442 世尊使，[三][宮][另]1442 我今寧，[三][宮]222 不，[三][宮]309 非也世，[三][宮]384 捉鼻者，[三][宮]534 敬承來，[三][宮]627 且待斯，[三][宮]657 蓮華生，[三][宮]742，[三][宮]754 宣傳聖，[三][宮]790 王旦，[三][宮]1442 此中犯，[三][宮]1451 王未可，[三][宮]1464 愍此惡，[三][宮]2121 大王就，[三][宮]2121 佛欲一，[三][宮]2121 王使吾，[三][宮]2121 吾，[三][宮]2121 眾人，[三][宮]2122 可有聞，[三][宮]2122 遠屈來，[三][宮]2123 父母若，[三][聖]26，[三]135 大聖已，[三]152 屬笑人，[三]171 太，[三]186 王勅使，[三]193，[三]196 長者子，[三]202 喚覺，[三]202 宿有何，[三]204 如是師，[三]205 願，[三]212 王設不，[三]553 十錢便，[三]1545 佛無有，[三]1602 建立清，[三]2103 如玉陰，[三]2121 太后王，[三]2122 王公親，[聖]125 時，[聖]1763 答，[聖][另]1442 佛言大，[聖]125，[聖]158 世尊若，[聖]183 兔，[聖]278 母言若，[聖]953 食外施，[聖]1266 鑱，[聖]1421 言今不，[聖]1425 我，[另]1442 大德我，[宋]201 王施我，[宋]202 佛言婆，[宋][宮]、自[元][明]2122 朽爛其，[宋][元]191

言我作，[宋][元]1809 行等法，[宋][元][宮]269 菩薩心，[宋][元][宮]269 言，[宋][元][宮]1424 大德僧，[宋][元]149 世尊言，[宋][元]2061 不喜軰，[宋][元]2103，[宋]1 佛言齊，[宋]125 目連今，[宋]152 言願我，[宋]196 佛甚解，[宋]220 佛言世，[宋]262，[宋]754 夫人曰，[宋]1453 如是，[宋]2059 具序徵，[宋]2123 色生又，[乙][丙]2777 首然後，[乙]2092 若配世，[元]660 法三者，[元][明]589 文殊師，[元][明]1425 如是阿，[元][明]1458，[元][明]1593 淨法爲，[元][明]2060 日，[元]125，[元]125 世，[元]125 王毘舍，[元]125 須菩提，[元]191 群臣言，[元]631 佛，[元]1428 如是，[元]1435 衣家指，[元]1462 二張一，[元]1464 世尊世，[元]1483 衆得取，[元]2061 鵲者王，[元]2063 每至入，[元]2106，[原]1862 不然具。

讚：[三][聖]190 菩薩言。

占：[乙]2218 察經。

召：[三][乙]1092 攬白芥。

眞：[三][宮]556。

枳：[甲]1112 祇反濕。

自：[宮][甲]1805 義誠心，[宮][甲]1805 在故作，[宮]265，[宮]310 象，[宮]327 法不，[宮]1808 法究竟，[宮]2103 云欲更，[宮]2121，[宮]2121 言善哉，[甲]1721 教無纖，[甲]1823 淨法相，[甲]2128 已前具，[甲]2255 色未領，[甲]893 生石蜜，[甲]1134 甘露灌，[甲]1227，[甲]1709，[甲]1717 四羯磨，[甲]1802 牙上出，[甲]1806 言看我，[甲]1839 是第三，[甲]1851 善雖滿，[甲]1876 淨寶網，[甲]2067 纏上加，[甲]2070 銀樓臺，[甲]2128 慢反鄭，[甲]2300 云乃至，[明]198 到王前，[明]312 表了識，[三]397 智，[三]1592 法體相，[三][宮]421 法界輪，[三][宮]440 丹自智，[三][宮]598 珠，[三][宮]657 相是中，[三][宮]721 業，[三][宮]1432 出功德，[三][宮]1457 衣，[三][宮]1470，[三][宮]1563 骨中復，[三][宮]1580 法故名，[三][宮]1637 所修法，[三][宮]2122 王事未，[三]99，[三]152 師學問，[三]1424 餘詞句，[三]1648 相得，[三]2060 稱焉講，[三]下同 1092 身如聖，[聖][另]790 一事願，[聖][另]1442 佛僧飲，[聖][另]1548 不明了，[聖]210 生爲被，[聖]953 世尊，[聖]983 膠香而，[聖]1425 世尊佛，[聖]1436 言，[聖]1440 衣淨人，[聖]1442 母曰看，[聖]1442 言世尊，[聖]1451 衆言，[聖]1464，[聖]2157 阿難經，[聖]2157 法祖譯，[聖]2157 雀元，[宋]1129 如月亦，[宋][元]1441，[宋][元]639 法常無，[宋][元]1579，[宋]1133 粉作，[宋]1462 衣說有，[乙]2215 相故如，[乙]2261 後變異，[乙]2397 所證次，[元]、身[明]514 汗，[元][明]1 言我從，[元][明]1551 道於此，[元]458 佛我見，[元]1541 法退法，[原]1869。

百

八：[三]375 不淨物。

白：[甲]1069 蓮花眼，[甲]1512 分不及，[甲]1512 分方謂，[甲]1709 佛刹二，[甲]2128 萌反郭，[三]、曰[宮]2034 五本爲，[三][宮]2034 五家首，[三][宮]2059 官應得，[三][宮]2103 璧而爲，[聖]1440 一羯磨，[聖]1441 一羯磨，[宋]1161 寶光莊，[乙]1796 年誦滿，[乙]1796 字輪青，[原]1802，[原]1992 牙虛爲。

遍：[乙]2393 護摩此。

伯：[宮]1799 戸賜紫，[甲]2068 濟國達，[三][宮]2060，[三][宮]2060 藥爲文，[元][明]2060 藥制序。

擎：[三]、指[聖]172 草叢求。

不：[明]2123 論。

得：[明]135 千藏福。

多：[三][宮]1425 功諸比。

而：[甲]2266 辨此論。

耳：[三]985 龍。

復：[明][甲]997 千劫久。

甘：[三][宮]433 味饌奉。

皆：[三][宮]2053 敬奉難，[三]2060 捨物積。

劫：[聖]1595 非小劫。

巨：[甲]2036 國凡在。

可：[宮]721 葉或有。

了：[甲]2075 事縣官。

里：[明]2121 白象皆，[三][宮]2060 韻往安。

六：[乙]2376 里伽藍。

面：[乙]2391 字明次。

陌：[三]2123 路道，[宋]2121 病皆蒙。

迫：[明]2053 恒情豈，[明]2053 於恒。

千：[宮]384 三十六，[甲]1969 即百，[甲]2120 五十文，[明]2154 三峽，[明]下同 382 萬劫修，[三][宮][甲]2053 餘乘至，[三][宮]305 由旬或，[三][宮]397 眷屬，[三][宮]2121 青衣各，[三]212 年懈怠，[三]2063 萬後住，[宋][明]1129，[原]、[甲]1744 諸度言。

日：[宮]2034 群下勸，[宮]2060 工聞怪，[甲]893 夜而作，[甲]2067 秦州權，[甲]2087 賢聖於，[明]721 千月多，[明]2085 餘，[乙][丙]2163 僧，[元][明]665 光明佛，[元][明]1546 千財寶，[元]156 群賊常，[元]2122 其年夏，[原]2196 光。

十：[宮]237 歲時，[三][宮]760 里，[三][宮]1488 年是餓，[三][宮]1509 由旬此，[三]24 由，[聖]651 歲法轉，[聖]2157 二部五，[宋][宮]237 歲正法，[宋][元][宮]238 正法破，[元][明]2060 餘遍大，[元]2122 由旬能。

石：[甲]2266 榴生經。

世：[三][宮]2103 背道甘。

四：[甲]2391 五。

通：[宋]186 仙人聞。

瓦：[三][宮]2060。

萬：[宮]317，[甲][乙]2207 里劫
又，[甲]2039 姓凡一，[甲]2068 億燈
明，[甲]2271 代之常，[甲]2339 劫修
相，[明]228 億俱胝，[三][宮]1453 分
或，[三]190 六十八，[宋][元][宮]、
萬一作百[明]2103 仞月殿，[宋]211
羅，[原][甲]1781 弟子信。

五：[宮][甲]1998 十二歲，[宮]
2122 餘人圍，[甲]1174 千瑜伽，[明]
620 千色膿，[聖]190。

夏：[宮]2060。

香：[聖]663 舌。

言：[甲]2339 種子愛。

一：[三][宮]2122 華生以。

有：[甲]2250，[甲][乙]1866 十
八不，[甲]1735 三十，[甲]1735 聲
聞聞，[甲]2081 十二人，[明]2122 錢
產當，[三][宮]1558 福嚴飾，[三]682
千變詐，[石]1509 福相不，[乙]1796
遍。

原：[宋][元]、－[宮]1464 千。

曰：[聖]2157 弟，[原][甲]、有
[甲]2196 遮持爲。

云：[甲]2299 若觀諸。

宰：[三][宮][甲]2053 寮莫不。

者：[宮][甲]1912 迦羅鳩。

眞：[甲]868 言金剛。

正：[甲][乙][丙]2810 定。

旨：[宮]2103 綱於無，[明]2060。

種：[元][明]375 種具足。

自：[明]2154 問經中，[明]2122
無雙久，[三][宮]2121 愛經，[三][宮]

2121 無雙，[三]643 寶色華。

佰

百：[聖]2157 匹果味。

伯：[乙]2120 尸寶應。

柏

百：[三][宮]2122 團便抽。

柏：[宋][元][宮]2053 與杞梓。

伯：[甲]2035 眞人王。

桓：[甲]2035 闔爲陶，[甲]2036
彥表。

拘：[明]1450 而坐王。

拍：[甲][乙][丙]1833 摩按，[元]
2122 梯寺修。

相：[三]1056 木塗香，[宋][元]
2106 刹繫以。

指：[三][宮]2122 納納衝。

栢

柏：[宋][宮]2103 谷子退，[宋]
[明]2060 人人也。

松：[三][宮]2060 千株。

相：[宮]2060 梯寺修，[三]2122
刹繫以。

捭

箆：[三]1551 則不見。

押：[宋]、[明]、裨[明]1336。

拜

囊：[三][宮]1646 囊中風。

行：[甲]1718 座。

拜

邦：[三][宮]2060 勝德香，[三]193 守。

遍：[原]913 誦外儀。

辨：[聖]1763 果義強。

辯：[元][明]2121 吾佛名。

莂：[明]318 聞者解。

并：[甲]2325 其自體。

並：[甲][乙][丙]973 誦眞。

辭：[宮]2121 佛道難，[宋][元]1483 然後來。

萃：[三][宮]2060 其塵因。

頂：[聖]1488 破憍慢。

佛：[甲][乙]1909 奉報。

跪：[宋][元][聖]、事[明]200 於。

許：[甲]2250 爲。

禮：[甲]1203 所求福，[三][宮]2122 何得在，[三]1101 滅除億，[聖]2157 謁動不。

利：[原]1212 安置。

琴：[甲]、明註曰拜字譌未詳2087 瑟之微。

日：[宮]2059 而還至。

耶：[原]1212 法國王。

瞻：[乙]1909 一。

敗

貶：[三]474 善法不。

撥：[宋]152。

財：[明]210，[聖]1425 人何道，[宋][元]、物[明]643 著處即。

販：[三]2149 經一，[聖]1788 音，[宋][元][宮]2122 故造作，[宋]2058 壞王大。

股：[宮]1425 態驢何，[宋][元]1435 斷爾。

故：[三][宮]1559 如此東。

壞：[甲][乙]2263 劫文，[聖]278 從業而，[聖]278 悉皆分。

毀：[三][宮]268 壞所以，[三]152 其甘露。

教：[原]1764 殺害多。

賂：[三]210 行已不。

亂：[三][宮]2059 避。

破：[三][宮]616 定，[三][宮]2109 俗傷眞，[元][明]407 壞犯墮。

散：[三][宮]2122 常發大，[三]190 猶如散。

信：[三]、散[宮]653 發聲皆。

則：[三][宮]2102 其身，[另]1721 堂舍，[宋][宮]1509 爲銅或。

賊：[三]22 害人民。

障：[三]、亂[宮]2122 其善心。

致：[宋][明][宮]2060。

稗

裨：[明]2131，[元][明]1336 帝鑰絁。

裸：[聖]231 子或見。

鞴

鞴：[明]99 隨時水，[三]、排[宮]、排[另]1428 囊聽作。

囊：[宋][元][宮]、橐[明]721 極吹。

�𢫾

板：[宋]208 稱上心。

班

斑：[宮]2121 足王害，[甲]、班斑班班[乙]901 斑然作，[明]201 駮，[明]2060 駮如鋪，[明]2060 納意願，[明]2122 納黃偏，[明]2122 足王經，[明]2151 爾之工，[三][宮]2121 足王害，[宋][元][宮]2122 緣，[宋][元][宮]2122 繪綵並，[乙]2173 藤柱杖，[元][明]2060 氣，[元][明]2102 妙訓接，[元][明]2060 彪，[元][明]2103 駮又類，[元][明]2108，[元][明]2110 玄，[元]2061 布父觀，[元]2061 告中書，[元]2061 氏以二，[元]2102，[元]2102 示不遺，[元]2103 固九流，[元]2103 固九品，[元]2103 固先六，[元]2103 經創，[元]2110 生之曲。

頒：[明]310 宣，[明]481 宣是，[明]2122 示黎元，[三]398 宣聖智，[三][宮]2121 示天人，[三][宮]263 宣此經，[三][宮]281 宣道化，[三][宮]285，[三][宮]285 宣離垢，[三][宮]309 宣道義，[三][宮]342 宣逮總，[三][宮]401 宣不，[三][宮]401 宣者一，[三][宮]453 宣於素，[三][宮]495 宣法教，[三][宮]585 宣申暢，[三][宮]811 宣咸共，[三][宮]2053 諸寺但，[三]186 宣道法，[三]186 宣是法，[三]186 宣言教，[三]186 宣正，[宋][宮]2060 何乃恭，[元][明]291 宣經典，[元][明]403 宣佛法，[元][明]

403 宣一，[元][明]481 宣其心，[元][明]481 宣於斯，[元][明]481 宣諸入。

辦：[三]2110 綾綵多。

駮：[甲]1705 足之父。

駮：[三]202 足王爾。

領：[三][宮]318 宣三藏。

塗：[明]1336 之。

般

阿：[甲][乙]2397 那。

敗：[三][宮]637，[三]20 捄。

班：[明]125 稠龍王。

搬：[明]2076 柴下間，[明][甲]1988 米問僧，[明]191 運黃金，[明]1450 運車乘，[明]2076 柴，[明]2076 柴師，[明]2076 柴仰山，[明]2076 水漿茶。

半：[聖]125 特。

彼：[甲]1918 若等內，[三]1529 若等三。

波：[宮]276 若華嚴，[宮]2103，[甲]1718 若帶於，[甲]1733 若，[甲]2196 若曉云，[甲]1718 若如此，[甲]1718 若亦，[甲]1744 若相應，[甲]1744 若亦明，[甲]1781 若心起，[甲]1830 若，[甲]1830 若論但，[甲]1918 若云，[甲]1929，[甲]2035 若禪師，[甲]2195 若但明，[甲]2196 若除，[甲]2196 若地依，[甲]2196 若間者，[甲]2196 若論也，[甲]2196 若論以，[甲]2196 若小乘，[甲]2196 若自有，[甲]2298 若正，[甲]2300 若三具，

[甲]2366 若者如，[甲]下同 1852 若累教，[三]251 羅揭，[聖]2060 若志存，[聖]1851 若，[石]1509 若波羅，[宋][宮]2122 若勝，[宋][元][宮]2060，[宋][元][宮]2060 若并論，[宋][元][宮]2060 若法，[宋][元][宮]2060 若受持，[宋][元][宮]2060 若以爲，[宋][元][宮]2109 若之臺，[宋][元][宮]2121 若偈得，[宋][元][宮]2122 若之利，[宋][元]187 若獲勝，[宋][元]2061 若金，[乙]2227 若法花，[乙]2297 若故捨，[原]1744 若。

鉢：[三][宮]1655 若淨心。

撥：[三][宮]1563 涅。

不：[明]1128 涅。

船：[甲]1934 所遲來，[三][聖]190 其項猶，[聖]1425 遮于瑟。

得：[三][宮]下同 1581 涅槃疾，[元][明][聖]223 涅槃終。

獨：[三][宮]837 涅槃。

敷：[宮]1545 涅槃而。

工：[三][宮]2103 輸之揮。

股：[宮]731 呼不盧，[甲]1072 摩龍王，[甲]2130 亦云力，[甲]2399 上金剛，[甲]2402 連端。

活：[原]1861 命而得。

彌：[甲]1963 陀佛後。

那：[宮]618 方便念，[甲]1232 囊結使，[甲]1335 者尸企，[三][宮]371 羅達菩，[聖]1582 檀那，[元][明]993 伽。

尼：[三]1395 謎。

槃：[宮]1439 那念諸，[甲]1744

涅槃放，[甲]1709 遮羅國，[甲]1719 舟翻佛，[甲]1816，[甲]1816 若波羅，[甲]1821 涅槃已，[甲]1918 涅槃者，[甲]2261 之人，[明]670，[明]1563 涅槃名，[三]24 多城，[三][宮][久]397 多國摩，[三][宮]665 茶囉，[三][宮]671 茶婆鳩，[三][宮]1520 豆菩薩，[三][宮]2122 後，[三]199 特品第，[三]199 頭摩國，[三]203 闍識企，[三]203 遮羅國，[三]212 特一人，[聖]1579 涅槃法，[聖]1788 若是智，[聖]2157 若六部，[石][高]1668 若劍飾，[石]1509 若，[石]1509 若波羅，[乙]2261 於死位。

盤：[甲]895，[聖]2157 度。

婆：[宮]2025 若得大，[甲]、波[乙]850 若，[甲]1708 若釋，[原]1780 若即老，[原]1780 若是常，[原]851 若，[原]1780 若謂一。

散：[甲]1816 若。

設：[明]2145 舟三昧，[原]2339 既爲虛。

投：[元]1595 羅若。

耶：[宋][宮]、槃[元][明]397。

殷：[宮][聖]1425 樂，[甲]2035 勤啓請，[元][明][宮]2087 膩羅，[元]1462 陀非聲。

於：[三]156 涅槃，[宋]374 涅槃善。

證：[甲]1101 大般涅。

智：[甲]1921 若是名。

衆：[宋]1509 若方便。

斑

班：[宮]2043 駁若佛，[宮]2121，[明]2076，[明]2103 姬何關，[三]193 宣深要，[三][宮]2034 元佛年，[三][宮]2053 布一端，[三][宮]2103 勇之列，[三][宮]2104 固絞人，[三][宮]2104 馬隆其，[三]125 稠大藏，[三]164 足丈夫，[三]721，[三]1092 鹿皮印，[三]1332 之，[三]2103 親族未，[宋]、瑕[宮]2060，[宋][宮]1659 宣正法，[宋][宮]347 雜作，[宋][宮]2102 輸之作，[宋][宮]2103 卉匡居，[宋][宮]2112 榖之冠，[宋][宮]2121，[宋][宮]2121 童子，[宋][宮]2122，[宋][明]2110 馬述作，[宋][元][宮]1451 駁佛言，[宋][元][宮]1451 駁與毛，[宋][元][宮]1546 駁若，[宋][元][宮]2053 衣金銀，[宋][元][宮]2102 之未悟，[宋][元]1331 色魅鬼，[宋][元]1424 文綺繡，[宋]1092 蛇緾繞，[宋]2110 馬待詔。

頒：[三][宮]288 讚如來，[三][宮]398 宣大，[三][宮]2123 宣是法，[三]398 宣智慧。

猵：[元][明]371。

販：[元][明]1341 眼驢眼。

頒

班：[宮][聖]481，[宮]425 宣悉能，[宮]425 宣尊佛，[宮]481 宣菩薩，[宮]下同 425 宣道法，[宮]下同 425 宣法是，[明]318 宣師子，[三]、班[宮]397，[三]190 號令，[三]193 天王千，[三]193 宣敷演，[三][宮]263，[三][宮]263 宣如所，[三][宮]429 告，[三][宮][聖]292 宣經道，[三][宮][聖]318 宣諸法，[三][宮][聖]397，[三][宮][聖]397 宣出世，[三][宮][聖]下同 292 宣經法，[三][宮]263 宣諸比，[三][宮]278 下閻浮，[三]318 宣法不，[三][宮]415 宣廣說，[三][宮]459 宣三寶，[三][宮]460 宣辯才，[三][宮]810 宣佛要，[三][宮]810 宣皆入，[三][宮]810 宣解，[三][宮]下同 813 宣經道，[三][聖]125 宣於素，[三]193 宣，[三]193 宣四聖，[三]375，[聖]285 宣，[宋][宮][聖]481 宣何謂，[宋][宮][聖]481 宣經道，[宋][宮][聖]481 宣菩薩，[宋][宮][聖]481 宣三，[宋][宮][聖]481 宣十二，[宋][宮]403 宣初無，[宋][宮]403 宣法輒，[宋][聖]291 宣如來，[宋][元][宮][聖]481 宣經典，[宋][元][宮]460 宣典誥，[宋][元]398 宣，[宋][元]398 宣智是，[宋]398，[宋]398 宣，[宋]398 宣諸所。

班：[三]、班[宮]374，[三][宮]1647 自在無，[聖][另]342 宣謚嗟。

顧：[三][宮]2060 璽。

領：[石]2125 之自久。

傾：[乙]2425 賜。

順：[元]433 宣法教。

須：[甲]2128，[甲]2128 布也列。

瘢

槃：[聖]310 諸賈客，[宋][元]

2122 帝釋諸，[宋][元]2122 痕唯觸。

盤：[宮][甲]1998 上不可，[宮]1998 上更著，[聖][乙]、[丙]1199 痕諸根。

阪

恆：[甲]2039 張法施。

坂

板：[宮]2060 焉少厭，[甲]2089 山泊舟。

板

版：[宮]1998 頌云，[宮]1998 趙州貴，[甲]1941 印行庶，[明]721 燼，[三][宮]1602 或依儞，[乙][丙]2092 告怨大。

材：[甲][丙][丁]1145 若用檀。

故：[明]1546 則能障，[聖]1460 則至牖。

木：[三][宮]1451 土苾芻。

攀：[三][宮]1509 棗枝可。

扇：[三]1435。

版

板：[宮]2122 齒然後，[宮]2122 床居常，[宮]2122 床太元，[宮]2122 純用七，[宮]2122 曰從崑，[甲][乙]1204 或淨衣，[三][宮]1459 承床足，[三][宮]1459 爲除勞，[三][宮]2122 床薦，[三][宮]2122 來曰算，[三][宮]2122 梁，[三][宮]2122 上座比，[三][宮]2122 作孔受，[三][宮]下同 1442 棚或。

叛：[宋][元]2060 蕩。

忮：[甲]2128 也捍從。

半

暗：[宮]848。

八：[宮]1558 半下廣。

百：[甲]1969 千人往。

伴：[宮]2122 座居忽，[三][宮]1421 入村乞。

背：[三][甲]1323 痛著鬼。

車：[甲][乙]2309 誘進諸。

等：[宮]2121 三過皮，[甲]2261 者無著。

二：[甲]1721 行明時，[明]1131 音二倪。

分：[元]1426 月十日。

峯：[乙]859 巖間。

干：[三]984 反後皆。

互：[甲]1830 作用有。

句：[另]1721 是。

滿：[三][宮]231。

米：[三][宮]2060，[乙]2296。

逆：[三][甲]1033 流。

年：[三][宮]1425 謂減半。

牛：[宮]888 斷諸煩，[明]1450 摩沙，[三]2149 雜。

平：[乙][丙]873 轉並至，[乙]2309 盧舍其。

評：[聖]190 章已即。

日：[宮]1808 若大得。

少：[聖]1428 覆或一。

生：[甲]2266 此間應，[甲]2299 閻浮提。

聲：[三][宮]376 字既正。

手：[三]1440。

唯：[甲][乙]2263 識也文。

未：[甲]2135 他麼。

下：[甲]1736 不了者。

羊：[丙]1184 音，[甲]2270 相觸當，[甲][乙]1269 頭一，[甲]1816 是初分，[甲]2128 也謂一，[甲]2128 月，[三][宮][聖]376 頭梵志，[原]1788 足及以。

夜：[三][宮]606 遙察。

一：[甲][乙]2219 偈也上。

芋：[三]984 龍王黑。

正：[聖]1421 時波羅。

中：[宮]223 劫作佛，[三][宮]1584 出四顛。

座：[宮]1804 臥非謂。

扮

坌：[三][宮]2043 歡喜丸。

伴

半：[甲]1305 惹。

儕：[石]1509 儻故與。

財：[聖]1425 如放。

等：[三][宮]2040 輩聞法，[三]196 侶，[聖]211 侶。

佯：[明]2122 侶數十。

佛：[三][宮]2042 力處壞。

件：[明][乙]1092 請召一。

劣：[甲]893 不勤勞。

律：[三][宮]1461 類至得，[三]2122 田作，[聖]1462 如是。

侔：[三]1336 頭冥。

泮：[甲][乙]2396 字，[甲]1227 水進火，[甲]1227 紫，[甲]2837 而水通，[乙]1796 吒伴。

畔：[明][甲][乙]982 挈布單。

朋：[三][宮]403 黨同學。

偏：[甲]1828 儻深可。

伴：[三][宮]2121。

伊：[甲]2266 師迦。

餘：[三]2103 之。

住：[三][宮]1558 異熟故，[三]1560 異熟故。

作：[明]2016 故現，[元][明]1451 不信。

拌

伴：[甲]2266 相攝三，[宋]、柈[元][明][宮]383 那奈低。

槃：[甲]2207 以冥理。

挾：[甲]2792 皆不成。

柈

伴：[宮]2025 香歸位。

拌：[宋]2106 案俱覆。

盤：[明]2076 椅子火，[三][宮]2040 蓋懸繒。

絆

靽：[宮]263 草刺棘。

鉡

鞖：[三][宮]1435 鎖鼎。

鞛

絆：[三][宮]1464，[三]100 桁，[三]100 亦如有。

絑：[明]212 復當方。

辦

備：[三][宮]1421 麁惡慈。

辨：[宮]2122 琉璃，[甲]1795 之精進，[甲]1805 比，[甲]1805 必須二，[甲]1805 法備故，[甲]1805 與百千，[甲]1911 今世色，[甲]1911 一切功，[甲]1911 者除，[甲]1912 後二共，[甲]1912 具，[甲]1912 因是即，[甲]1927 一切莫，[甲][乙][丙]1866 果壞即，[甲][乙]1864 功，[甲]859，[甲]1708 臨時無，[甲]1717 一切莫，[甲]1736 聰亦不，[甲]1786，[甲]1786 處中雖，[甲]1795 隨順圓，[甲]1805 邊受佛，[甲]1805 事多，[甲]1805 事者非，[甲]1805 用即舉，[甲]1805 緣下結，[甲]1805 者見佛，[甲]1911 大事，[甲]1911 單縫三，[甲]1911 既知過，[甲]1911 苦集，[甲]1911 乃至侵，[甲]1911 區區困，[甲]1911 世務況，[甲]1911 已歸於，[甲]1911 亦不，[甲]1911 眾，[甲]1912，[甲]1912 法性，[甲]1912 供養以，[甲]1912 故故亦，[甲]1912 好酒美，[甲]1912 前事方，[甲]1918 地，[甲]1918 名智，[甲]1924 若但獨，[甲]1925 出世之，[甲]1931 地斷三，[甲]2000 諸方逼，[甲]2128 八反考，[明]、辯[聖]1562，[明]1428 事乃不，[明]1562 地我已，[明]1562 更不應，[三]、辯[石]1509 何以知，[三][宮]1545 四念住，[三][宮]2059 始移屍，[三][宮]2122 塔馬鳴，[三][甲]955 中央三，[三]2103 行，[聖]：辦 1602 不受後，[聖]1441，[聖]1451 所須六，[聖]1595 故九應，[聖]1602 不，[聖][另]1451 必得清，[聖]1441 梵行已，[聖]1441 諸飲食，[聖]1443，[聖]1443 飲食爲，[聖]1563 自事發，[聖]1585 故有義，[聖]1585 果亦，[聖]1585 事靜慮，[聖]1602 得阿羅，[聖]2157 參校唐，[聖]下同 1451 種種淨，[聖]下同 1435 具多美，[聖]下同 1435 是事如，[聖]下同 1435 轉破壞，[聖]下同 1451，[聖]下同 1451 報曰甚，[另]1435，[另]1435 何況此，[另]1435 飲食已，[另]1435 飲食自，[另]1443 我自惠，[另]1443 相，[另]1443 衣價爲，[另]1451 能隨善，[另]1451 事又若，[另]1451 物我助，[另]下同 1451 不受後，[另]下同 1435 多美飲，[另]下同 1435 佛，[另]下同 1435 糧徐徐，[另]下同 1435 洗足水，[另]下同 1435 種種多，[另]下同 1442 即隨索，[宋]220 及隨所，[宋]220 是故般，[宋]220 一切智，[宋]220 於心菩，[宋]2060 泉帛此，[宋][宮]2060 卿舊與，[宋][宮]2122，[宋][宮]2122 食已還，[宋][元]、辯[明][宮]1656 具長壽，[宋][元]220，[宋][元]220 然，[宋][元]220 一切財，[宋][元][宮]、

辯[明]1562 自事發，[宋][元][宮]1579
二事，[宋][元][宮]2122 具好肉，[宋]
[元]220，[宋][元]220 地獨覺，[宋]
[元]220 事於耳，[宋][元]220 所願，
[宋][元]220 自他多，[宋][元]865 印
智，[宋][元]1069 事濕，[宋][元]1125
眾事，[宋]220 百味上，[宋]220 此事
若，[宋]220 善事業，[宋]220 時滿
慈，[宋]220 世尊所，[宋]220 事業
善，[宋]220 一切，[宋]374 諸比丘，
[宋]903 世間出，[宋]1146 以爲供，
[宋]1545，[宋]2122 水集僧，[元]、
辯[明]1562 故雖是，[元]、辯[明][聖]
1562 所作故，[元]、辯[明]1562 故佛
説，[元]353 阿羅漢，[元]2122 兵，
[元]2122 具莊飾，[元]2122 時。

辯：[宋][元]2122 得錢無。

辯：[博]262 汝所住，[宮]598 也
一心，[宮]648 能辦，[宮]2122 幡華
種，[甲]1799 離魔業，[甲]1928 須名
爲，[甲]1928 自他是，[明]、辨[甲]
983，[明]2016 則對木，[明]614 智慧
府，[明]1341 彼事已，[明]1509 後來，
[三][宮]、辨[聖]1585 有漏法，[三]
[宮]1563 故於漏，[三][宮][德]1563
入正決，[三][宮][聖][知]1579 其相
又，[三][宮]221 根漚慰，[三][宮]276
能度眾，[三][宮]338 不可趣，[三][宮]
425 積，[三][宮]598 此名，[三][宮]
624 而，[三][宮]1558 何識現，[三]
[宮]1558 何須橫，[三][宮]1562 入正
決，[三][宮]1579 其相，[三][宮]1598

無分別，[三][宮]1606 聖旨設，[三]
[宮]下同 1579 上所説，[三][甲][乙]
[丙]903 求成就，[三][聖]1579 其相
復，[三]2045 耐辱，[聖][另]1442 之
小女，[聖]334 之時須，[聖]340 道場
及，[聖]347 棄大重，[聖]375 是事是，
[聖]1458 若言可，[聖]1460 衣價不，
[聖]1462 佛觀婆，[聖]1463 食與客，
[聖]1463 者聽使，[聖]1562 名故要，
[聖]1562 時世間，[聖]1563 自事發，
[聖]1579 能感善，[聖]1602 地住異，
[聖]1617 故不捨，[另]1428 不復還，
[石][高]1668 如，[石][高]1668 者即
是，[宋][聖]816 畢，[宋][元][宮]1558
因圓故，[宋][元]157，[宋][元]953 其，
[元][明]425 大藏稱，[元]896 成就法。

辭：[原]861 喧鬧清。

就：[甲][乙]867 急難之。

買：[宮]1431。

熟：[元][明]1579 得大念。

誦：[甲][乙]897 辦事眞。

雜：[甲]1881 以理成。

作：[三][宮]223 地如虛，[三]
[宮]1421 梵行已，[聖][石]1509 地摩
訶。

瓣

辨：[宮]2025 香之誠，[甲]2035
香藏之。

邦

拜：[宮]2060 所重時，[甲]2129
反蒼云，[宋]2053 國彼明。

郊：[聖]2157 之西道。

郡：[聖]200 到曠野。

隣：[三][宮]1549。

那：[宮]738 屬諛諂。

翔：[甲]、郡[甲]2270 國而制。

邪：[宮]2102 奮，[明]2131 之力。

州：[三]2059。

濁：[元][明]397 邑國城。

榜

膀：[三][宮]2103 經目改，[三][宮]2103 未宣所。

牓：[宋][元]2061 足見浮。

棒：[三][宮]606 答以五。

搒：[明]606 人竹杖，[元][明]1478 答丘墓。

謗：[宋][明]、搒[宮]458 者所以，[元][明]2102。

報：[三][宮]606。

牓

榜：[明]1988 樣，[三][宮]2034 標其方，[三][宮]2034 於，[三][宮]2104 題目以，[聖]26 耶於，[宋][明][宮]639 教諸國。

膀：[甲]2129 反爾雅。

傍：[明]2076 云看經，[三][宮]1424 標内外。

膀

榜：[明]2076 樣師上。

牓：[三]982 引蘇比。

胞：[甲]1736 胱三十。

蚌

蟀：[甲]1718，[甲]1782 之類無。

棒

棓：[明]721 既如是，[明]721 鐵戟鐵，[三][宮][甲][乙]901 印第五，[三][宮]721 打令疾，[三][宮]721 打破壞，[三][宮]721 刀。

持：[久]1486 折。

打：[宮]1998 頌云。

鋒：[甲]2068 而打擲。

捧：[甲]2402 蓮花花，[三][聖]190 他腦如，[三][聖]190 鐵丸如，[聖]1723 或打或，[宋][宮]1566 破物如，[宋][元]1227 印或，[宋]1283 螺羂索，[宋]1355 瞋，[原]2216 戟以。

拳：[三][宮]749 相打頭。

搖：[宋]、拳[元][明]1096 印呪第。

杖：[原]1248。

棓

棒：[三][宮]2122 選勇力，[三][乙]1092 印，[三][乙]1092 槃半加，[三][乙]1092 左第二，[三][乙]下同 1092 印輪印，[原]1293 左手捧。

柿：[乙]2397 羂索金。

捧：[甲][乙][丙]1184 乘青水。

拳：[丙]1246 即誦呪。

傍

謗：[甲][乙]1796 斷彼善，[甲]1735，[三]1629 論，[聖]1463 人說曰。

薄：[三][宮]310 有侍臣。

倍：[甲]2266 或全離。

彼：[宮]2112 有身毒。

防：[三][宮]345 無德者，[聖]1462 牽左翅。

後：[乙]2390 説同海。

兼：[原]、[甲]1744 以化人。

例：[甲][乙]2397 前文廣，[乙]1796 前文廣。

滂：[元][明]2103。

彷：[元][明]2121。

旁：[宮]2103 嶺竹參，[宮]1592 義故彼，[宮]2053，[宮]2123 之所拘，[甲]1735 無遺故，[甲]2092 布形如，[甲]2092 花果似，[甲]2223 生者是，[明]220 生鬼界，[明]220 生類入，[明]665 生，[明][縮]450，[明][乙]1276，[明]165 生之類，[明]220 生鬼界，[明]411 生餓鬼，[明]1459 生皆惡，[明]1537 生，[明]1545 生趣中，[明]1636 生地，[明]1636 生鬼界，[明]1636 生趣於，[明]1692 生爲是，[明]下同 220 生趣經，[明]下同 1545 生趣中，[三][宮][甲]901 各八百，[三][宮]729 欲與共，[三][宮]732 人知之，[三][宮]1442 而過時，[三][宮]2121 人言此，[三][宋]2121 阿難請，[三]146 侍奴婢，[三]下同 220，[聖]606 臣前啓，[聖]953 生餓鬼。

偏：[甲][乙]1822 修餘諦。

崎：[三][宮]2123 男子尋。

綺：[甲]2263 論相應。

侵：[宋][元]1425 先言。

停：[三]25 住時。

像：[甲]2129 也從肉，[三][宮][聖]1549 復次。

信：[原]2408 通者。

一：[三][宮]2122 一人讀。

儀：[甲]2204 比例也。

倚：[三][宮]1425 修習泥。

諸：[三]196 臣對曰。

塝

坊：[甲]、傍[乙]2879 無畫，[甲]塘[乙]2879 地平融。

搒

榜：[三][宮]、榜笞榜[聖]278，[三][宮]770 耳鼻口，[三][宮]2123 耳鼻口，[三]156 笞拷掠，[宋][明]209 笞衆生，[宋][元][宮]729 合兩目。

傍：[三]、婆[宮]2123。

蜯

蚌：[宮]2121 四十八，[三]、蜂[宮]721，[三][宮]1537 蛤蝸牛，[三][宮]2123 蛤中憍。

謗

傍：[甲][乙]1822 此即前，[甲][乙]1929，[甲]1763 也違化，[甲]1816 人，[甲]2259 一，[明]1484 三寶詐，[三][宮]1546 十直，[三][宮]1562 論已了。

邊：[原]、諦[甲]1828 現觀是。

諦：[甲]2196 故四諦，[甲][乙]1822 信故，[甲]1736 成具德，[甲]1816 第二句，[三][宮]1545 邪見等，[聖]1427 世尊，[宋]120 女人少。

非：[聖]1548 世尊非。

誹：[己]1958 是法，[甲]1733 教二不，[三][宮]544 師是爲。

護：[元][明]416 正法破。

毀：[宮]2074 道尊觀，[三][宮]411 聖教。

誇：[三][宮]2103 上用短。

論：[甲]2217 名譏逼，[甲]2270 師，[三][宮]274 謗訕經。

慢：[聖]1425 僧言不。

說：[甲]2255 無因是，[明]1453 他罪與，[三][宮]1562 其名不，[三][宮]1562 若說實，[元][明]1579 現事不。

誦：[聖]1549 諸賢是。

談：[宮]1452 者無有。

衍：[原]1763 殃及身。

詣：[三][宮]2060 未必加。

誘：[宮]1421 乃至今，[宮]2122 聖人於，[甲]1763 後明利。

語：[宮]1425 犯波夜，[三][宮][聖]1462 或知者，[三][宮]1423 無波羅，[三][宮]1425 犯僧伽，[聖]1421 陀婆，[聖]1427 僧是比，[聖]1440 之此比。

豫：[甲]1178 少信縱。

諍：[明]1809 比丘爲。

諸：[甲]2255 煩惱常，[元]2016

方等罪。

包

苞：[宮][聖]278 容三千，[宮]384 容一切，[宮]785 含天地，[甲]1775 天地而，[甲]2053 括於，[甲]2128 曰火離，[甲]2434 十地滿，[明][宮]1562 眾德名，[三][宮][甲]2053 乎陰陽，[三][宮][知]598 弘，[三][宮]1522 群藏之，[三][宮]2053 上智負，[三][聖]211 知之梵，[三]13 九次定，[聖]125 攬欲論，[聖]627 容會者，[聖]1563 容是，[宋][宮]492 弘天地，[宋][明]212 識萬，[宋][元]1529 藏痕，[宋][元][宮]2102 六合不，[宋][元]2061 羅性相，[宋][元]2103 括四天，[宋]35 死屍臭，[宋]627 含器不，[宋]1332 含。

保：[三]99 藏身口。

抱：[甲][乙]2211 萬有廣。

充：[甲]1781 多稱爲。

句：[元]2016。

丸：[甲]2339。

勾：[明]2102 括。

已：[甲]1816 攬已後，[甲]2262 說生無。

苞

包：[宮]263，[宮]2112 山之穴，[甲][乙]2328 含義普，[甲]1733，[甲]1733 含法界，[甲]1763 故謂爲，[甲]1821 含，[甲]1922 含靡所，[甲]2837 天地細，[明]220 含，[三][宮]310 一

切有，[三][宮]2103 容能施，[三][宮][別]397 容無量，[三][宮]347 於識知，[三][宮]381 無崖底，[三][宮]389 藏，[三][宮]397 藏國土，[三][宮]476 容三十，[三][宮]624 於諸法，[三][宮]636 潤，[三][宮]1604 含元氣，[三][宮]2102 無際而，[三][宮]2103，[三][宮]2103 籠每見，[三][宮]2103 含天地，[三][宮]2103 乎，[三][宮]2103 空有理，[三][宮]2103 括故能，[三][宮]2103 内外所，[三][宮]2103 權實之，[三][宮]2103 山澤以，[三][宮]2103 善惡之，[三][宮]2103 上士觀，[三][乙]、[甲]2087 含名相，[三]186 天地細，[三]220，[三]291，[三]291 無，[三]291 衆生見，[三]2103 籠乎無，[三]2110 七德，[三]2110 援神契，[三]2145 潤施毓，[三]2145 三義道，[三]2145 者廣實，[聖][甲]1733 十方盡，[元][明][宮]2103，[元][明]184，[元][明]184 弘隱居，[元][明]626 裹爲一，[元][明]2110 玄奥和，[元][明]2121 死屍臭，[原]1851 十二該。

胞：[甲]1969 託質無。

茅：[宮]2060 山明法。

疱：[宋]、皰[元][明]1331 腫或乃。

煦：[三][宮]263 育將護。

胞

包：[宮]1610 胎四成。

苞：[明]220 初出時。

抱：[宋]2103 胎。

脬：[宮]614 膽。

泡：[宮]1552 肉段，[三]、脬[宮]721 蟲則歡，[三][宮]721 中風之，[三]375 乃至盛。

疱：[三][宮]397 出謂頭，[三][宮]1547 外種者，[三]375 時四者。

皰：[三][宮]2121 成就，[三]下同 2123 兩肘兩。

沈：[宮]2123 一名肉。

始：[宮]721 胎中之。

胎：[宮]2123 處生一，[三][宮]345 勿懷斯。

脫：[原]1744 胎大。

褒

袌：[明]2131 羅那地。

衰：[甲]2053 美雖驚，[甲]2053 揚兩朝，[甲]2053 揚之致。

襃：[明]2103，[明]2103 仰而崇。

雹

暴：[宋]99 斷生草。

電：[丙]2087 奮發，[宮]397 亦能降，[甲]1080 雨卒暴，[三][宮][聖]2042 霹靂及，[三][宮][另]1442 於虛空，[三][宮]721 碎其刀，[三][宮]2122 我應報，[三][乙]1092 法證眞，[三][乙]1092 霹靂虎，[三][乙]1092 霹靂數，[三]206 霹靂，[宋][明][宮]、雷[元]2122 害禾穀，[元][乙]1092 霹靂難。

雷：[三][宮]606 雨空無。

匏：[三][宮]1549 淨牢固，[三]125 節爾時。

雲：[三][宮][別]397 旱潦等。

震：[三]206 殺人民，[宋][元]、振[明]193 其塵電。

薄

白：[宮]1428 石。

薄：[宋][元]198 說愛。

彼：[聖]190 已取我。

博：[宮]664 蝕白黑，[甲]1786 蝕者案，[明]2154 究宗領，[三]、[宮]824 又私，[三][宮][甲]895，[三][宮]419 一牛寶，[三][宮]674 赤銅暉，[三][乙][丙]873 乞又二，[宋][元][宮]1579 蝕，[宋][元]1，[宋][元]152 蝕星宿，[宋][元]450 蝕難非，[宋]博[元]博[明]24 又河從，[元][明]下同847 又四者。

博：[三][宮][聖][另]1442 蝕年歲，[三]1443 蝕年歲。

部：[原]1223 落喜歡。

簿：[和]261 伽梵告，[和]261 伽梵讚，[甲]1110 伽梵阿，[甲]2128 同補莫，[明][宮]451 呼羅大，[明]1596 少故菩，[明]1602 伽梵説，[三]2154 羽儀幡，[三][宮]2103 雖分爲，[三][宮]2122 肘腋叛，[三][甲][乙]901 訖底二，[三][甲]1024，[三][甲]1024 去聲引，[三]985 計薄多，[宋][元][宮]848 伽，[宋][元]1227 伽梵知，[元][明]984 翅矢里。

傅：[聖]2157 字。

淳：[甲][乙][丙]1833 之。

蕩：[聖]361 俗共爭。

德：[宮]、得[聖][另]790 是地友。

范：[甲]2128 甯集解。

傅：[宋][明]、傳[元]2122 之修治。

縛：[甲]1829 二銕串，[甲][乙]1822 煩惱者，[三][宮]479 今得脱，[三][宮]1462 著學除，[聖][另]675。

漸：[石]1509 不戲。

林：[元]、焚[明]2060 葬用嗣。

泊：[三][宮]639 清淨法，[元][明]1331 在軍中。

婆：[明]1450 伽勉勵，[三][甲]1003 伽梵者。

蒲：[甲]2129。

浦：[乙]2087 見王諸。

溥：[明][乙]1092 字門解，[宋]1092 伽縛底。

輕：[另]1509 賤不與。

薩：[甲]2400 囀怛他。

怗：[宋][宮]、貼[元][明]397 之四邊。

愽：[三][宮]2060 亙多假。

專：[明]405 葛反閣。

宀

一：[甲]2128 者非。

脈：[宮][聖]1421 炙王即。

穴：[甲]2128 八論作。

保

褒：[宋][宮]、寶[明]2122 誌奏梁。

堡：[三][宮]513 城閉門。

寶：[明]2122 誌吳居，[明]2122 誌者始，[明]2122 誌誌撫，[三]2103 誌法師，[宋]2149 定二年。

報：[甲][乙]2185 解脫，[明][聖]1523 故。

倍：[甲][乙]2231 身言守。

促：[甲]2128 曷音軌，[甲]2339 不同護。

況：[三][宮][聖]754 汝。

深：[原]2208 自破通。

寶：[三]2110 髓。

瓵：[三]2104 涓流何。

謂：[原][甲]1851 諸。

係：[宋][元]2034 師佛入。

依：[聖]1425。

俁：[甲]1248。

宗：[甲]2290 禪學失。

珤

寶：[三][宮]2103 塔斯成。

觗

寶：[宋]、葆[元][明]127 車群臣。

葆

寶：[宋][宮]2040 車送與，[宋]葆之[三]133 車寶[宋]128 之車從。

堡

保：[三][宮]2122 及。

飽

鉋：[三]、刨[宮]、疱[聖]1435 身物施。

飯：[三][宮]282 已時心。

飢：[三][宮]743 亦極，[聖]410 滿種種，[宋]1331 死魅鬼。

滿：[明]2040 因取從。

滿：[三][宮]2121 足爲檀。

饒：[三][宮]2028 足復恐，[聖]1440 聽受第。

施：[三][宮]1425 食何故。

飲：[三]1443 食世尊，[三][宮]1442 食已澡。

飲：[三]202 已訖便，[乙]1822 時彼亦。

袌

袞：[甲]1786 稱義成。

寶

寶：[明]1656 蓮花上，[三][宮][久]397 隱沒，[三]440 餘本寶，[宋]736 英之報。

寶

保：[甲][乙]2092 定敷茲，[三][宮]1537 護以，[三][宮]2059 寺又，[三][宮]2122 戀況復，[三]192 唯正法。

珤：[甲]1723 公云以。

葆：[明]2122 羽之車，[三]384 之車具，[元][明]125 羽車爾，[元][明]125 之車即，[元][明]125 之車往，[元][明]125 之車吾，[元][明]125 之車至，[元][明]186 之車大，[元][明]200 之車將，[元][明]212 之，[元][明]643 車安施，[元][明]2042 車而自，[元][明]2045 之車八，[元][明]2121 車躬自，[元][明]2121 車詣如，[元][明]2122 羽之車。

報：[甲]1733 得，[三]1101 賢藥叉，[原]1780 兩。

比：[丙]866 名寶供。

表：[明]1132 衣，[明]2088 寶大如。

財：[明]100 若有捉，[三][宮]1452 隨應悉，[三]474 貨之大。

藏：[甲]2036 無明醉，[原]973。

乘：[甲]2195 四諦等。

幢：[甲]2397 生佛也。

得：[元][明]410 得最勝。

寶：[乙]2092 融而自。

法：[丙]2381 戒然法，[甲]1086，[甲]1863 不求自，[甲]1921 若能修，[甲]2192 智名爲，[甲]2250 所説五，[三]375 常住實，[聖]2157，[乙]2263，[乙]2381。

佛：[三]1。

蓋：[明][甲][乙]901 東西陜。

更：[甲]2254 云種種。

宮：[乙]2391 殿莊嚴。

垢：[原]1721 是三昧。

貫：[三][宮]673 及諸繒，[三]1016 摩尼珠。

光：[甲][乙]2249 法師意，[乙]2254 云微顯。

歸：[聖]1763 明我亦。

貴：[宋][元][宮]765 想。

果：[三]100 如法而。

花：[甲]2845 蓋詣如。

畫：[乙]2394 莊嚴身。

賄：[三]1339 以是因。

會：[三]1005 清淨三。

慧：[明][宮]278 海。

貨：[聖]663 好行惠。

寂：[甲][乙]2385 蝎弓。

家：[聖]272 彼。

賈：[三]1332 積三，[聖]2034 唱録應。

價：[三]152。

堅：[甲]2400 牢金剛。

覺：[甲]1778 尚，[宋][元][宮]2040 具足王。

空：[聖]1441 床。

寇：[甲]2129 字從支。

庫：[三]375 藏若金。

寮：[甲]2120 鈿函。

盧：[三][乙]1092。

密：[甲][乙]2219 之藏皆，[甲]2239 三身佛，[甲]2412 諸天護，[乙]2391，[原]、教[原]2339 對辨懸。

蜜：[三][宮]2103 瓶浮光。

明：[甲]1799 月。

南：[甲][乙]2192 方葉也。

普：[三][宮][聖]397 集經所。

其：[甲][乙]894 座法。

窮：[甲][乙][丙][丁][戊]2187 譬窮大。

瓊：[三][宮]2103。

任：[三][宮]276 擔。

如：[三]193 須彌山。

僧：[甲]1763 亮曰答，[甲]1763 亮曰反，[甲]1763 亮曰正。

沙：[宮]397 牛頭。

聖：[三][宮][聖]1458 人則爲，[聖]1458 亦。

施：[明]2123 財物濟。

屍：[三]190 不異即。

實：[丙]2163 不可思，[宮]1808 等一切，[宮]2074 意講華，[宮]263 世間，[宮]272 無分別，[宮]278 皆令歡，[宮]278 物若干，[宮]279 心無厭，[宮]310 相菩薩，[宮]397 者，[宮]468 出家者，[宮]721 一切欲，[宮]1463 是藥，[宮]1552 名覆護，[宮]2103 剎經始，[宮]2123 觝比見，[甲]、實[乙]1816 持用布，[甲]1709 藏故，[甲]1735 報凡夫，[甲]1912 所有一，[甲]2035 則必以，[甲]2128 曰孕，[甲][戊]2221，[甲][乙]1822 靜慮，[甲][乙]1909 相佛南，[甲][乙]1909 語佛南，[甲][乙]2190 俱成，[甲][乙]2219，[甲][乙]2231 上淨月，[甲][乙]2381 自知非，[甲][乙]2391 左爲寶，[甲]867 爲冠相，[甲]1512 無爲者，[甲]1705 花，[甲]1709 炬智燈，[甲]1709 自性常，[甲]1722 傍開方，[甲]1724 乘直至，[甲]1733 報答是，[甲]1736 發精進，[甲]1736 信也離，[甲]1816 觀十迴，[甲]1830 等，[甲]1830 性論等，[甲]1909 語，[甲]2035 藏皆悉，[甲]2067 天神來，[甲]2128 似之因，[甲]2163 勝敵之，[甲]2193 所是故，[甲]2196 廣如彼，[甲]2196 爲萬法，[甲]2214 耶故云，[甲]2266 故所，[甲]2299 玉土故，[甲]2337 車又基，[甲]2395 德如來，[甲]2397 聚門經，[別]397 想行起，[明][和]261 不，[明]316 法門應，[明]642 交露臺，[明]665 由斯衆，[明]1000 法雖經，[明]1545 念住正，[明]1582 爲六事，[明]2122 窟內我，[明]2122 是名十，[三]99 物聞我，[三][宮][聖]278 心，[三][宮][聖]397 夜叉千，[三][宮][知]384 於眞際，[三][宮]225 難，[三][宮]278 境界彼，[三][宮]278 隨應變，[三][宮]278 心功德，[三][宮]278 心無有，[三][宮]355 際而住，[三][宮]376 猶如野，[三][宮]384，[三][宮]387，[三][宮]443 如來南，[三][宮]596 行求人，[三][宮]627 心諸通，[三][宮]640，[三][宮]649 無變改，[三][宮]660 堅固清，[三][宮]721 如，[三][宮]721 性愛樂，[三][宮]721 衣實名，[三][宮]1421 非父餘，[三][宮]1474 三十二，[三][宮]1488 若人善，[三][宮]1522 心無厭，[三][宮]1563 靜慮等，[三][宮]1563 所，[三]

[宮]1566 聚經中，[三][宮]1579 中心懷，[三][宮]1604 依止業，[三][宮]1610 亦爾雖，[三][宮]1611 相似相，[三][宮]2066 愛，[三][宮]2109 禪師觀，[三][宮]2122 公，[三][宮]2122 性論偈，[三][聖]1579 酬價無，[三]17 願人厄，[三]99 成就示，[三]125 不得爲，[三]154 增益其，[三]157 有佛號，[三]272 慧幢王，[三]384，[三]410 之大寶，[三]638 多便從，[三]682 物轉和，[三]939，[三]1006 如理唯，[三]1341，[三]1562 殊勝功，[三]1579 學有六，[三]1579 蘊業果，[三]1605 現觀不，[三]1644 出世第，[三]2145，[三]2153 三昧經，[三]2154 三昧經，[聖]1454 極炎時，[聖][另]675 乞求行，[聖]26 再三稱，[聖]223 不從東，[聖]231 功德菩，[聖]272 如熱得，[聖]288 之定佛，[聖]371 意彼名，[聖]376 守糠聚，[聖]1421 沙門釋，[聖]1429 求無厭，[聖]1436 若名寶，[聖]1456 物眼藥，[聖]1509 輪及諸，[聖]1509 所謂空，[聖]1579 賣，[聖]1595 等淨土，[聖]2157 篋經同，[聖]2157 唐化，[聖]2157 昔在荆，[另]1463，[另]1721，[另]1721 爲，[石]1509 華，[宋][宮]376 如是比，[宋][宮]440 幢佛南，[宋][宮]586 不滅，[宋][明][聖]1017 意天子，[宋][元][宮]1428 物是沙，[宋][元][宮]447 佛南無，[宋][元][宮]447 音佛南，[宋][元][宮]885 生尊及，[宋][元][宮]1474 不得手，[宋][元][宮]1612 中極正，[宋][元][宮]2121 唯除金，[宋][元]721，[宋][元]2149 唱録或，[宋]362 佛所行，[宋]2154 明菩薩，[乙]1775 既藏以，[乙]2157 相論一，[乙]2362 等都不，[乙]2391，[元][明]278 在闇處，[元][明]291 因縁而，[元][明]310 主故顯，[元][明]443 如，[元][明]658 善男子，[元]945 王還度，[元]1092 索盤掛，[元]2016 印文成，[原]、實[甲]1724，[原]、實[乙]1724 示菩薩，[原]2126 上表陳，[知]1581 主作僞，[知]2082 與。

室：[甲]1708 仙法不，[甲]2266 前欻然，[甲]2298 彌勒疑，[甲]2400 唎二合，[原]1064 哩哩儜。

俗：[甲]1775。

宿：[甲]1816。

塔：[三]2042 所涕。

貪：[三][宮]765 愛耽著。

曇：[宮]2121 唱等，[宋][元][宮]2121 唱。

體：[三][宮]1611 眞實身。

絑：[三]1457 賣之應。

物：[三][宮]453 之想時，[乙]2795。

賢：[和]293 座紺瑠，[甲]893 瓶雨寶，[三][甲][乙][丙]1056 瓶於壇。

憲：[甲]2323 思。

行：[宮]2122 梁。

瑤：[乙]913 珠行列。

要：[原]1774 爲妙者。

一：[三][宮][聖]278 須彌中。

已：[三]203 還。

意：[三]1509 珠能除。

玉：[明]2076 作一鋪。

雲：[三][宮]278。

雜：[三][宮]721 光明出。

宅：[甲]1728 及無漏，[甲]1724 故下文。

者：[三][宮]544 教化勸。

珍：[甲][乙]957，[三][甲]1101 及五穀，[三]202 悉，[聖]663 及妙瓔。

至：[宋][宮]2123 心也。

種：[三][宮]278 衣諸莊。

重：[甲]1983 行阿彌，[三]125，[宋][元]220 成就於，[原]1812 境鐵鎚。

珠：[三][宮]223 其德如，[三][宮]223 著身，[三][宮]665 發願咸，[三]374 直，[元][明]223 能。

轉：[甲]952 輪清。

資：[原]、[甲]1744 也地上。

最：[甲]2195 幢菩薩，[甲]2223 於一切，[甲]2339。

尊：[三][宮]541 奉佛一，[三][宮]544 不禮事，[三][宮]638 冥設錠，[三][宮]2122 故爲人，[三]1339 究竟解。

抱

把：[三][宮]2122 火尋城，[三][宮]2122 脚踏截，[三][甲]951 弟子右，[三][石]2125 金囊却，[三]60 之入著，[乙]2391。

裸：[三][宮]2122 聞諸梵。

扼：[明]1450 乾陟。

犯：[聖]425 愍傷心。

放：[原]923 之而散。

扶：[三]、以[宮]754 石。

共：[三][宮]721 天子無。

狗：[甲]2261 聞諸梵。

跪：[聖]200 王足我。

懷：[三][宮]403 悅心在，[三][宮]425 害。

拘：[元]1425 柱。

枸：[元][明]、枕[宮]425 毛緣斯。

袍：[元][明]265 休。

施：[甲]2400 劍記云，[三]26 尼揵親，[三]202 與。

拖：[甲]1268 立並作。

挽：[三]192 軛鞭策。

膝：[三]397 上端正。

揖：[三]2122 長者，[乙]2263 雖彼。

把：[宮]1509 而問言，[甲]2129 反切韻，[三][宮]2060 德教遠，[三][聖]210 抱損，[宋]2154 而風韻。

悒：[宋]2153 悒經一，[元]190 結恨。

於：[三][宮]2122 罕大敗，[聖]99 怨而不。

執：[宋]125 琴。

捉：[三][宮]2042 駒那羅。

豹

狗：[宮]1435 皮獺皮，[宮]671 猫狸鷗，[宮]1435 熊羆多，[三][宮]721 狐狸麞，[三][宮]1428 捉鹿鹿，[三]

[宮]1549 皮纙恐，[聖]157 面或獮，[聖]1435 皮。

狼：[三]1 惡獸地。

兇：[三][宮]374 豺狼象。

報

白：[別]397 佛言禪。

保：[元][明]186 就於後。

寶：[明]2154 應沙門，[三][宮]294 髻菩薩。

彼：[宮]1799 一所弘，[原]2216。

財：[三]1130。

撮：[甲]1914 綱要。

答：[宮][聖][另]342 曰是故，[明][宮]342 向者問，[明]745 言汝先，[明]835 默然而，[明]1442 曰小軍，[三][宮]585 曰族姓，[三][宮]1451，[三]1 曰止止，[三]212 曰所謂。

得：[三][聖]170，[三]203 勝果。

德：[宮]683，[三][宮]1425 故今禮，[三][宮]1659 亦復如。

惡：[元][明]1484。

法：[甲][乙]867，[甲]2305，[原]2263 心心所。

封：[三][宮]1547 在遍淨。

服：[聖]2157 長髮多，[宋][元]602 用念道。

福：[元][明]211 轉多譬。

告：[三][宮]2122 王王即。

根：[甲][乙]1822 不定，[甲][乙]1822 不爲餘，[甲][乙]1822 定者自，[甲][乙]1822 謂富者，[甲][乙]1822 業説若，[甲]1708 故二生，[甲]1733

名爲具，[甲]2262 三皆是，[三][宮][聖]1552 此非説，[聖][甲]1733 明我空，[聖][甲]1733 行等，[聖]1549 彼無有，[聖]1721 名則，[聖]1733 自體故，[乙]2263 故外。

故：[聖]397 當爲是。

國：[甲]2410 時。

果：[甲][乙]2263 受者染，[三][宮]1509 多，[三][宮]2122，[三]1582 因若報，[聖]100，[聖]1763 耳是名。

好：[乙]1816 業初逢。

恨：[三][宮]847 則能成。

化：[乙][丙]2396。

穢：[甲]2195 土也依。

記：[聖][另]1548 非報法。

兼：[甲]1736 等差別。

教：[宮]741 家中皆，[三][宮]1509 施者十，[三][宮]1549 者彼不。

苦：[聖]375 故。

難：[甲]1851 如來無。

赧：[甲]1813 爲辱又。

能：[甲]1089 三百遍，[甲]2237 就中爲，[元][明]425。

起：[甲]2217 障與生，[甲]2837 怨憎違，[元][明]1559 業故説，[元][明]2123 是故律。

輕：[甲]1828 苦。

情：[三]2108 衣則。

趣：[甲]1832 行者説，[甲]2266 施設假，[三][宮]2122 難成不，[乙]2263 業俱生。

赦：[宋][元]1242 陪囉嚩。

身：[甲]1736 而起於。

實：[乙]1723 佛等皆。

視：[三][宮]693。

釋：[另]1721。

熟：[甲]、報以[甲]1781 則現受。

數：[三][宮]1551 者何。

説：[宋]99 無福無。

歎：[三]211 曰，[原]1744 令得正。

晚：[甲][乙]1822 出。

謂：[三][宮]2059 使。

現：[元][明]1547 是謂此。

相：[宮]2112 應之輪。

祥：[三][宮]2122 記也。

想：[甲]1736 與我爲，[甲]1816 我盡未，[另]1548 非報法，[宋][元]1550 彼中無。

新：[宮][聖]425 欲起者。

行：[三]、業[宮]278 所生之。

幸：[三][甲][乙]950 今世及。

言：[三][宮]2121 瞿曇彌。

也：[甲]1775。

業：[三][宮]2045 諸臣見，[三][宮]2122 現償皆，[聖]1548 身業口，[宋][元]2111 業者。

因：[元][明]2103。

應：[丙]2397 身，[甲]、執[甲]1816 化釋迦。

樂：[三][宮]1660 心不舉。

者：[甲]1705 是五陰。

之：[甲][乙]1929 果此二。

執：[宮]656 度無極，[宮]1596 識，[宮]1602 不可思，[宮]1610 盡

稱，[甲]1804 鑪向上，[甲]1832 故不通，[甲]2223，[甲][乙]1832 爲令衆，[甲]1512，[甲]1816 後佛，[甲]1816 化，[甲]1832 二取所，[甲]1832 涅槃既，[甲]1863 佛菩提，[甲]2250 受文光，[甲]2262 著，[甲]2266 乃至處，[甲]2266 著顛倒，[明][宮]425 爲不見，[明]672 謂諸識，[明]721 受大苦，[三][宮]402 迷陷，[三][宮]425，[三][宮]459 住於一，[三][宮]618 四大，[三][宮]673 無生無，[三][宮]1545，[三][宮]1559 百者由，[三][宮]1595 名爲受，[三][宮]1646 二者受，[三][宮]1648 故第二，[三][宮]2033 一切隨，[三][宮]2121 事有沙，[三][宮]2122 此寶刀，[三][宮]2122 爲我，[三]212 怨乃息，[三]649，[三]2102 我捍化，[三]2123 對由此，[聖]1452 言賢首，[聖]1733 下示因，[聖]1763 便從理，[另]1442 苾芻在，[乙]1816 天親云，[乙]2215 皆隨一，[乙]2223 及顯體，[乙]2263 主，[乙]2396 空華無，[元][明]585 時諸菩，[元]1596 識一切，[原]1890 見故四，[原]1227 障，[原]1818 煩惱，[原]1818 煩惱故，[原]1851 心作此，[原]2339。

諸：[宋]125 無量不。

罪：[明]2122 若生人，[三][宮]1646 我何故，[元][明]2122 非無輕。

祚：[宮]2112 在生之。

鉋

疱：[聖]、刨 1435 刮身毛。

培：[元][明]1340 掘。

掊：[三]374 須彌山，[元][明]375
須彌山。

暴

虣：[明]721 如上所，[明]721，
[三]196 侵。

爆：[元][明]2123 暴。

弊：[三][宮]2121 惡。

恭：[三][宮]2034 滅，[宋][元]
[宮]、一[明]2102，[宋]1545 惡多爲，
[元][明]1537 風。

黑：[三][宮]606 象群雲，[聖][另]
1428 象來或。

流：[三][宮]2122 海難逢。

慕：[明]2123 恒專一。

瀑：[宮]672 流從心，[宮]1650，
[甲]1733 流水非，[甲]1784，[明]
1450 流水所，[明]1579 流或如，[三]
[宮][聖]1602 流我於，[三][宮]721 河
所漂，[三][宮]2058 河流吞，[三]187
乾瓠所，[三]2145 起水深，[宋]1027，
[宋]1027 雨於是。

曝：[明]1425 曬，[明]1451，[明]
1451 不翻轉，[三][宮]、[聖]1428，[三]
[宮]585 露已能，[三][宮]1425 露風
雨，[三][宮]1442 以烈日，[三][宮]
1458 並不，[三][宮]2123 井人入，[三]
[宮]2123 之令乾，[三][甲]901 乾仍
以，[三]1 之使，[三]125 火炙或，[三]
2123 皆有小，[三]2125 未稱其，[乙]
2092 於日中。

食：[三]99 設復入。

異：[宮]397 水我度，[宮]2045
疾合會，[明]784 即，[三]865 怒形，
[三]2106 全不齒，[宋]144 輕心。

燥：[三][宮]1425 已。

爆

暴：[三]、薄[宮]1425 身復問，
[三][宮]1579 乾味充，[三]643 我身
者，[宋]、曝[明]643 作。

博：[宋][元][宮]、搏[明]2122 身
爲諸，[宋][元][宮]2122。

煿：[宮][聖]1442 以供飲。

爍：[元]2122 聲。

曝：[甲]1709 動即搖。

爍：[甲]1999 如關將。

卒：[三][宮]553 破見石。

陂

彼：[三][宮][聖]1442 池邊遍，
[元][明][宮]673 池裏。

波：[宮]350 水，[甲]1709 池竭
涸，[甲]2128 反費也，[三]、彼[宮]
2121 桓提國，[三][宮][甲]2053 之量
渾，[三]23 天梵迦，[聖][另]1548 水
自從，[宋][元]婆[明]88 夷墮舍。

陵：[乙]2092 北渡赴。

皮：[三]23 斤天。

婆：[三][知]418 洹作，[三]88 夷
墮舍。

溪：[三]146 水正。

杯

盂：[三][宮]2122 器上有，[宋]

[元][宮]2060 餘則繫。

背：[宮]1470 上。

坏：[三]2122 器內外。

林：[宮]2060 度一時，[宋]2122 後出於。

拯：[甲]2879 度是解。

卑

礙：[甲][乙]2194 想所以。

稗：[原]2339 草修治。

俾：[宮]2103，[三]1336 低一呵，[三]2102 皇極。

畢：[宮]397 又毘夜，[甲]2196 鉢沼則，[明]190，[三]、禪畢[宮]1462 足故名，[三][宮]1425 尸窟或，[三][宮]2122 鉢羅樹，[三][宮]2122 試國奉，[三][甲]2087，[三]1336 梨那耆，[三]2087 鉢羅樹，[三]2088 鉢羅樹，[三]2122 其有中，[乙]2207 夜，[乙]2393 必迦反，[原]、畢[聖]1818 竟成就。

痺：[三][甲][乙][丙]930 脚小床。

弊：[元][明][丙][丁]866。

波：[三]984 離多若。

單：[甲]1733 羅國涉。

果：[宮]1546 下捷。

罕：[三]999 娑誐引。

旱：[甲]1793 澇不傷，[甲]1851 七中前。

呵：[三]1339，[元][明]1339，[元][明]1339 二南。

甲：[甲]2128 專從甫。

界：[宮]1435 摩羅叉，[聖]2157

共竺佛，[另]1548，[宋][宮]2122 陋于時。

厙：[明]、厚[聖]、[乙]983 脚床子。

里：[甲][乙][丁]2244 陀南手。

毘：[元][明][丙][丁]866。

埠：[三]23。

脾：[甲]2128 聲也經。

升：[元]656 上至梵。

昇：[聖]613 下下修。

下：[三]375 者高百。

學：[宮]1442 座跪而。

異：[三][宮]2122 陋行墮，[元]374 善。

早：[宮]2060 身節行，[宮]2074 賜偈文，[甲]2035 下之甚，[甲][乙]2194 小菩薩，[三][宮]222 行復有，[三]1301 豆羹主，[聖]627 脫而有，[聖]1646 賤家亦，[聖]2157 羅鄙語，[原]1780 成般若。

中：[聖]210。

栖

杯：[宮]617 盛血語，[三]1336 飲之呪，[宋][元][明]2087 之異遠。

椑

簿：[三][聖]26 筏乘之。

悲

哀：[甲]2339 常視眾，[明]316 愍心生，[明]293 垂納受。

卑：[三]1579 微薄故。

比：[三]1343 沙阿。

彼：[甲]1735 種性後。

並：[宮]、涕[石]1509 泣或於。

愁：[宮]374 苦惱而，[明]125 苦惱不，[三][宮]523 常無樂，[三][宮]2123 常煎煮，[三][知]418 念亡我，[三]100 號哭。

垂：[三]、涕[聖]99。

慈：[丙][丁]2190 脫，[宮][知]598 無畏心，[宮]279 心起爲，[宮]541 教骨，[宮]866 起爲成，[宮]1581 惻不興，[宮]2025 願力示，[和]293 陀羅尼，[甲][乙]1929 即佛性，[甲][乙]2263 特增故，[甲]864 壽命清，[甲]1782 意定不，[甲]1920 觀心者，[甲]2219 悲生於，[甲]2219 故説三，[甲]2390 守護，[明]293 拔濟我，[明]293 心，[明]309 心答曰，[明]663 心施，[明]1096 意樂眞，[明]1484 心教化，[明]2053 願力又，[三][宮]1562，[三][宮][聖]1579 等俱行，[三][宮][知]598 心愍哀，[三][宮]310 善巧方，[三][宮]383 梵音告，[三][宮]443 者如來，[三][宮]1509 心一切，[三][乙]1133 愍大悲，[三]156 心能大，[三]197 無物不，[三]201 心，[三]203 愍來向，[三]1033 心孝順，[三]1564 發無上，[聖]663 力故虎，[乙][丙][丁]1141 氏眞體，[乙]1174 愍爲此，[乙]2192，[乙]2192 故云，[乙]2218，[原]904 心於無，[原]1141 三，[原]1721 與樂四，[原]1796 色其妙。

惡：[明]721 苦懊惱。

非：[宮]721 堅心軟，[宮]374 不見衆，[甲]1782 想定阿，[甲]1828 想但伏，[甲]1828 想心求，[甲]2339 緘口名，[甲]2339 想八萬，[甲]2801 人三明，[甲]2837 悔邊隅，[甲][乙]1709 以不害，[甲][乙]1821，[甲][乙]2263 殊勝故，[甲][乙]2393 生曼茶，[甲]1775 生所，[甲]1816 愍未，[甲]1828 互用者，[甲]1828 想初品，[甲]1828 想地若，[甲]1828 想受生，[甲]1828 想以爲，[甲]1828 想有心，[甲]2128 聲也，[甲]2204 爲先惠，[甲]2266 般若故，[甲]2266 願力爲，[明]721 絶不可，[三][宮]2048 哀也於，[三][宮][聖][知]1581 如苦諦，[三][宮]271 物無有，[三][宮]721 憙樂欲，[三][宮]1550，[三][宮]1562 二種差，[三][宮]1577 處功德，[三][宮]1577 衆生數，[三][宮]1656 境，[三][宮]2060 夫陳迹，[三][宮]2103 歲迎韻，[三]410 愍念衆，[聖]1602 現前者，[聖]1509 果報利，[聖]1544 定答拔，[另]1721 稱愍，[乙]1796 想言，[乙]1816 愛已成，[乙]2261 本願緣，[乙]2263 想既不，[乙]2396 想機授，[元]、作[明]191，[元][明][宮]614 行法，[原]1890 想地以，[原]2196 據義者，[原]1749 想解脫。

飛：[聖]199 鳴。

蜚：[三]1336 屍注。

忿：[三][宮][丙][丁]869 怒金剛。

感：[三]202 結。

供：[明]186 敬。

惠：[甲]957 心，[甲]1072 方便現。

慧：[甲][乙]2390 手，[甲]1733 廣大玄，[三][宮]606 無蓋，[三][宮]1521 者十六，[聖][另]765，[元][明][宮]1579 隨逐名。

盡：[原]916 菩薩於。

淨：[聖]158 爲大悲。

恐：[三]205 願不果。

苦：[三]196 不王意，[三]196 展轉。

愍：[三]、憫[宮]262 唯願，[三][宮]403 而行悲，[三][宮]411 暴惡志，[三][宮]1442 緣斯事，[三][宮]1521 意不能，[三][宮]2122，[三][聖]397 於此更，[三]374 念衆生，[乙][丙]873，[乙]1220 利益一，[原][乙]917 故哀受。

瑟：[甲]2135 也。

上：[甲]2299 緣覺如。

伸：[三][宮]2122 敬言問。

士：[甲]1781 觀生。

思：[另]1721 四生處。

悉：[甲]1733 皆如是，[乙]867 地。

心：[宮]721 心是人，[甲]2299 治瞋恚，[三]1082 即説呪，[元][明]643 爾時亦，[元][明]1463 感懊惱。

歈：[明]2121 欵言曰。

矣：[宋][元][宮]、調[明]784。

憂：[三][宮]2121 爲但自。

志：[甲]1891 利益。

北

背：[三]1579 無戀矯。

比：[甲]1741 字海幢。[乙]2379 蘇山寺。[宮]2122 郡從事，[宮]657 方過于，[甲]1735 方法界，[甲]1763 千千爲，[甲]2128 狄左大，[甲]2296 猶是蝗，[明]2059 至襄國，[明]158 方去此，[明]191 方亦復，[明]939 輻之位，[明]1563 路時，[明]2103 隣皮服，[明]2122 爵單越，[明]100 伽摩納，[明]2154 印度境，[明][宮]2103 面未深，[三]2154 方世利，[三][宮]1464 有大失，[三][宮]2122 見重牆，[三][宮]2122 隣有祁，[三][宮]2122 遠道共，[三][宮]1563 及餘性，[聖]190 爵單越，[聖]310 有大洲，[另]1428 方有如，[宋]2060 三十里，[宋]2060 臺之恒，[宋]2122 舍得母，[宋]2122 征將行，[宋][宮]1442 追，[宋][元]2088 道入印，[宋][元]2121 方人彼，[宋][元]2122 經于十，[宋][元]1562 俱盧彼，[宋][元]2088 殑河岸，[宋][元]2122 齊畫工，[乙]2376 蘇自，[乙]1796 維虛空，[元]1092 曼，[元]1301 對立行，[元]2060 徂南達，[元]2087 馬主寒，[元]2110 方盛陰，[元]2122 僧在此，[元]1092 沒反，[元]1644 地妙好，[元]187，[元]、此[明]1435 方國則，[元]1579 拘盧洲，[元]1635 面有山，[元][明]100 伽往詣，[元][明][乙]1092 我反枳。

此：[原]2409 亦可爾，[宮]2060 面之禮，[宮][甲]1912 式示後，[甲]2250 處説色，[甲]2299 土論師，[甲]2339 門耶答，[甲]1805 地亦然，[甲]1805 名況有，[甲]1805 至此熱，[甲]1828 洲極壽，[甲]2196 曰百千，[甲][丁]2092 橋銘因，[甲][乙]1736 宗難者，[甲][乙]2250 洲至有，[明]20 入，[明]2053 有，[明]2122 土度善，[明]2122，[明]2125 戶向日，[明]2154 涼錄，[明]1451，[明]2034 魏存至，[三]2059 土具傳，[三]2059 土遠適，[三]2145 土遠適，[三][宮]2103 間，[宋]190 各行七，[宋][元]2149 臺石窟，[宋][元]843 方堅固，[乙]2394 面一處。

地：[宋][宮]2060 佛壟山，[乙]2393 畫作大。

東：[知]384 出去雙。

法：[原]2411 三ノ抄。

方：[乙]852 伊舍那。

非：[原]1898 山玉華，[三]2088 印度攝。

功：[明]2131 境皆號，[明]2131 境皆號。

國：[三]985。

恒：[三]2122 岳山也。

華：[三][乙][丙]873 方佛羯，[乙]2192 葉也問。

化：[宮][甲]1805 教中。

類：[甲]2255 北忍。

六：[明]1644 名捨喜。

南：[甲]2394 優婆遜。

南：[三][宮]2053 角，[三][宮]2122 新繁縣。

散：[元][明]1615 無戀矯。

似：[原]2408 斗三。

逃：[甲]2087 奔命步，[甲]2087 奔命步。

西：[三][宮]397 方海中。

兆：[甲]2129 隅郭注。

壯：[宮]2104 院寶。

孛

索：[甲]2157。

學：[聖][另]790 孛幼好。

貝

唄：[甲]1771 多羅樹，[甲]1911 莫令盜，[三][宮]2123 供養，[宋][宮]2123，[原]1796 也。

波：[三][宮]1464 逸提比。

鉢：[聖]1 其一智。

罐：[宋][明]、鑵[元]1428 佛言聽。

見：[宮]1421 尋生疑，[元]1451 臥帔。

具：[敦]262[宮]，[甲]2128 反文字，[甲]2128 夗聲傳，[甲]2128 作，[甲]2128 賈聲也，[甲]2250 或劫，[明]26 周那優，[明]190 諸如是，[明]721 聲，[明]1428 若鳥毛，[明]1585 旋白馬，[明]2154 多樹下，[明]310 璧玉珊，[明]984 尸佛依，[明]1340 出大聲，[明]1648 憍奢耶，[明][另]1442 齒亦不，[明][宮]1443 是堪吹，[三]

1582 琉璃眞，[聖]223 自念我，[聖]2157 多樹下，[聖]371 如是無，[聖]1421 衣各著，[另]1428，[宋]1582 聲鼓聲，[元]639 諸音樂，[元]1435 白守祠，[元]、瑱[另]1435，[元][明]1341 羅簸利。

目：[甲]1709 及諸藥，[三][宮]2103 象足至。

其：[明]310 受持十，[三][宮]721 聲相似。

且：[原]1760 如大車。

乳：[甲]1736 色柔軟。

是：[三][宮]1428 或有言。

背

謗：[甲]1909 善知識。

俏：[聖]190 走還向，[聖]190 來至此，[聖]190 此，[聖]190 彼二人，[聖]190 亦復不，[宋]、偕[元]190 彼是故。

輩：[宮]721 肉，[三]2103 流心方。

崩：[甲]1708 諸附庸。

持：[宮]721 火燒其。

梵：[元][明][聖]158 摩如來，[元][明][聖]158 摩如來。

乖：[甲]2263 道理，[甲]2263 道理。

脊：[宮]397 破，[明]1442 耶御者，[乙]1736 痛於拘。

皆：[甲]1816，[原]1223 一佛持，[原]2409 如劍形。

皆：[乙]2390 相，[原]2196 從三毒。

皆：[宮]2060 召日嚴，[宮]2122 有所倚，[宮][甲]1805 計爲實，[甲]904 相加智，[甲]1238 並豎二，[甲]1782 不得佛，[甲]2266 故唯初，[甲]2337 聖法普，[甲]2362 一切相，[甲]2392 即，[甲]2792 理名非，[甲]2128 也夕音，[甲]2266 文，[甲]1813 正犯重，[甲][乙]2391 振睿和，[甲][乙]2778 經邪説，[甲][乙]1775 隨魔所，[甲][乙][丙]2218 自宗，[明]201 去，[明]220，[明]2103 烹鮮，[明]2131 義焉三，[三]1005，[三]873 鉤結，[三][宮]620 滿諸筋，[三][宮]2060 梁時，[三][宮][乙]背作皆背[丁]866 作跋折，[三][甲][乙]、背皆相[丙]1056 相遶次，[聖]512 國失威，[宋]1341 戒爲破，[宋] [宮]1341 痛脇痛，[乙]1821 想發言，[乙]2782 生死欣，[元]1579 不毀不，[元]2123 曲行步，[元]376 捨去猶，[元]1605 清淨故，[元][明]901 豎二頭，[元][明]649 轉瞋恚，[元][明]1545 空非我，[元][明][宮]1421 女動比。

牆：[三][宮]606 肉塗血。

逃：[甲]1733 俱存而。

位：[甲]952 叛。

肖：[甲]2084 似因建。

肖：[甲]2217 疏分明，[甲][乙]2194 德故名。

偕：[三][宮]607 臥驚怖。

腰：[聖]1440 上名。

音：[明]、怖[甲][丙]1209，[明]、怖[甲][丙]1209。

右：[原]、吞[甲]2006 巨鰲，[原]、吞[甲]2006 巨鰲。

倍

謗：[明]2102。

部：[三][宮]402 哆句胝，[三][宮]2121 從一切。

償：[甲]1813 隨得皆。

福：[聖]210 終不墮。

復：[聖]125 化作。

價：[三][宮]1421 增希有。

皆：[明][甲][乙]1174 欲清淨。

陪：[宮]458 好所以，[宮]694 彼物又，[甲]2052 送又，[明]2053 加勝妙，[明]2122 與汝意，[明]2060 可以相，[明][甲]1177，[聖][和]1579 更增長，[宋][宮]2123 八施已，[宋][宮]321 與稻穀。

培：[明]1458 減量。

佩：[三]2145 之者行。

俗：[甲]866 各，[甲]866 各。

他：[甲]1839 論也，[甲]1839 論也。

望：[乙]2263 前二僧。

位：[宮] [宮]1545 爲多如，[甲]1007 勝於前，[甲]2367 不是別，[甲]2792 過世法，[甲][乙]1822 謂四名，[三]1605 離欲者，[三][宮]、除[聖]1544 離欲染，[聖]1509 復難見，[元][明][宮]1562 離欲貪，[元][明][甲]、則[甲]951 速成證。

信：[丙]917 增，[宮]1547 或不，[宮]449 難於此，[甲]2263 ノ證淄，[甲]1828 增長處，[甲]2299 故偏主，[甲]2299 於此，[甲]2339 上數是，[甲]1771 過人即，[三][宮]2122 重佛法，[三][宮]1579 離欲離，[三][聖]99 重如是，[聖]1549 懷愁憂，[宋][元][宮]1505。

倚：[元][明]2060 加事之。

意：[甲]2068 又有天，[宋][宮]730 不能計。

億：[原]1851 乃至算。

億：[宮]384 巨億萬，[宮]1958 寶樹音，[甲]2323 菩薩現，[久]1486 我時告，[三]811 不及悅，[三]101 亦，[聖]222 不相屬，[聖]643 常人經。

憶：[三][宮]341 人得不。

永：[三]220。

欲：[宋][宮]、俗[聖][另]342。

狽

忙：[三][宮]1421 被。

悖

勃：[甲]1863 誰敢與，[三][宮]2103 而，[三][宮]2103 佛言臣，[三][宮]2103 也，[三][宮]2103 之安忍，[三][宮]2103 無道已，[三][聖]1579 強口矯。

博：[宋][宮]2122。

悴：[宮]2108 懷其孝。

悸：[三][宮]2123 以此言。

被

備：[宮]1442 時諸苾，[甲]994 金剛堅，[甲][乙]1250，[甲][乙][丙]1172 是慈無，[明]、彼[乙][丙]870 具四攝，[三]682 衆飾，[三][宮]2122 在別章，[三][宮]2123 面，[聖]2157 無垠睿，[宋][宮]2122 若於定，[乙]897，[元]、鞁[明]1421 馬勿令，[元][明]722 受衆苦。[宮]

鞁：[明]192 馬速牽，[元][明]185，[元][明]125 象金銀，[元][明]2041 捷陟來，[元][明]184 馬車匿，[元][明]2121 白象金。

彼：[甲]2354 七衆至，[原]2362 摧。

彼：[乙]2249 非想地。

彼：[宮]674 五繫縛，[和]261 諸有情，[甲]850 服商佉，[甲]1512 是衆生，[甲]1717 會即其，[甲]2261 一切衆，[甲]2274，[甲]1719 此相望，[甲]1721，[甲]1731 教無衆，[甲]1735 故敵歸，[甲]1735 因起四，[甲]1736 勝智照，[甲]1782 法，[甲]1805 當上有，[甲]1965 故説此，[甲]1973 致令報，[甲]2036 則此覩，[甲]2239，[甲]2255 一切法，[甲]2266 云若，[甲]2266 章句悉，[甲]2274 所以初，[甲]2299 中根説，[甲]2339 淺近機，[甲]2787 人壞道，[甲]1832 所依破，[甲]1735 妄染名，[甲]1736 於法相，[甲]1778 此之呵，[甲]2339 明教，[甲][乙]1822 繫也言，[甲][乙]2394 明王三，[明]1453 未具者，[明]2060 沒處至，[明]2088，[明]2122 火燒，[明]327 諸煩惱，[明]722 枷鎖不，[明]1428 咎責令，[明]1458 捨置人，[明]1536 壯人以，[明]1558 緣不緣，[明]1559 引今説，[明]1562 初靜慮，[明]1563 慧析除，[明]1563 食想及，[明]1579 服故蔽，[明]1810 擯謗僧，[明]1545 斷已俱，[明][宮]1562 問故有，[明][聖]310 劫，[三]375 罵辱復，[三]2121 槎上慈，[三]2123 寒風觸，[三]198 度，[三]201 服剃頭，[三]1227 髮苦練，[三]1534 殺者自，[三]1579 種種貪，[三]2087 威光隨，[三]1442 魚牽仁，[三][宮]263 蒙開化，[三][宮]322 要者衆，[三][宮]1428 天雨時，[三][宮]1443 尼衆者，[三][宮]1451 年少容，[三][宮]1546 殺害，[三][宮]1559 説覺，[三][宮]397 行人供，[三][宮]768 病死人，[三][宮]1421 諸比丘，[三][宮]1443，[三][宮]1461 受餘一，[三][宮]1579 縛，[三][宮]2122 氣噓必，[三][宮]1435 非實舉，[三][宮]1551 增，[三][宮]1536 壯人以，[三][甲]895 過故即，[三][聖]190 作瓶天，[聖]383 刀劍時，[聖]765 刈蘆以，[聖]1458 染等煩，[聖]1763 爲懷及，[另]1721 燒雖，[另]1442 摩竭魚，[宋]1644 照生影，[宋][元]643 車轢至，[宋][元]1085 身威德，[宋][元][宮]、彼被[明]1421 舉比丘，[乙]1821 斷，[乙]2408，[乙]2215 授祕密，[元][明]1458 非法，[元][明]1435 實舉，[元][明]1543 縛繫是，[知]1579 漂溺。

披：[宮]448 慧鎧佛，[明]2145 於來葉。

便：[明]24 結縛正。

波：[宮]1421 此捉便，[甲]2036 及梵宇。

不：[甲]2218 符順歟。

長：[宮]1804 袋被袋。

初：[甲]1709 言一切，[甲]2261 癡字第。

毒：[宮]895 之人禁。

放：[甲][乙][丙]2394 傘令其。

服：[明]1435 飲食臥，[三]156 飲食臥，[三]171 被了，[三]186 被在架，[三]156，[三][宮]263 開導衆，[三][宮]313 其佛刹，[三][聖]178 長跪叉，[聖]223 飲食臥。

故：[三]159 繮縛墮。

後：[甲][乙]1833 識。

及：[三]2059 翻譯而。

禮：[三][宮]1453 僧伽爲。

擬：[三]2060 戮諸僧。

帔：[三]199，[三]1101 輕縠衣，[三][宮]2103 二十四。

披：[甲]1863 究彌勒，[原]2196 對。

披：[博]262 法服或，[宮]278 著衣裳，[宮]598 大德，[宮]2060 擁城內，[宮]2103 忍辱鎧，[宮]221 服形像，[宮]411 袈裟者，[宮]407 服袈裟，[宮]411 袈裟諸，[甲]1111 黑蛇以，[甲]1816 演，[甲]997 袈裟不，[甲]2266 讀，[明]1450 僧伽胝，[明]191 袈裟衣，[明]1451 妙寶綖，[明]1636 壞色衣，[明]2131 之在雨，[明]1216 髮以左，[明]1450 法服，[明]1450 髮哀號，[明]1450 僧伽，[明]1450 樹皮衣，[明]1538 衣作沙，[明]下同1450 於法服，[明]下同1450 著法，[明]裝莊[三]191 袈裟衣，[三]192 著袈裟，[三]991 雲髮者，[三]2110 服紈與，[三]99 欝多羅，[三]209 一領，[三]374 法，[三]375 法服既，[三]375 袈裟因，[三]220 三法服，[三][宮]313 僧那僧，[三][宮]338 袈裟，[三][宮]385 袈裟，[三][宮]397 尼名船，[三][宮]848 朱衣面，[三][宮]1421 裂不補，[三][宮]1460 衣入白，[三][宮]1463 袈裟得，[三][宮]2034 袈裟振，[三][宮]2060 縕在道，[三][宮]2103 加，[三][宮]2103 如來衣，[三][宮]2104 黃褐鬚，[三][宮]2112 黃，[三][宮]411 赤袈裟，[三][宮]411 惡見臭，[三][宮]414 淨法服，[三][宮]416 服袈，[三][宮]1451 此衣而，[三][宮]2059 玄裘浮，[三][宮]1428 衣以，[三][宮]1464 來阿難，[三][宮]卑[甲]2053 法服對，[三][宮][聖]1421 衣不下，[聖]375 拘執而，[聖]1421 差比丘，[聖]1464 法服不，[聖]613 吹者其，[聖]397 服袈裟，[聖][另]790 服施爲，[另]1721 袈裟內，[宋]100 俱執至，[宋]375 法服猶，[宋][宮]313 僧，[宋][宮]222 僧那鎧，[宋][元]118 法服以，[宋][元]68 袈裟持，[宋][元]68 袈裟作，[宋][元]2121 拘，[宋][元][宮]1464 拘執來，[乙]

1723 鹿皮精，[乙]2408 抄年，[元]2122 著袈裟，[元][明]1 衣或披，[元][明]1425 袈裟，[元][明]1509 甲冑手，[元][明]2122 僧衣爲，[元][明]2122，[元][明]2122 著袈裟，[元][明]2122 作袈裟，[元][明]2016 迦葉上，[元][明]2122 髮持火，[元][明]2122 袈裟生，[元][明]2123 百結之。

疲：[明]2110 髮趙同，[明]2110 髮趙同。

破：[原]2271 而難而，[原]2339 小故云。

破：[甲]1731 燒梵王，[甲]2261 亦恐不，[甲]2339 舍羅大，[甲]2266 無，[甲]1870 損，[甲]1999 馬祖攔，[甲][乙]1822 難之後，[三][宮]1610 損污過，[聖][甲]1733 胎而出。

取：[甲]2263 知也，[甲]2263 知也。

授：[明][和]293 忍。

所：[甲]2263 備誠證。

相：[三]202 奪其子。

衣：[明]342 服三千。

依：[甲]、威[甲]904，[甲]、威[甲]904。

因：[甲]1973 親情。

緣：[原]1851 照無漏。

在：[甲]2412 直之。

枕：[宮]1425 褥諸物。

致：[甲]2412 結云云，[甲][乙]1821 食噉即。

著：[三][宮]414，[三][宮][石]1509 毒箭一。

狀：[元][明]1509 其罪王。

珇

貝：[元][明][知]1581 玉石如。

偝

背：[三]190 不信受，[宋][元]、皆[明]190 捨出家。

錯：[三]1331 好罵詈。

偕：[三][宮]2103 違其間。

琲

排：[甲]2128 或作。

備

徧：[甲]951 緣十方。

被：[原]1239 令三業。

被：[甲]1775 無，[甲]1828 遮乃至，[甲][乙]913 事須迅，[明]857 觸身支，[明]1191 摩多囉，[明]2016 最上之，[三][宮]2122 禮不可，[三][宮][甲]895 成就法，[三][乙]1092，[宋][元]、彼[明]、並[宮]2122 如琳論，[元][明]1191 我所求，[元][明]2016 無諸難。

僽：[三]、傃[宮]585 有壽而。

彼：[三]39 有問。

便：[宮]425 悉六度，[明]1507 便可相。

償：[甲]2067 之其人。

徹：[乙]2227 祕密地，[乙]2227 祕密地。

儲：[三][宮]2102 將來之。

佛：[三][宮]309 戒度無，[宋]
[元]225。

福：[三][宮]2122 復。

借：[甲]2219 上字恐，[聖]2157
觀所學，[聖]2157 經涉歷，[聖]2157，
[聖]2157 在齊録。

具：[三]375 足導從，[三][宮]
485 足不復，[乙]2328 衆德門。

倫：[甲]1744 明也所，[甲]2087
之序正，[三]2103 則通，[三][宮]
2060，[聖]2157 通至文。

略：[三]2106 見地獄，[宋][宮]
2121 共相攻。

曷：[三]193 欲盡諸。

滿：[甲]1851 二十一，[甲]1851
二十一。

滿：[宮]263，[甲]1863 足如我，
[甲]1733 故云具，[甲]2219 則不能，
[知]1785 二種名。

彌：[三]、被[宮]2122 滿城中。

明：[甲]2371 成道也。

偏：[甲]1813 起重心。

洽：[三][宮][聖]1595 通書奧。

深：[三]2110 閑三教。

使：[三]125 王太子。

俗：[宮]2034 五部五，[宮]2040
記孔雀。

修：[原]1825 婉轉始，[原]、濟
[原]1286 資生庫。

修：[宮]2058 法爲之，[甲]1763
也，[甲]1816 但問三，[甲]1866 有
四，[甲]2255 此四緣，[甲]2227 作
護身，[三]99 者爲諸，[三][宮]292 具

足爲，[三][宮]1690 靡所不，[三][宮]
[聖]285 治第，[宋][聖]99，[宋][元]
[宮]310 行種種，[乙]1796 普賢衆，
[元][明]2060 講之業，[元][明][宮]
374 諸威儀。

脩：[丙]2164 佛陀之，[甲]2035
寶。

雅：[三]2145 識風俗。

依：[聖]1818 七德一。

猶：[宮]263 從過去。

月：[三][宮]2034 有具左。

則：[甲]951 蟣虱俱，[甲]951 蟣
虱俱。

鞁

被：[宋]2040，[宋][宮]2040 帶
鞍勒，[宋][元]554 白象。

鼓：[甲]2270。

輩

伴：[三]2123 仍遇天。

背：[甲]1718 有惑三，[三]418
其，[聖]1425 信成就，[宋][元]1451
有食蒜，[乙]1287 之疑以。

比：[元][明]626 如。

等：[三]196 名稱蓋，[三][宮]383
次第，[三][宮]606 種。

非：[宮]602 一者念。

橫：[三][宮]2122 九因緣。

皆：[宋][宮]901 不得嬈。

軍：[三][宮]639 便悟無。

類：[三]196 樂聞法。

輦：[宮]1435 聞佛越，[甲]2128

反毛詩，[三]193 邪住無，[乙][戊]
[己]2092 所居處。

鳥：[三]185 皆悉淳。

裴：[宋]5 弟子莫。

事：[三]602 謂三十，[三]732 一
者欲，[三]375 如來悉，[聖]376 爲，
[宋]374 如來，[宋][宮]624 所聞則。

衆：[三]1331 男女臨。

鋂

鎮：[甲]2039 之樹影。

悳

備：[聖]1788。

德：[三]133[宮]5，[三]1335。

糒

麩：[三][宮]1425 持到肆。

麥：[另]1435 世間宜。

麵：[三][宮]1435 四魚五。

鞴

被：[宋]、鞁[元][明]188 白馬鞴。

橐：[三][宮]、＋（皮拜）夾註[宋]
[元][宮]721 吹之爐。

橐

鞴：[明]416 融，[三]201 出入氣。

唄

螙：[原]1744 來佛所。

敗：[三][宮]2060 績由。

貝：[甲]2263 葉誰疑，[甲]2426
仁，[三][宮]398 吹笙發，[三][宮]

2122 吹之張，[三][宮]1428 打鼓若，
[三][宮][聖]1435 爲客入，[元][明]
[宮]1509 欲昇佛。

偈：[三]2125 元是讚。

具：[宮]2122 供。

頌：[三][宮]2123 云。

眼：[宋][元]1582 者稱歎。

音：[三][宮]2059 昔諸天。

讚：[甲][乙]1250 梵音讚。

奔

济：[聖]190 濤迅急，[宋]190 濤
波浪，[宋]190 濤洪波。

犇：[三][宮]2034 湊集先，[知]
741 車逸馬。

本：[甲]2053 馳早謁，[三]202
隨大家。

崩：[宋][元][宮]2103 赴屍所，
[乙]1736 波永路。

芬：[聖]1788 陀利華。

奢：[明]2103 競非曰。

走：[三][宮]1425 車，[三][宮]
1425 車。

济

潃：[三]2154 雲之潤。

賁

墳：[乙]2390 識神。

貴：[宋][宮]2060 碩德率。

犇

奔：[宮]790 車逸馬，[宮]2059
波車馬，[明]626 走入山，[三]150，

[聖]292 所行願，[聖][另]1435 國王子，[石][高]1668 識殊勝，[石][高]1668 覺心而，[宋]196 起布施，[宋]1331 不令生，[宋]158 願爲夜，[宋]403 諸經典，[宋]2087 國，[宋][宮]350 無死生，[宋][宮]2103 四種九，[宋][明][甲][乙]921 尊，[乙]2263 論云一，[乙]2408 法也即，[乙]2391 尊法此，[乙][丙]873 印如儀，[元][明]2085 在洲上，[元][明]1425 國，[元][明]1610 意識何。

等：[甲]2299，[明]125 教王放，[三][宮]1619 因不似，[乙]2408 ノ壇也。

而：[三][宮]2122 起。

法：[原]1781 而教導。

法：[甲]1782，[明][甲][乙]1000 國，[元][明]656 究盡如。

梵：[甲]2290 華文論。

非：[甲]2313 無用之。

奉：[甲]973 尊令坐，[久]1488 行道故，[三]1331 三世如，[三]184 請一切，[三]2106 起塔於，[三]2122 事無妨，[三][宮]866 契，[三][宮]2104 申事止，[三][宮]310 法每生，[三][宮]433 聞佛講，[三][宮]2123 俗人即，[三][宮][聖]481 淨慧力，[聖]1451 宅而爲，[宋][宮]591，[乙]2394 尊眞言，[元][明][宮]2059 東國後。

福：[宮]263 德薄少。

根：[宮]335 根常行，[三][宮]402 起如電，[乙]1796 源畫作。

古：[甲][乙]2207 制。

故：[三]156 血當反，[三][宮]1545 夫妻喜。

合：[三]2154 出灌頂。

會：[三]2154，[元][明]2154 異譯。

火：[乙]2391 印如儀。

既：[三][宮]2122 若雲披。

寂：[甲]2290 滅本。

夾：[甲]2068 六千五。

教：[三][宮]2102 子路稱，[宋][宮]796。

今：[原]1851 現無菩。

今：[丙]2381 有眞如，[宮]2042 見，[甲]2266 地第一，[甲]2271 靜先競，[甲]1731 故迹迹，[甲]1863 有上法，[三]274 遭難長，[三]2154 菩提流，[三][宮]624 從，[三][宮]384 所造行，[三][宮]402 身口意，[聖]1421 佛因此。

舊：[原]1834 相續名，[原]1834 相續名。

卷：[乙]2393。

卷：[甲]2183 見行四，[甲]2176 仁，[甲]、[乙]2174，[甲][乙]2173，[甲][乙][丙]2173，[三][宮]2034，[三][宮]2060 以用供，[乙]2173。

夸：[三]2034 道融乃。

來：[甲]2400 儀，[甲]1512 以來無，[甲]2290 智故今，[甲]2299 不異義，[三]1003 教口誦，[三][宮]403 願不，[元][宮]1562 論言云。

理：[甲]2313 性之分，[甲]2313 性之分。

令：[明]1547 學利作，[元][明]425 清淨是。

名：[元][明]2153 普廣菩，[元][明]2016 無名從。

命：[三][宮]2122 兼述古，[三][宮]2121 欲從思。

末：[原]2270 宗疑濫。

末：[甲]2196 難解在，[甲]2323，[甲]1705 展轉當。

木：[宮]329 此是其，[宮]443 分亦爾，[宮]2053 又𦊆多，[宮]2080 離經而，[宮][另]279 皆枯槁，[甲]2266，[甲]1736 隱末存，[甲]2130 本八法，[甲]2266 東春商，[明]1428 處有如，[宋]1579 來唯有，[宋][元]201 多，[宋][元][聖]210 根在猶，[乙]2408 卜八者，[乙]2254 索畫人，[元][明]2016 傍生。

念：[三][宮]1559 行故若。

品：[原]2248 有第一。

品：[甲]2263 異譯也[聖]2157 異譯從，[乙]2408 ノ中ノ。

平：[乙]2396。

平：[甲]1065 眼，[甲]1911 破惡業。

七：[三]2154 經一卷。

其：[原]、（其）＋本[甲]1744 今。

其：[明]2122。

前：[三][宮]1543 生苦諦。

求：[宮]589 者無來。

如：[明][甲]1175 尊等無，[元]1610 來寂靜。

入：[甲]1775 行轉深。

上：[甲]2266 十四左。

生：[甲]1918 合。

聲：[甲][乙]2297 聞發菩。

十：[甲]2214 地法身，[聖]2157 國二十。

實：[乙]1724 下云汝。

世：[原]2205 界中現。

事：[乙]1723 生説一。

是：[甲]952 所。

首：[另]1721 故偏説。

説：[三]199。

死：[三][宮]2121 寒賤乞。

四：[明]1558 靜慮，[三]1560 靜慮。

寺：[甲]2183。

隨：[甲]2371 緣。

太：[宮]402 不見不，[甲]2035 官家二，[元][明]2016 虛如幻。

體：[甲]1736 故疏不，[甲]2266 法苑總，[甲]2281 非無即，[甲]2412 法界一，[三][宮]671 及於八。

天：[宮]721 未曾見，[甲][乙]2194 來天台。

外：[甲]2323 境也。

爲：[乙]1201 命終者。

未：[甲]1825 甞有深，[甲]2214，[甲]、爲[甲]1782 欲利樂，[明]1545 曾得道，[明]2016 甞變滅，[聖]2157 詳作者。

文：[甲]2167。

文：[甲]2207 案和者，[甲]2207 案自然，[甲]2263 實又難，[甲]2337 也，[甲]2207 噫遇者，[甲][知]1785

云如如，[三]2145 佛念佛。

無：[聖]663 際，[乙]1724 為凡
夫。

昔：[三]358 以來不。

下：[乙]2391 香房中。

相：[原]2265 對等云。

香：[三][宮]657 丹作。

心：[元][明]360 不得聞。

言：[乙]1736 良恐不。

要：[甲]2266 文樞要，[甲]2266
文樞要。

衣：[三]209 羅刹。

亦：[甲]2370。

亦：[甲]2128 是二，[明]246 是
為菩，[三][宮]273 不至所。

因：[甲]2371 六根為。

影：[甲][乙]1822 色故形。

尤：[乙]2263 智前可。

有：[三][宮]310 無量稱，[乙]
1736 來即無。

于：[宮]606 淨，[宮]606 淨。

於：[乙]2296 二諦境。

元：[三][宮]2102 無。

云：[乙]1723 在在所。

在：[甲]1832 疏無文，[三]2154，
[宋]345 罪。

正：[乙]2263 也付之。

之：[甲]1705 迹實則。

中：[甲]2263 明異生。

主：[甲]2250 七紙右。

子：[三]2145 是。

自：[甲]1789 性又曰。

卒：[三][宮]1464 一日請，[三]

[宮]1464 一日請。

坌

靜：[三][宮]721 身頸著。

分：[宮]614 身，[甲][乙][丙][丁]
2187 污。

芬：[宋][元]1336 其上生。

粉：[宮]721 身塗香，[三][宮]
[聖][另]1442 由彼慈。

坼：[元][明][聖]125 進止。

雜：[三][宮]309 垢菩薩。

笨

等：[乙]1821 大皮膚。

伻

伊：[甲]2412 字三點。

醫：[甲]2412 善。

崩

潰：[三]2145 晉軍還。

萌：[甲]1772 法海將。

摩：[宋]190 倒猶如。

卒：[宋]2145 子。

絣

迸：[宮]1428 縷佛言。

併：[甲]2401 之以。

拼：[甲]2129 音普耕，[三][宮]
1506 段段斫，[三][宮]1442，[三][宮]
2122 後以斧，[三][甲]901 著地上。

迸

并：[宮]263 出災屋，[宮]263 出

災屋。

　併：[三]156 墮水中，[三]156 墮水中。

　逆：[宮]2060 囀態驚。

　屏：[元][明]152 棄故知，[元][明]152 逐所由，[元][明]152 逐捐國。

　送：[三]212 墮羅刹。

　涎：[三]、[宮]、羨[聖]1425 湔污僧。

　遺：[三]212 落諸羅。

偪

　逼：[甲]1718。

逼

　邊：[三]、遏[宮]1548 便希望，[三]、遏[宮]1548 便希望。

　遍：[甲]1830，[三]201 惱諸世，[三][宮]1421 身虫流，[三][聖]211 香栴檀，[聖]1546 切如負，[石]1509，[宋][元][聖]99 殺害微，[乙]1110 身本尊，[元][明]210 香。

　葡：[明]185 盛滿鉢，[明]185 盛滿鉢。

　馳：[三][宮]2122 公私擾。

　盜：[三][宮][聖]383 迫宜。

　道：[三]201。

　犯：[三][宮]1458 由。

　畐：[元][明]203 塞左右。

　富：[三][宮][聖]421 迦婆若。

　過：[甲]、遇[乙]2070 疾跏趺，[三]、通[宮]2103 大乘寧，[元][明]1644 殺正定。

　迫：[丁]1831 善業微，[三][宮][聖]383 東西馳，[宋]211 使其投。

　葡：[元][明]186 果南至。

　切：[三][宮]2121 實不能。

　區：[甲]2300 衆。

　通：[甲]1781 物悟入。

　通：[甲]1816，[甲]1717 身生皰，[甲]1834 合有方，[甲]1733 俱證也，[三]2104 真能無，[三][宮]2104 南山近，[聖]1723 之，[乙]1821 故復轉。

　運：[宋]1103 欲死展。

睥

　卑：[宮]1548 豆大麥。

　押：[聖][另]1548 豆大麥。

鼻

　鼻：[三]100 在舍衞。

　邊：[聖]190 耳及頂。

　病：[明]1411 清淨五。

　臭：[明]1，[三]1641。

　觸：[宮]1548 舌身觸，[另]1548 舌身意。

　目：[三]186。

　毘：[明]2149 奈耶十，[明]2123 奈耶律，[明][甲]1175 詵左，[三]189 地獄其，[三][宮]2122 地獄目，[聖]200 地獄，[宋][元][宮]2040 地獄其，[宋][元][甲]1033 地獄諸。

　日：[三]311 作如是。

　身：[明]309 入定起，[乙]1822 舌身三，[元][明]2016 等。

　筒：[宋]、箭[元][明]192。

頭：[甲]2410 山卜此。

香：[明]309 外物。

眼：[聖]643 出光明。

七

籌：[三][宮]1435 佛言若。

二：[三]1336 刀十二，[三]1336 刀十二。

上：[宋]1333 服之即。

匙：[宮]2060 者停貯，[三]、杝[宮]1428。

巳：[甲]2128 從夊經，[宋]、上[明]2125 景南至。

止：[三][宮]1506 心定是。

比

北：[原]2248 人造宅。

北：[甲]1709 方但取，[甲]1805 地所尚，[甲]2035 周武毀，[甲]2067 山福林，[明]1257，[明]2154 丘念本，[明]125 向而，[明]1562 量門方，[明]2145 丘慧表，[三]2151 徐州刺，[三]2063 雪，[三]2106 高座誦，[三]2146 方世利，[三]2153 方世利，[三][宮]2060 是生死，[三][宮]2121 方，[三][宮]1544 摩捺娑，[三][宮]1545 俱盧洲，[三][宮]1559，[三][宮]2122 臨殡伽，[三][宮]2122 頭第三，[三][宮][另]1428 方有池，[三][聖]26 方耶未，[三][乙]1092 可，[聖]125 見王入，[宋]2060，[宋][宮]813 盧持尼，[宋][明][宮][乙][丙]2087，[宋][元]2112 於，[宋][元]2061 盛化鄴，[乙]2157

羅什之，[乙]2250 人用此，[元][明]2016 之時其，[元][明][宮]2102 理公私。

背：[宋][宮]、皆[元][明]2121 至王宮。

輩：[明]、皆[聖]1552 悉知是。

姚：[三]984 反桀社。

彼：[宮]1547 衆生因，[甲]1736 精進故，[明]1546 丘先，[明]1548 類智，[三]1451 所住止，[宋][元][宮]1514 由願智。

畢：[三][宮][另]1458 羅伐窣。

博：[明]1545 迦有三。

卜：[明][甲]1000 羯斯。

叱：[明]293 叱其國。

此：[甲]2266 量文尋。

此：[原]2339，[原]1782 解脱心。

此：[原]2196 非云非。

此：[丙]2163 種種變，[高]1668 類爲對，[宮]1912 事，[宮][甲]1805 意釋中，[甲]871 光照耀，[甲]1512 初地無，[甲]1785 至上推，[甲]2217 於二乘，[甲]2274，[甲]1786 力但比，[甲]1789 欲雖離，[甲]1805 方即了，[甲]1805 俱攝也，[甲]1805 示之五，[甲]1805 四，[甲]1805 通之今，[甲]1805 謂制畜，[甲]1805 由羯磨，[甲]1805 諸難故，[甲]1806 丘犯麁，[甲]1828 體是毘，[甲]1829 麁色損，[甲]1921 前三教，[甲]2017 當籌量，[甲]2128 聲也下，[甲]2250 量因云，[甲]2266 量相違，[甲]2269 量道理，[甲]2271 可比故，[甲]2274 量作法，[甲]

2274 中偏，[甲]2339 例雖似，[甲]2339 證門得，[甲]1805 即迦葉，[甲]1805 謂無衣，[甲]1733 約初時，[甲]1805 明無蜂，[甲]1805 證次科，[甲]1830 至教極，[甲]1848 量者以，[甲]1973 明修行，[甲]2035 即十蓮，[甲]2035 決之則，[甲]2067 尼容，[甲][乙]1724 時已去，[明]384 方汝彼，[明]997，[明]1425 病不堪，[明]1442 修定汝，[明]1451 來以我，[明]1470，[明]1552 境界事，[明]1593 智，[明]2102 言展方，[明]2131 二使者，[明]2131 身已墮，[明]2145 標二品，[明]270 經深心，[明]270 經所以，[明]274 類誹謗，[明]359 前福蘊，[明]400 地獄中，[明]1428 丘有五，[明]1442 長夜情，[明]1442 讀誦勤，[明]1442 家中雖，[明]1546 智分如，[明]1547 衆生成，[明]1559 聖，[明]2016 鳥跡空，[明]2066 云寺者，[明]2110 來商人，[明]1441 丘時犯，[明]1546 相亦知，[明]1425 事事不，26 不離殺，[明]1425 事事不，[明]1546 智分問，[明]1563 謂，[明]1571 知有我，[明]1644 雞鳴相，[明][甲]997 是如來，[明]125 十六隔，[明]270 經深心，[明]270 經所以，[明]274 類誹謗，[明]359 前福蘊，[明]384 方汝彼，[明]400 地獄中，[明]997，[明]1425 病不堪，[明]1428 丘有五，[明]1441 丘時犯，[明]1442 長夜情，[明]1442 讀誦勤，[明]1442 家中雖，[明]1442 修定汝，[明]1451 來以我，[明]1470，[明]1546 相亦知，[明]1546 智分如，[明]1547 衆生成，[明]1549 丘尼行，[明]1552 境界事，[明]1559 聖，[明]1593 智，[明]2016 鳥跡空，[明]2060 釋，[明]2066 云寺者，[明]2088 丘等同，[明]2102 言展方，[明]2110 來商人，[明]2122 數有征，[明]2131 二使者，[明]2131 身已墮，[明]2145 標二品，[三]270 經悉從，[三][宮]2060 人矣所，[三][宮][聖]1451 器盛，[三][宮]397 智樂說，[三][宮]1661 義甚深，[三][宮]2059 疾奄成，[三][宮]2122 理有若，[三]11 即是，[三]1644 風常吹，[聖]2157，[聖]1788 智難解，[聖]2157 是錄家，[宋]、一[元][明][宮][甲]2053 方僧稱，[宋]682 證實者，[宋][明]、北[元]26 道遊戲，[宋][明]270 經，[宋][元][宮]1483 比丘不，[宋][元]656 爾時世，[宋]211 丘爲說，[乙][戊][己]2092 也，[乙]1744 上既雙，[乙]1796 至蘇後，[乙]1816 破一切，[乙]2194 義涉亦，[元]1579 度法有，[元][明]、比是皆[聖]1425 是名身，[元][明]、以[宮]1442，[元][明]164 日令密，[元][明]847 阿羅漢，[元][明]1458 座苾芻，[元][明]1530 拏王現，[元][明]1546 智此是，[元][明]2016 信猶可，[元][明]2154 無次今，[元]228 餘衆生，[元]2122 見無識，[元]2123 居皆云，[原]2196 非云非，[原]1782 解脫心，[原]2339。

次：[三][宮]2123 到後，[原]2271

文准可。

等：[明]1425 不與食。

法：[甲]2195，[甲]2195 説，[甲] 2401 也自見，[三][宮]1546，[聖]1546 忍畢竟。

凡：[甲]2290。

非：[宮]2103 夢，[甲]2266 量境 故，[甲]2274 量故唯，[甲]2313 量之 心。

共：[明]、出[聖]1425 入者非。

恒：[三][宮]2122 河沙皆。

許：[乙]2263 因。

化：[甲]1799 丘循方。

皆：[宮]1552，[甲][乙]2309 學 生等，[甲]1039 現三相，[甲]2250 二 具廣，[三]186 察於菩，[三][宮]1546 智分斷，[三][宮]1425 不聽，[三][宮] 1562 相生如，[三][宮]1579 知當來， [三]212 當了，[三]1425 俗，[三]1549 依意識，[聖]224，[聖]953 於超思， [另]1442，[宋][宮]2103 諸白衣，[宋] 21 著行多，[乙]2261 殊勝彼。

戒：[明]1435 丘尼結。

經：[元][明]598 即時。

昆：[甲]1733 尼母論。

離：[元]614。

量：[乙]2263 豈不。

晷：[宋][明]311 説如是。

枇：[宮]2060 相連三，[宋]2154。

毗：[明]157 紐白，[三]174 羅勒 國，[元][明]99 陀，[元][明]157 陀外 典，[元][明]203 羅衛國。

昆：[宮]424 正法，[宮]1425 尼，

[宮]1428 近清淨，[甲][乙]2185 尼此 二，[甲]2879 迦鬼，[明][宮]671 尼 及比，[明]157 紐取不，[明]1425 尼 若俱，[明]1425 舍遮脚，[明]2016 羅 等及，[三]1341 鉢舍那，[三][宮]1421 尼讚歎，[三][宮][甲][乙]901 嚕羅 四，[三][宮][聖]1425 舍離往，[三] [宮][聖]下同 1435 尼與竟，[三][宮] 376 尼亦無，[三][宮]386 尼園最， [三][宮]677 丘尼等，[三][宮]1421 尼 七知，[三][宮]1421 尼與現，[三][宮] 1423 葉婆如，[三][宮]1425 梨比丘， [三][宮]1425 尼竟是，[三][宮]1425 尼能自，[三][宮]1425 尼是名，[三] [宮]1425 尼罪若，[三][宮]1425 尼罪 是，[三][宮]1425 尼罪授，[三][宮] 1425 尼罪欲，[三][宮]1425 丘攝竟， [三][宮]1425 舍離城，[三][宮]1425 舍佉鹿，[三][宮]1425 坐器中，[三] [宮]1428，[三][宮]1435，[三][宮] 1435 尼如佛，[三][宮]1435 尼四弟， [三][宮]1435 尼中過，[三][宮]1458 尼得迦，[三][宮]1462 尼，[三][宮] 1464 村遙見，[三][宮]1545 羅城依， [三][宮]1634 尼毘婆，[三][宮]1646 尼阿毘，[三][宮]1646 尼所制，[三] [宮]1646 尼中無，[三][宮]2034 尼戒 本，[三][宮]2040 舍婆佛，[三][宮] 2058 尼如斯，[三][宮]下同、比尼比 丘[聖]1435 尼想，[三]100 羅建陀， [三]1007 誂去者，[三]1336 留緹婆， [三]1421，[三]1421 尼義若，[三]1425 尼罪，[三]1425 舍遮脚，[三]1441 尼

謂貪，[三]1598 羅等及，[三]1808 尼
作法，[三]2121 婆葉在，[三]2153 丘
藏經，[三]下同 1426 尼人與，[聖]
1441 畔有居，[聖]1509 初婆，[元]
[明][聖]397 尼若能，[元][明]125 舍
羅婆，[元][明]1435。

匹：[三][宮]1509。

牝：[三]982 頻逸反。

破：[甲]2281 設過類。

頗：[三][宮]1425 羅屑如。

七：[甲]2339 華開錦，[三][宮]
397 忍因修。

丘：[甲]2792 法是一，[明]1435
丘尼是，[三][宮][久]397 尼國阿，[三]
[宮]1549 闍頼樓，[三]987 那無無。

三：[元]1494 丘諸法。

上：[宮]279 能調難，[三][宮]
1521，[元]92。

是：[甲]1733 安立諦。

現：[甲]2266 量文彼，[甲]2274
量云云，[元]125 丘當知。

也：[元]1462 丘若有。

已：[明]261 舍利弗，[三]125
訖。

以：[甲]1733 是住中，[甲][乙]
1822 量謂見，[三][宮]1641 盡，[三]
209 種田，[三]209 種田喻，[宋][宮]
[聖]310 大海反。

喻：[甲]2217 幻文實。

遠：[宮]2103 方佛法，[三][宮]
2122 方佛法。

願：[甲][乙]1822 智所知。

之：[三][宮]586 經諸。

知：[元][明]384 聲生天。

止：[宮]633 信解此，[甲][乙]
[丙]1866 總滿彼，[明]984 反利喜，
[三][宮]2122 乞者言。

茲：[三]2059 此焉實。

枇

匕：[三][宮]1425。

七：[三]、枇[宮]1435 有比丘。

已：[元]、匕[明][宮]1425 若竈
在。

妣

毘：[三]984 奢浴夜。

彼

愛：[宋][元]1525 未來。

岸：[元][明][聖][另]310 法復
能。

罷：[宮]1470 已不得，[三][宮]
1470 去不得。

敗：[甲]1912 大乘心。

板：[三]1340 相故既。

寶：[元][明]190 塔之。

北：[明]310 方妙。

被：[宮]1421 人直，[宮]1562 執，
[宮][聖]1549 燒，[宮]421 一切捨，
[宮]1428 不犯彼，[宮]1428 自持報，
[宮]1451 言聖者，[宮]1559 說謂於，
[宮]1591 遂分離，[宮]1657 法外無，
[甲]1735 岸合喻，[甲]2281，[甲]2281
無意許，[甲][乙]894 前所想，[甲]
[乙]1822 機通其，[甲]1723，[甲]1736

二人引，[甲]1763 物以論，[甲]1795 攝持況，[甲]1816 非真理，[甲]1830 得，[甲]1830 境故述，[甲]1863 生死名，[甲]1873 攝入法，[甲]1918 株，[甲]2015 捉枷禁，[甲]2227 或損失，[甲]2266 所發殊，[甲]2299 損，[甲]2362 緣隨彼，[甲]2394 也，[甲]2434 量知，[明]187 發弘願，[明]1545 相應尋，[明]1605 愛心變，[明]55，[明]310 持戒及，[明]402 二人不，[明]721 地獄，[明]721 如是處，[明]882 輪壇，[明]1094 令趣無，[明]1432 差人，[明]1435，[明]1450 溺人聞，[明]1450 太子更，[明]1536 或自爲，[明]1545 捨無記，[明]2102 六師者，[明]2104 耆城無，[三][宮]721，[三][宮]1421 罰要當，[三][宮]1559 染汙説，[三][宮]2108 守一居，[三][宮][知]1581 手石刀，[三][宮]222 其人者，[三][宮]397 一切依，[三][宮]402 此無慈，[三][宮]721，[三][宮]721 種種苦，[三][宮]1425 誑若僧，[三][宮]1435 言者觀，[三][宮]1442 擯求寂，[三][宮]1451，[三][宮]1458 衆人普，[三][宮]1464 婬人入，[三][宮]1488，[三][宮]1505 炙者大，[三][宮]1558 食等修，[三][宮]1558 賊燒村，[三][宮]1558 障諸色，[三][宮]1559 攝同，[三][宮]1559 順成證，[三][宮]1591 害生一，[三][宮]1598 呪蛇雖，[三][宮]2059 翻譯，[三][宮]2103 民和，[三][宮]2122 大風吹，[三][宮]2122 法宣亦，[三][宮]2122 人執至，[三][宮]2123，[三][宮]2123 所依處，[三][宮]2123 鬚髮色，[三][甲]1227 撲如不，[三][甲]1007 呪師踏，[三]26 草飲渾，[三]125 五繫是，[三]154 比丘者，[三]190 汝和，[三]203 刖人王，[三]374 火人爲，[三]413 色身安，[三]945 拂之面，[三]1340 擾亂既，[三]1341 冷故，[三]1549 已往不，[三]2122 富貴亂，[聖]397 離命受，[聖]651 不如，[聖]953 善男子，[另]1442 草不亂，[宋][宮]385 衆生類，[宋][宮]397 行者身，[宋][宮]1454 於後時，[宋][明][宮]402，[宋][元][宮]1428 在上三，[宋][元][宮]1558 障，[宋][元][宮]1563 施設有，[宋][元][宮]2053 前聞截，[宋][元][聖]99 燒燋，[宋][元]721 王有慧，[宋]384 衆生使，[宋]970 空，[宋]1341 中何者，[乙]2249 云生，[乙]1076 鬼魅者，[乙]1254 螫人，[乙]2795 折辱心，[元]2106 耶弟子，[元][明][宮]310 病人聞，[元][明][宮]2060 之家國，[元][明]25 惡業作，[元][明]1585 執著相，[元]125 彼以此，[元]1421 而誤，[元]1428 往食處，[元]1451 白言大，[元]1451 被磨童，[元]1458 人曰具，[元]1562 經主於。

本：[甲]2075 禪師處，[聖][另]1435 處。

比：[甲]2270 量云汝，[明]1425 知是沙，[明]416 天下王，[明]1493 前福德，[明]2103 之弘教，[三]1810 此共三，[聖][另]1543 身中見，[宋]

[元]、－[宮]1425 以飲爲，[元][明]310 微妙。

　鄙：[三][宮]721 惡業。

　便：[明]220 信解，[三][宮]402 作是，[三]26 作是念，[宋][元]26 計一切，[元][明]26 有妙色，[原]1840 違自宗。

　表：[甲]1736 依彼許。

　幷：[甲]2266 約三界。

　波：[丙]2163 厄難平，[宮]1505 無欲但，[宮]310 鬼形在，[宮]397 娑羅大，[宮]657 佛土忽，[宮]681 法，[宮]1505 栗，[甲]1799 天若實，[甲]2219 斯匿王，[甲]2266 葉喻經，[甲][乙]1724 界繮小，[甲][乙]2194 中仁王，[甲]904 等三千，[甲]1736 論十，[甲]1736 摩尼，[甲]1763，[甲]1816 五義相，[甲]1816 以釋迦，[甲]2255 離依律，[甲]2266 羅蜜多，[甲]2392 然後右，[甲]2394 龍宮祕，[甲]2434 也此以，[明]721 水中其，[明]1567 滋味氣，[明][聖]125 休迦，[明]278 岸，[明]380 等應，[明]1443 二堅執，[明]1635 大車一，[三]、抜[宮]280 洹群那，[三][宮][聖]354 留沙迦，[三][宮]425 利割身，[三][宮]2103 不逞之，[三][知]418 羅斯大，[三]1 浮陀，[三]24 波，[三]26 復，[三]125 休迦，[三]158 路多，[三]190 羅梈，[三]190 婆羅瞿，[三]203 地，[三]984 底易莎，[三]1336 梨山名，[聖][另]1548 樂想輕，[聖]272 婆藪天，[聖]1451 便如法，[聖]1458 求其懺，[聖]1549

禪攝苦，[另]1428 女根，[另]1428 須地敷，[宋][元]77 天，[宋]190 迦葉多，[宋]339 菩薩者，[宋]837 最勝福，[宋]2042 福，[乙]2218 旬羂網，[乙]1744 卑，[乙]1796 善根下，[元]1579 怨，[元][明]2016 名能詮，[元][明]671 水無實，[元][明]848 漫荼羅，[元][明]984 龍王慈，[元][明]1332 婬鬼界，[元]671 各各不，[元]1428 營事者，[元]1579 彼色法。

　不：[明]1545 諸得是。

　草：[甲]2217。

　車：[明]212 巧匠者。

　初：[甲]1821。

　處：[宮]1452 已就座。

　此：[甲]、云[甲]1816 論正義，[宮][甲]1912 說可知，[甲]2263 之中間，[甲][丙][丁]866 寶契即，[甲][乙][丙]1866 何別答，[甲][乙]1822 說不然，[甲]1822 得假立，[甲]1912 滅筆語，[甲]2273 此論與，[甲]2285 給若，[三]、－[宮]1425 婆羅門，[三][宮]1579 威德，[三][宮]1595 顯虛妄，[三][宮][甲]2053 發使，[三][宮][聖]416 施，[三][宮][聖]1442 爾許者，[三][宮][聖]1602 俱行菩，[三][宮]402，[三][宮]402 魔王，[三][宮]676 諸善，[三][宮]1425 是誰衣，[三][宮]1451 歡喜茲，[三][宮]1546 中說凡，[三][宮]2122 寒氷地，[三]1 處臭惡，[三]192 說內愧，[三]1006 陀羅尼，[三]1543 根何果，[三]1569 分亦如，[聖]200 飲食作，[宋][元]、明

註曰彼字南藏作此字 1549 間愚戀，
[乙]1796 所爲事，[乙]2228 經亦有，
[乙]2263 義且依，[乙]2434 宗立次，
[元][明]190 塔恭敬，[元][明]227 諸
比丘，[元][明]1339 比丘善，[原]
2339 劫數。

次：[三][宮]1546 尊，[三]1 忉
利。

從：[宮]416 定中所，[宮]1808 諫
比丘，[甲]1031 無始來，[甲]850 東
應畫，[甲]2262 解二乘，[甲]2434 多
爲藏，[明][宮]603 所法不，[明]833 舌
根中，[明]1443 定證得，[明]1451 曹
主告，[明]1547 牢獄爾，[明]1550 生
時相，[明]1562 所，[三][宮]721 道至，
[三][宮]1506 於此間，[三][宮]1545，
[三][宮]2060 乃勅蜀，[三][宮]2112 識
辯，[三]865 婆伽梵，[聖]26 行禪者，
[聖]272 彼諸國，[聖]1421 欲受具，
[聖]1427 食已足，[宋][宮]588 無所
有，[元][明]721 如是始，[元]125 以
得細，[元]2016 所執現。

答：[三][宮]1631 言語因。

大：[宮]1428，[甲]1863 師乃至。

戕：[宮]1545 性類爲。

但：[乙]1821 一業引。

得：[宮]671 不住我，[甲][乙]
1821 地，[甲][乙]1821 無學練，[甲]
1512 處無少，[甲]2195 果有此，[甲]
2263 理，[甲]2270 名相此，[明]402，
[明]1631 阿含成，[三][宮]273 於本
得，[三][宮]1545 非得過，[三][宮]
1520 諸菩，[三][宮]1545 著我，[三]

1340 生長有，[宋]1027 國中所，[乙]
2249 故彼未，[原]、得彼[甲]1851 皮
膚柔。

德：[宮]1543 現，[和]293 福德
勢，[三][宮]1504 弟子衆。

定：[三][宮]1545 疑佛以。

渡：[宮]657 佛少惱。

墮：[宋]220 勢力受。

惡：[三]125 鬼食彼。

而：[三][宮]1428 不浣。

爾：[三]26 時世尊。

發：[宮]415 威德故。

法：[三][宮]1546 分別，[三][宮]
397 熾法眼，[三][宮]1545 阿，[聖]
1541 復云何，[乙]2263 故即增，[元]
[明][聖]310 以是大。

非：[甲][乙]2263 即彼者，[甲]
1744 衆生以，[甲]2249 緣上，[甲]
2299 但，[明][甲]1177 一切下，[三]
17 物少與，[乙]2261 異熟生。

誹：[甲][乙]1822 謗故置。

風：[三]192 或燒或。

夫：[甲]2207 佞者此，[三]1428。

伏：[三][宮][聖]1451 六，[聖]
2157 支那國，[乙]1709 微細者，[乙]
2393 大力。

佛：[甲]2266 果菩提，[元][明]
658 界衆生。

復：[敦]1960，[宮]279 有比丘，
[宮]721 比丘知，[宮]721 比丘知，
[宮]2121 天上天，[甲][乙]1821 亦是，
[甲][乙]1822 能，[甲]1778 有，[甲]
1782 二一明，[甲]1821 自心多，[甲]

1851 對治於，[甲]2204 以善巧，[甲]2266 斷修道，[甲]2266 云何通，[甲]2270 文義，[甲]2273 正必違，[甲]2274 以烟有，[明]314 後學善，[明]1450 金薄身，[明]1552 復四種，[明]2123 愚人實，[三][宮]721 比丘思，[三][宮][另]1543 得，[三][宮]384 至彼，[三][宮]1549 亦不，[三][宮]1591 以此義，[三][宮]2122，[三]202 差摩持，[三]2123 以聞慧，[聖]100 作是念，[聖]1536 於如，[元][明]1522 疑惑，[元][明]1686 衆生飲，[原]1796，[原]2208 聞經名。

根：[甲]1782 之法如，[明]1562 境。

故：[宮]721 癡心不，[宮]310 無自性，[宮]1551 無垢故，[甲]1833 論中作，[甲][乙]1822 名能作，[甲][乙]2261 旨，[甲][乙]2317 即此二，[甲]1709 別境念，[甲]1816 願皆得，[甲]1821 體全現，[甲]1830 論唯望，[甲]1861 如其，[甲]1873 無盡，[甲]2195 不，[明]314 能信諸，[三][宮]1563 微劣故，[三][宮]1562 不委說，[三]26 必統領，[三]26 漏盡比，[三]1552 計我者，[聖]100，[宋]1545 時修世，[乙]1796 眷屬故，[乙]1830 果豈斷，[元][明]1544 何世攝，[原]1863 以。

國：[三][宮]2045 土至感，[三]125 王不著。

果：[明]1459 身重病。

過：[三][宮]440 若。

好：[甲]1816 不生勞。

何：[甲][宮]1799 文，[明]222 謂世間。

後：[丙]2231 有別義，[宮]1547 說四陰，[宮]303 爲幻所，[宮]1545 結斷何，[宮]1546 五大河，[宮]1566 瓶家有，[宮]2074 神尼之，[甲]、一[宮]1562 所言爲，[三]99 先所受，[三]220 雖精進，[三]1341 比丘之，[三]1341 愚癡比，[三]1562 乃至，[三][宮]664 釋迦牟，[三][宮]721 共行，[三][宮]1428 不拭革，[三][宮]1545 不失者，[三][宮]1545 取時作，[三][宮]1545 挽木豎，[三][宮]1545 有異此，[三][宮]1546 有愛是，[三][宮]1562 故或契，[三][宮]1562 所言都，[三][宮]2121 六年勤，[三][宮][甲]895 菩薩無，[三][宮][聖]1563 業道生，[三][宮][聖][另]1442 夜時，[三][宮][聖]423 不種善，[三][宮][聖]676 相，[三][宮][聖]1428 見有命，[三][宮][聖]1547 仙人至，[三][宮][聖]1562 能詮一，[三][宮]263 來世究，[三][宮]263 世時，[三][宮]285 亦當復，[三][宮]314 不證，[三][宮]356 者來悉，[三][宮]415 寶山莊，[三][宮]1428 食時有，[三][宮]1428 諸比丘，[三][宮]1452 請其容，[三][宮]1537 法精勤，[三][宮]1543 不觀此，[三][宮]1543 衆生彼，[三][宮]1545，[三][宮]1545 世大，[三][宮]1545 應准知，[三][宮]1545 作是念，[三][宮]1547 捨死時，[三][宮]1551 時爲斷，[三][宮]1551 無間邊，[三][宮]1552

復於，[三][宮]1558 作損，[三][宮]1562 不，[三][宮]1562 經言并，[三][宮]1562 時，[三][宮]1563 造善造，[三][宮]1565 有法本，[三][宮]1571 說有舊，[三][宮]1581 出家，[三][宮]1585 必生在，[三][宮]1592 處無，[三][宮]2122 之事蒨，[三][聖]99 三法成，[三][聖]1441 作是言，[三]24 海天王，[三]24 壽命未，[三]26 於爾時，[三]99 苦及樂，[三]99 時中陰，[三]150 墮母腹，[三]190 善生村，[三]194 鳶崛鬘，[三]212 眾生現，[三]649 分中死，[三]722 戒清淨，[三]1340 身壽命，[三]1341 婦女不，[三]1522 身業，[三]1549 好醜觀，[三]2145 學之，[三]2154 題云如，[聖]190 臣言汝，[聖]376 佛者是，[聖]410，[聖]1421 有僧房，[聖]1428 突吉羅，[聖]1536 於如是，[聖]1552 亦義辯，[聖]1563 少光天，[聖]1851 恒河，[宋]、此[元][明]1545 二地無，[宋][宮]376 眾生而，[宋][聖]210 憂惟懼，[宋][元]1579 方便後，[宋][元][宮]380 長者唯，[宋][元][宮]450 自身臥，[宋][元][宮]1546 滅得名，[宋][元][宮]1551 緣欲界，[宋]158 女人以，[乙]2249，[乙]1821 犯重已，[乙]1822 所問至，[乙]1978 千萬億，[乙]2157 一處編，[乙]2227 文所，[乙]2263，[乙]2263 三，[乙]2263 釋成有，[乙]2263 釋如何，[乙]2263 四類受，[乙]2263 依他圓，[乙]2263 緣，[乙]2263 諸位而，[乙]2397 通教理，

[元][明][宮]716 邊則有，[元][明]53 身苦陰，[元][明]1519 城已然，[元]375 暴惡愚，[元]408 眾生，[元]2122 諸比丘，[原]2196 爲外也，[原]2208 思惟正，[原]2339 以六相。

胡：[聖][另]1543 不應作。

或：[甲]1792 時呼喚，[甲]1822 所得果。

及：[甲][乙]867 覺成就，[三][宮][聖]272 天宮殿，[三][宮]272 諸星，[三][宮]2121 眾生用，[三][聖]99 心解脫。

汲：[三][甲][乙]2087 池水龍。

即：[三]190 作如是。

級：[甲]1816 校量聞。

伎：[三][宮]1547 染衣書，[聖]190。

妓：[三][宮]1546 直名之。

既：[乙]1822 無苦果。

家：[宮]1523 謗彼人。

假：[甲]1723 解是世，[甲]1733 對魔怨，[甲]1821 名故又，[甲]2261 立，[甲]2266 種子如，[三][宮]329 已離於，[原]2317 性理即，[原]2339，[原]2339 入處一。

件：[乙]2376 三種寺。

教：[三]26 善教善，[元][明]1559 更成滅。

解：[甲]2195 五時云。

敬：[三][宮]1545 順已然。

就：[甲]2249 相應所。

俱：[甲]2323 具意云。

據：[甲][乙][丙]1866 究竟自。

決：[甲]1733 未來要，[甲]2266
定已得。

來：[三][宮]1451 入寺時。

令：[明][宮]415 陣中有，[三][宮]
675 諸一切。

論：[乙]2317 文更有，[乙]2317
文訓釋。

律：[宮]1810 得法已，[明]1545
有說。

沒：[元]1604 業。

蜜：[甲]1830 由戒故。

面：[三][宮]2122 首端正。

滅：[煌]1654 已從彼，[三]1542
法生老。

某：[三][宮]1425 比。

牧：[三]190 羊子見。

乃：[宋]485 即能護。

能：[宋][宮]310 則成就，[元][明]
895 獲今世。

披：[宮]585 去諸惡，[甲]2250
剎那量，[甲]2130 譯曰薩，[甲]2299
文撿旨，[明][甲][乙][丙]1277，[三]
1428 捨衣竟，[宋][宮]、被[元][明]
2027 祇。

皮：[甲]1733 寶，[甲]1816 煩
惱。

譬：[三][宮]640 如法而。

坡：[知]384 池水中。

婆：[三]158 由毘師，[三][宮]
1562 最後身，[三]158 利。

破：[宮]721 地獄人，[甲]1736
下文亦，[甲]2339 成實論，[甲]1736
二苦雖，[甲]1816 第四名，[甲]1816

須彌山，[甲]1828 後引深，[甲]1830
復問曰，[甲]1851 相觀觀，[甲]2035
近果名，[甲]2232 厭離輪，[甲]2250
云第二，[甲]2266 失瓶名，[明]721
地獄闇，[明]887 諸影像，[明]1628，
[三][宮]468 住住家，[三][宮]606 身
傷其，[三][宮]649 諸行彼，[三][宮]
1546 女欲心，[三][宮]1631 闇能殺，
[三][宮]2122 闇障令，[三]1334 惡人
所，[三]1428，[聖]1442 諸苾芻，[宋]
220，[乙]1816 觀而彰，[原]1776 情
顯理。

頗：[宮][聖][另]1543 根非，[明]
2123 從人道。

其：[甲]1841 名因明，[甲][乙]
2228 國解曰，[甲]2300 遂命終，[明]
200 賊，[三][流]360 佛，[三][宮]1425
父母乃，[三]1339 惡人復，[三]1648
想足處，[另]1428 夫即，[乙]2263 此
二，[元][明]1339 惡人得。

齊：[三][宮]1428 優婆私。

前：[三][宮]、聞[聖][另]302 無，
[三]1559 二。

侵：[甲][乙]2391 變。

因：[宋][元]、泅[明]99 能救迷。

然：[三][聖]125 有此義。

人：[三][流]360 我兼利。

如：[明]149 臭糞比，[明]414 聚
沫無，[三][宮]618 盛火然。

汝：[甲][乙]1822 宗補特，[三]
[宮]1546 今日斷。

若：[三][宮][另]1442 迦攝波，
[三][宮]1431 取衣者。

色：[三][宮]1530 過所染。

殺：[三][宮]1545 身法爾，[乙]1822 加行未。

善：[三]192 本功德。

勝：[甲]1828 解勘聲，[乙]2263 難之臨。

時：[甲][乙]1822 生等明，[明]1217 持明者，[三]1 質多阿，[三]125 女，[聖]200 波斯匿。

識：[明]1589 何不許。

使：[甲]1735 令取或，[明][宮]314 世間所，[三][宮]1543 當，[三][宮]1549 生彼或，[三]1 三明婆，[三]26 居，[三]53 寒寒所，[三]203 得安，[聖]26 某村從，[聖]1541 欲貪使，[聖]1549，[宋][元]1583 人惡口，[元][明]158 除滅乃，[元][明]415 天人及，[元][明]415 行住諸。

似：[三][宮][聖]1548 彼生如，[三]201 女所賣，[乙]2261 定相應。

是：[宮][聖]1421 諸比丘，[甲][乙][丙]1184 眞言曰，[三][宮][聖]1421 比丘汝，[三][宮][聖]1544 慧耶答，[三][宮][另]1543 世俗，[三][宮]537 時國中，[三][宮]1421 比丘汝，[三][宮]1431 比丘尼，[三][宮]1436 比丘大，[三][宮]2122 知魔波，[三]945 人厭足，[三]1427 比丘尼，[三]1532 人不能，[宋][宮]484 嬰兒起。

收：[明]2123 寄願言。

授：[宋][明]1128 灌，[乙]867 薩埵誓。

術：[宋]26 治我苦。

順：[三][宮]1428 衆中上。

説：[甲]2290 若准體，[三][宮][聖][石]1509。

所：[丙]1832 聞思修，[宮]309，[三][宮]327 喜魔家。

他：[宮][聖][知]1579 勝衆餘，[甲][乙]1821 世爲此，[甲]2186 經而此，[聖]1458 施，[元][明]276 猶如。

恬：[宋][聖]、活[元][明]99 苦種子。

條：[宋][宮]2034 先。

徒：[甲]2266 此同名。

外：[甲][乙]1822 道計，[三]212 脩行人，[聖]1552 意界亦。

王：[甲]2299 惱心。

徃：[元][明]25 於彼處。

往：[宮]1458 由，[甲]1775 有非法，[甲]2259 預因是，[明]1450 中住釋，[三][宮]341 十方各，[三][宮]1435 住處前，[聖]1425 説，[聖]1451 六大臣，[聖]2157 支那國。

微：[宮]1549 造，[甲]2266 果名非，[甲]2337 塵數，[三][宮]1545 意顯有，[三][宮]1547 説極微，[聖]1549 不可見，[原]1757 雖住涅。

爲：[三][宮][聖]676 麁重縛，[三][宮]379 彼。

違：[三]、彼違[宮]1523 遠離諸。

畏：[聖]99 覆心勿。

謂：[乙]1821 論既言。

我：[甲][乙]1239，[三]385，[三][宮]1428 不憶即，[三][聖]26 當無我，[聖]1548 比丘如。

無：[聖][另]1543 無明本，[另]1552 種種想。

校：[甲]1912 破遍。

心：[三]1662 求快樂。

欣：[甲]2362 即於此。

行：[明]310，[明]1537 於此戒，[三][宮]272 法行王，[三][宮]710 事施設，[三][宮]721 大叫喚，[三][宮]1505 是陰説，[三][宮]1549 彼道意，[三]100 住坐臥，[三]194，[聖][另]1543 不以此，[乙]2376 者童子。

形：[甲]1796 慶。

性：[甲]1861 攝論出。

修：[甲]2196 習乃至，[甲][乙]1822 非對治，[甲][乙]2391 三摩地，[甲][乙]2391 習觀自，[甲]2434 淨，[甲]2837 道有方，[三][宮][聖][另]675 行利益，[三]82 無，[聖][另]1543 習智耶，[宋][宮]、修波[元][明][聖]224 立阿，[乙]1821，[原]1851 法云何。

脩：[聖]291 無有興。

言：[三]1532 説法如。

業：[三]1341 已於後。

依：[甲]2262 同此隨，[甲]1736 疏釋云，[三]1598 二無故，[三][宮]1522 智既如，[三][宮]1548 傾向，[三]1428 式叉摩，[聖]1549 則有違，[另]1543 滅已不。

亦：[甲]2779 與鳩摩，[三][宮]1548 不從他。

役：[元]1425 於。

義：[甲][乙]2263 名疏云。

憶：[三]1579 罪諸餘。

因：[三][宮]1522 彼癡使。

應：[三][宮]1545 無容處。

攸：[元][明]345 致是謂。

有：[明]261 商主作，[三]99 比丘作。

又：[甲]2015 云使得，[三]585 於大海。

淤：[三]374 泥所污。

於：[丁]2777 佛上變，[明]293 王，[明]310 未來，[三][宮][聖]383 忉利天，[三][宮]2122 時猶尚，[三]26 尼彌，[三]1341 布薩内，[三]1341 觀察。

浴：[甲][乙]2390 無垢身。

欲：[甲]1238 治，[明]1810 説戒時，[元][明]1539 貪補特，[元][明]1545。

緣：[三][宮]721 相想彼，[乙]2249 緣識所，[原]1743 十行品。

云：[甲]2261，[甲]2274 不共有，[乙]2261 依他起。

增：[甲]2290 經云衆。

仗：[甲]1733 諸緣。

杖：[乙]2263 本質爲。

之：[甲]1909 大杖打，[乙]2263 耶加之，[乙]2309 功德無。

枝：[甲]2261 師造攝。

肢：[三]682 體漸增。

致：[三][宮]2122 無上正。

中：[甲]1816 地令，[明]474，[三]657 有世界。

衆：[三][聖]125 人便作。

諸：[宮]299 法師一，[甲]2266

佛子譬，[三]1 沙門婆，[三][宮]671
外道法，[三][宮]1543 結未知，[三]
[聖]375 梵志言，[三]1 梵志不，[三]
190 五仙人，[三]220 佛土爾，[三]
220 有情輪，[三]278 善根以，[三]
375 沙門委，[聖]200 比，[聖]675 比
丘於。

注：[甲]1736 釋云殆，[甲]1806
比丘看。

子：[宋]161 所以來，[原]851 真
言曰。

秕

粃：[甲]1733 穢而擇，[三][宮]
1428。

俾

卑：[三]196 羅年百。

婢：[三]984 多羅不。

裨：[明]2034 朕虛薄。

得：[甲]2299 道人撰。

伸：[聖]2157 北冥既。

筆

草：[甲][乙]2263 略載之。

策：[甲]2300 不載今。

華：[三][宮]2060 互陳文。

事：[乙]2408 隨時隨。

祥：[元][明]2034 受或十。

鄙

彼：[元][明]627 惟宜加。

部：[三][宮]2103 武德之。

誠：[三][宮][甲]2053 之忠款。

低：[三]2106 陋自衆。

否：[三]2103 追用感。

偏：[宋][宮]、褊[元][明]270 陋
小處。

食：[三][宮]1458 事受用。

圖：[三][宮]743 復却。

郵：[三]198 念佛及。

御：[甲]2128 錦反孔。

戰：[三]193 俱有善。

必

安：[宮]1591，[甲]1239 可除之，
[甲]1828 於聽衆，[三]2102 有不周，
[另]1721 爾也，[宋][宮]2102 須而
情。

比：[甲]1736 邪見執。

苾：[宮]611 持經多，[三]984 沙
部柯，[宋]2034 因。

畢：[宮]374 定成阿，[宮]606 進，
[宮]1425 無法則，[甲]1969 竟落在，
[明]1644 備亦如，[明][宮]223 入一切，
[明]1546 竟無，[明]2059 備初華，[明]
2103 集皆繕，[三]、[宮]657 定於阿，
[三]375 定當得，[三]1043 定吉祥，
[三][宮]271 定無上，[三][宮]460 一切
人，[三][宮]1464 陵伽婆，[三][宮]
1471 宜退稽，[三][宮]1562 火災起，
[三][宮]1588 有色香，[三][宮]1646 竟
不起，[三][宮]1646 竟空此，[三][宮]
2103 備又寫，[三][宮]2103 且吉凶，
[三][甲][乙]2087 矣提婆，[三][甲]
1080 不虛也，[三]203 得生天，[三]

375 定當得，[三]945，[三]1331 定不二，[三]1644 備亦如，[聖]223 報施主，[聖]223 至，[聖]663 定當得，[聖]663 定至心，[石]1509 至三乘，[宋][宮]374 定得故，[宋][宮]268 爲世間，[宋][宮]534 除吾當，[宋][宮]1509，[宋][甲]1080 不虛也，[宋][元][宮]1425 須木用，[宋][元]375 定當，[宋]196 全濟重，[宋]374 定當得，[宋]374 定調達，[宋]1185 獲稱心，[元][明]2040 命相抵，[元][明]2059 盡妙達，[元]2122 集融與，[知]1785 定聽二。

便：[三][聖]100 受五欲。

咇：[明]1284 哩二合。

不：[明][甲]1174 願，[明]1562 應爾以，[明]1571 隨生生，[三][宮][聖]1462 因心而。

處：[甲]2223 在城山。

此：[乙]2263 三品斷。

當：[三]185 爲自然，[聖][另]790 爲國師。

定：[三][宮]1597 應有觸。

而：[三]1339 無疑也，[原]2339 有七。

法：[三][宮]653。

非：[乙]1830 彼，[原]1840 非。

各：[甲]2262 二現義，[甲]2263 別也如，[甲]2263 有相符，[甲]2400 付水側，[乙]2263 有心所。

忽：[乙]2263 無。

火：[三][宮]597 繞兩龍。

既：[甲]2195 圓滿者。

將：[三]2059 及弟子。

皆：[甲]1821 待客因，[三][宮]2053，[聖][另]790 死富貴。

九：[明]1299 祕要法。

聚：[乙]1821 依。

決：[宮]657 定。

恐：[甲][乙]2263 不然歟。

離：[三]192 散世間。

每：[三][宮]2102，[三][宮]2102 起惡心。

名：[甲][乙]1822 同性得，[甲][乙]2328 不，[三][宮]1530 爲，[三][宮]1551，[乙]2223 有慈，[乙]1724 退取小，[乙]1724 滯二釋。

乃：[三]539。

女：[宮]2102 降者，[甲]1816 化之故，[知]2082 當相報。

起：[乙]2263 故云云。

仍：[甲]2281 舊定之。

如：[甲][乙]1821 是，[甲]1821 有未離，[甲]1830 帶法執，[甲]2192 菩薩坐，[甲]2192 先有序，[甲]2195 種性發，[甲]2263 別起法，[三]2060 若約截，[乙]2261 有滅故，[元][明]2034 備聞一。

汝：[三][宮]509 當作金，[三]1485。

少：[乙]2223 有因故。

設：[三]1440 使堂四。

生：[宋]413 作護，[元][明]374 死故名。

始：[原]、少[原]、女[甲]2339。

示：[聖][甲]1733 一人是。

事：[原]1696 釋迦化。

爲：[三][宮]1562 兼異諸。

五：[甲][乙]1822 定不作，[甲]2339 有五塵。

顯：[乙]2263。

心：[宮]1571 有能生，[甲]1830 憂悔由，[甲]2017 竟俱虛，[甲]2255 有今明，[甲][乙]1821 不，[甲][乙]2192 開而見，[甲]902 不散動，[甲]1804 普周，[甲]1805 須親學，[甲]1805 須通解，[甲]1828 生，[甲]1828 唯識三，[甲]1828 緣此中，[甲]1830 有觸，[甲]1871 相見伴，[甲]1921 隨分證，[甲]2039 受陰誅，[甲]2249 昧，[甲]2261 滅一向，[甲]2261 是無漏，[甲]2266 似彼，[甲]2266 爲能引，[甲]2299 盡之，[甲]2313 顯，[甲]2339 不厭患，[明]1442 爲時衆，[明]2043 大瞋瞋，[三][宮]1421 隨心殺，[三][宮]1435 折有罪，[三][宮]1550 心數法，[三][宮]1641，[三][宮]2122 有死志，[三]152 獲一切，[三]187 破，[三]1374，[三]2103 起，[聖][甲]1733 多益翻，[聖]514 復苦極，[聖]1442 對佛僧，[聖]1733 量宜而，[宋]、必有不[宮]2103 有可觀，[宋][元][宮]1509 得上生，[宋][元][宮]1563 雜，[宋]193 當墮，[乙]1821 不退故，[元][明]26 生愁感，[元][明]201 歸壞，[元]380 作果非，[元]2122 輸，[原]、意[原]1855，[原]1782 由心勝。

序：[甲]1718 兼得三。

要：[甲][乙]1822 至金剛，[原]1841 具二譬。

也：[甲]2196 今即總。

業：[三][宮]1646 受報如。

一：[聖]26 昇善處。

衣：[甲][乙]1822 往結生。

已：[三]205 訖不。

以：[宮]2122 反閣夜，[甲]1736 釋喻文，[三]201 爲貴，[三]1563 無成就，[元][明]1435 墮地獄。

矣：[宋][宮]2060 不免因。

亦：[丙]2286 可悟解，[甲]1718 成遠果，[甲]1816 還退失，[甲]2195，[甲]2195 名方便，[甲]2223，[甲]2274 非無，[三][宮]1562 定應有，[三][宮]1559 應受故，[乙]1833 能漸斷，[乙]2263 能轉，[乙]2263 然也，[乙]2263 同緣云，[乙]2263 緣眞如。

應：[三]125 當身壞。

有：[元][明]658 麁高云。

欲：[甲]1733 見普賢。

云：[甲]2371 八識爲。

正：[甲]2281 具因同。

之：[甲]2195 有。

知：[甲]1828 是何言。

執：[甲]2339 有勝義。

庛

疵：[聖]1763 之，[原]1796 此皆大。

邨

心：[甲]1999 撰。

拕

芘：[甲]952 在二中，[宋][宮]
901 於二無，[宋][宮]901 在二頭，
[宋][宮]901 在二中，[宋][宮]901 在
中指，[宋][元][宮]901 頭指上，[宋]
901 在二無，[宋]901 在中指，[宋]
901 左無，[宋]951 在二中，[宋]1103
中指背。

祕：[甲][乙][丙]1184 絞戒後，
[三]1173 進力相。

擗：[宋]、[元][明][乙]1092 在中
指。

著：[甲]950 二中指。

芯

必：[明]948 哩二合。

拕：[明][甲]901 在中指，[元]
[明][甲]901 捻二中，[元][明][甲]901
在中指，[原]904 入觀羽，[原]920 二
中，[原]1212 頭指背，[原]1223 於願
背。

努：[三][宮]1443 摩迦。

慈：[甲]1039 唎二合。

芳：[宋][宮]656 芬不可。

芬：[三][宮]2102 芳以盈。

毘：[三][甲][乙]970 曬。

瑟：[甲]952。

陛

俾：[三]196 汝行宣，[三]196 三
名拔。

椑：[三][宮]1428 踈織彼，[三]
[宮]2122 下足長，[另]1428 孔上若。

髀：[三][宮]1435 繩床細。

降：[乙]2120 下開。

陛：[丙]2120 下至誠，[丁]2244
處或從，[宮]2053，[甲]1032，[甲]
1715 既是無，[甲]2296 下，[三][宮]
[甲]2053 之，[三][宮]2060 禮法一，
[三][宮]2108 罕登終，[三][宋]221 種
種雜，[三]5 五十重，[三]6 四重悉，
[三]2110 輕觸天，[聖]125 金銀水，
[聖]2157 下每懷，[宋]、[甲]1007 怛
他多，[宋]2110 下青帝，[元][明][宮]
374 閻浮檀。

埠：[甲]2223 復以種。

楷：[三]、[宮]1428 比丘在。

陸：[甲]2035 下還識，[明]993
毘。

畢

八：[原]1308。

半：[乙]2408 印䂓君。

卑：[甲][乙]2087 鉢羅之，[三]
[宮]810 無不，[三][宮]2053 鉢羅樹，
[宋][元][聖]1537 洛迦皆，[原]、自畢
羅延摩納至迦乾陀五行甲本作畢波
羅延摩納譯者云畢波羅延者樹名摩
納如上、捷多譯曰行也善見律毘婆
沙第一卷、脩那伽譯曰善龍、阿須譯
曰駃也、迦乾陀應云迦羅乾陀譯曰
迦羅者黑乾陀者香 2130 波羅延。

逼：[原]1899 身受清。

必：[甲]1733 至如來，[甲]1735
無灰斷，[甲]2010 信心不，[甲]2748
近，[甲]2748 然故言，[明]2122，[明]

2076 以手抉，[明]2103 方丈爲，[三]
[宮][聖][石]1509 定衆中，[三][宮]
[石]1509 至涅槃，[三][宮]374，[三]
[宮]397 定當死，[三][宮]586 定於阿，
[三][宮]1548 生地獄，[三][宮]1646
定故生，[三][宮]2060 歸磨臆，[三]
374 定當知，[三]375 定當知，[三]
375 定入於，[三]945，[三]1332 得
剋，[聖]223 定福，[聖]223 法性三，
[聖]1509 報施主，[聖]2042 鉢羅窟，
[宋]374，[宋]951 當又，[元][明][聖]
[石]1509 至阿，[元][明][石]1509 至
阿耨，[元][明]272 得安樂，[元][明]
657 定，[元][明]664 定聽受，[元][明]
664 定至心，[元][明]1509 定品第，
[元][明]1509 同味是，[元][明]1509
至阿耨。

波：[三]984 離多比。

車：[宋][元]、－[明][宮]2102 之
馭。

成：[甲][丙]2087 載諸寶。

垂：[明]894 已還誦。

而：[甲]2217 自拭老。

耳：[甲]、了[乙]2249 云婆沙，
[甲]2217，[甲]2217 但初發，[乙]
2263。

果：[宋]、疑果是畢[宮]2103 乃
於宋，[乙]2397 當普。

乎：[甲]、耶[乙]2263 故，[甲]
[乙][丙]2249 處處解，[甲]2290，[甲]
2290 同眞如。

忌：[三][宮]2122 日不食。

冀：[三]145 不離者，[宋][明]

2154 此經本。

解：[甲]2266 竟離故。

界：[宮]、卑[聖]1537 洛迦皆。

盡：[三]1 猶復不。

竟：[甲]2290 以東寺，[原]、[甲]
1744 則法。

究：[明][乙]994 竟不可，[三]
[宮]657。

具：[三]202 足世之。

軍：[三][宮]2043 有兒名，[三]
2043 牛。

了：[甲]、[乙]2263 引智度，
[甲]、乃[乙]2404 供而送，[甲]2195
仍以彼，[甲]2412 雖爲當，[甲][乙]
2263，[甲][乙]2263，[甲][乙]2263 此
七實，[甲][乙]2263 隨其次，[甲][乙]
2263 也於諸，[甲][乙]2263 餘三准，
[甲][乙]2390 次安珠，[甲]2195 別舉
寶，[甲]2217 同九月，[甲]2217 同年
八，[甲]2263 然今大，[甲]2263 上人
云，[甲]2263 遂判今，[甲]2263 由無
我，[甲]2263 於自他，[甲]2263 者七
地，[甲]2277，[甲]2277 也但此，[甲]
2298 又欲，[甲]2412，[乙][丁]2221，
[乙]2263，[乙]2263，[乙]2263 彼三
種，[乙]2263 此依實，[乙]2263 次
爾，[乙]2263 二定，[乙]2263 故八
九，[乙]2263 故心所，[乙]2263 或
影顯，[乙]2263 即如所，[乙]2263 就
唯種，[乙]2263 明雪山，[乙]2263 其
外開，[乙]2263 且略不，[乙]2263 然
相與，[乙]2263 尚，[乙]2263 身智
亡，[乙]2263 實以智，[乙]2263 數可，

[乙]2263 雖體相，[乙]2263 隨惑隨，[乙]2263 爲明其，[乙]2263 下，[乙]2263 下支，[乙]2263 先述各，[乙]2263 應色智，[乙]2263 於此三，[乙]2263 至無，[乙]2404 將修。

累：[甲][乙]2778 不能拘，[三][宮]729 劫不可。

秘：[三][宮]513 鉢優。

毘：[三]125 盧持近。

訖：[乙]2263 若迴心。

事：[甲][乙]897 已，[三][聖]375 竟嚴者。

耶：[甲]2263 又對法。

也：[甲][乙]2263，[甲]2249，[甲]2263。

已：[甲]2195 後令，[乙]2218 任運得。

以：[乙]2263。

異：[宮]2059 便謂王，[宮]2066 契戒珠，[甲]2262 智既生，[甲]2274 法喻也，[明]223 法性三，[明]2110 鵝忽驚，[明]2121 以小床，[三]212 諸罪苦，[聖]1451 隣陀婆，[宋][宮]、冀[元][明]760 罪畢得，[宋][宮]、冀[元][明]2103 窮其理，[宋][元][宮]269 欲求佛，[宋]152 哉黎民，[宋]2060 大辭宜，[乙]850 於時月，[乙]2087 選子父，[乙]2296 何，[原]1890。

云：[甲][乙]2263 此依證，[甲]2195 故二乘，[甲]2195 先爲大，[甲]2263 今者大，[乙]2263，[乙]2263 都無中，[乙]2263 化地西，[乙]2263 俱爲教，[乙]2263 明知第，[乙]2263 攝

釋第，[乙]2263 勿違，[乙]2263 依，[乙]2263 諸異生，[乙]2263 准此。

早：[宮]2074 當更親，[甲][乙]1239 不，[乙]1098 里迦香。

章：[甲]1846 竟〇義。

之：[甲]、了[乙]2249 有何所，[甲]2249 遂。

至：[三][宮]223 竟不可。

終：[三][宮]2122 從。

敩

弼：[甲]2129 下戶皆。

椌

桿：[宋][宮]1435 處一桄。

陞：[宮]、髀[聖][倉]1458 木者謂，[明]2122 天繒，[三][宮][聖]1435 床上坐，[三][宮][聖]1460 若過成，[三][宮]384，[三][宮]385 琉璃爲，[三][宮]1423 若過波，[三][宮]1431 孔上若，[三][宮]髀、[聖][另]下同1435 繩床下，[三]190 畢鉢羅，[三]374 金銀琉，[三]384 天繒天，[聖]1437 過是作。

髀：[宮][聖]1435 床檔床，[三][宮]1435 繩床。

階：[三][宮]397 金。

樞：[三]1442 邊應安。

揩：[原]2248 高又八。

閉

彼：[三]25 諸門何。

閟：[明]1459 無令損。

蔽：[明]796 一者住，[明]896 朗然天。

常：[甲]2075 不視若。

鬭：[三]193 者必果。

關：[宮]461 無出迎，[三][宮]1459 門爲護，[三][聖]190 之時其，[三]64 門已至，[三]2125 戶而，[宋][元]、開[明]2145 門爾時。

合：[三][宮]2121 口水皆。

開：[宮]2060 闇司數，[甲]、關[己]1958 過去，[甲]1721 於身故，[甲]1986 眼，[甲]2035 迦葉説，[三][宮]2122 生死門，[三][宮][聖]1462 戶扇，[三][宮]1421，[三][宮]1425 戶扇坐，[三][宮]2123 戶而坐，[三]190 塞出如，[三]198 難從生，[三]1132 心門已，[三]1648 眼小時，[宋][宮]2121 門前牽，[宋]202 戶及，[宋]721 風所殺，[乙]2396 因而，[原]1251 目口誦，[原]1957 無量。

門：[丙][丁]1141 口左邊，[宮]329 瑕容其，[甲]901 作四門，[三][宮]1435 戶下，[聖]1462 戶法師，[另]279 諸惡趣，[元]2122 塞。

閔：[宮][聖]397 邏風伽。

同：[甲]2204 義云也。

聞：[宮]310 繫想復，[三][宮]310 獄想於，[三]100 及恒河。

問：[宋][元]989 反迦引。

閑：[宮]901 二合馱，[甲]1728 在柵中，[甲]2087 謬肆力，[久]397 三惡趣，[明]2060 房禮懺，[明]2060 舍利，[明]2122 勿使，[聖][另]1458

戶眠被，[石]1558 堪爲證，[元]187 瑳書，[元]531 在牢獄，[元]2110 有慟于，[元]2121 著靜室。

行：[元][明][宮]614 氣命絶。

已：[甲]994 目。

因：[知]2082 禁皆被。

樂：[甲]1828 等二道。

閇

閑：[明]212 塞不通，[元][明]999 羅羅刹。

敝

弊：[甲][乙]2207 同毘，[明]316 惡人來。

敞：[明]2131 如月，[明]2131 國土華，[宋][元][宮]、蔽[明]2103 西觀緹，[宋][元][宮]、廠[明]1442 處二舍。

唱：[三]190 甘露鼓。

敬：[三][宮]2122 妻許氏，[宋][明][宮]2122 妻高陽。

婢

卑：[宮][甲]1912 賤何堪。

弊：[三][宮]2122 如玉女。

婦：[三][宮]1435 是中有，[三][宮]1435 汝自夫，[三][宮]2122 惡口，[聖]1425 問尊者，[聖]1428 水所漂，[聖]1475 使不掣，[另]1451 財不少，[另]1435 汝必共。

奴：[三][宮]1425 不聽受，[另]1451 使頭戴。

蜱：[三]1341 梨蕃波。

僕：[三][宮]2122 不應與。

是：[三]68 言汝審。

壓：[宋][宮]、排[元][明]2121 蚊子時。

誠

被：[甲]951 嬈惑。

費：[三][宮]729 陷人。

愊

憍：[甲]1782 尸迦。

眩：[三][宮]263 反覆父。

愎

復：[宮]2122 傲物峻。

烈：[宮][石]1509 強梁而。

慢：[三]、懁[宮]2122 強梁而。

頑：[三]2103 而擧。

稸：[三]2145。

弼

樑：[丙]2190 中胎如。

衛：[三][宮]2104 等皆設。

韠

柲：[宮]1425。

必：[另]1428。

畢：[宋][元][宮]1428，[宋][元][宮]2122，[宋][元]901，[宋]901，[宋]1093 茇擣以。

撥：[宋][宮]、韠撥[聖]1435。

果：[元]、韠祕鉢[宮]、畢鉢[聖]1425 茇胡椒。

華：[甲]1786 言悔過。

豌：[元][明][乙]1092 豆菉豆。

閟

閣：[甲]2087 於萬。

悶：[甲]2119，[甲]2128 閉也左，[宋][元]2061 於言行，[原]、悶[甲]1287 挐二嬌。

餒

歕：[甲]2129 篇云火。

腷

腹：[三][宮]673。

痹

愚：[三][宮]451 聾盲瘖。

痺

脾：[三][宮]1451 風瘕煩。

裨

稗：[宋][明][宮]2122 者家世。

卑：[三][宮][聖]1423 身衣波。

碑：[元][明]2060 德初藏。

俾：[宋]1195 弘益其。

禪：[元]2061 須請軍。

裸：[宮]2053 輝。

埤：[三]2145 岱之論。

已：[乙]1736 讚小乘。

碧

璧：[三]、壁[宮]263 玉爲大。

契：[甲]1068 貌左紺。

玉：[另]1721 爲珍。

蔽

礙：[三][宮]325 世尊我。

芘：[宮]626 其戒。

閉：[三][宮]2122 愚戇。

敝：[甲]2128 聲也敝。

弊：[宮]263 礙，[宮]666 亦如彼，[甲]1830 即是六，[甲][乙][丙][丁][戊]2187 欲樂於，[甲][知]1785 是集集，[甲]1158，[甲]1710 迷勝義，[甲]1733，[甲]1918 闇去明，[甲]2036 不通遠，[甲]2068 威儀越，[甲]2068 衣憂，[明]1450 破衣服，[明]2149 開是知，[三][宮]1501 者若心，[三][宮]225 邪得其，[三][宮]313 惡人無，[三][宮]460，[三][宮]461 立不了，[三][宮]532 卒暴志，[三][宮]729，[三][宮]1435 惡人入，[三][宮]1546 心迴轉，[三][宮]1579 者若心，[三][宮]2060 氷炎常，[三][宮]2123 神餘處，[三]76 覩佛不，[三]125，[三]193 羅剎，[三]196 不服法，[三]201，[三]201 盲，[三]212 不能廣，[三]401 結，[三]796，[三]1301 無智慧，[三]2122 放恣支，[聖][另]765 則椽梁，[聖]1509 淨，[石]1509 而不現，[乙]1796 本不生，[乙][丙]2190 惠日而，[乙]912 入於猛，[乙]1876 故曰，[元][明]1546 所纏故。

幣：[宮]309 心爲幻。

葬：[聖]1733 蔽障六，[聖]272 覆。

藏：[聖]643 妙紫金。

敝：[甲]、蔽[甲]1782 諸大衆，[甲]2087 其状如，[元][明]1579 心。

發：[甲]1921 保愛身，[三][宮]377 國界復。

壞：[三]76 信狂愚。

敬：[甲]952 衆相皆，[元][明]2053 眞宗幸。

救：[宮]1486 此子火。

齊：[三][宮]810 是故。

翳：[元][明]1332 人目鬼。

障：[三][宮]848。

祕

芷：[三][宮]2122 帝盡日。

馣：[乙]957 醇。

馥：[宮]、秘[聖]664 粉。

香：[原]958 鄙列反。

箅

簿：[宋]篳[元][明]152 行道七。

箆

椑：[宮][聖]1428 佛言聽。

籌：[甲]2394。

錍：[乙]2393 故收取，[乙]2393 前云云。

枇：[宮]1455 梳三假。

弊

袚：[明]2060 虎災請。

敝：[丙]2092 王答曰，[聖]1509 囊盛寶，[乙][丁]2092 以逸待。

婢：[明]643 如玉女。

蔽：[宮]263，[宮]609 欲如大，[宮]616 身賢聖，[甲][乙][丙][丁][戊]2187 地，[甲]1722，[甲]1736 眼即正，[甲]1781 衆生也，[甲]1782 日月故，[甲]1921 五欲思，[甲]1921 又生老，[甲]2036 降旨，[甲]2366 不息煩，[明][和]261 無復顯，[明][和]261 邪見由，[明]184 一色像，[明]2131 中無有，[三][宮]、[聖]下同 425 礙不能，[三][宮]666 最勝身，[三][宮][聖]627 狐，[三][宮][聖]292，[三][宮][聖]1579 者有大，[三][宮][聖]1595 服膺未，[三][宮]266 魔又名，[三][宮]268 睡眠所，[三][宮]309 礙以，[三][宮]309 遂增愛，[三][宮]309 推尋十，[三][宮]403 菩薩學，[三][宮]403 則，[三][宮]425 礙不計，[三][宮]425 礙而無，[三][宮]425 塞脱無，[三][宮]425 是精進，[三][宮]477，[三][宮]481 處存，[三][宮]610，[三][宮]630，[三][宮]636 三千其，[三][宮]653 無明從，[三][宮]1443 尊容，[三][宮]1509 菩薩雖，[三][宮]1509 身體名，[三][宮]1547 以故爾，[三][宮]下同 1523 世間者，[三][聖]190 行於諸，[三][乙]1125 本性清，[三]125 流，[三]158 離諸善，[三]193 出要道，[三]210，[三]210 幽冥，[三]212 以愛蓋，[三]309 菩薩心，[三]1335 隸，[宋][明][宮]、幣[元]2122 於金石，[宋][元][宮]1488，[乙]1929 苦菩薩，[乙]2192 地上清，[元][明]1 惡行墮，[元][明]210，[元][明]658 五欲而，

[知]418 礙故不。

幣：[三][宮]665 裔奔尼，[三][宮]1428 帛絎革，[原]2431 種種色。

幣：[三][宮]1547 結若見。

獘：[宮]383 惡，[三]2060 乃要大。

憋：[明]1331 龍各吐，[明]2121，[三][宮]657 惡不隨，[三][宮]2122 惡人，[石]1509 惡，[宋][元]1092 惡鬼神，[宋]585 魔波旬，[元][宮]338 獸而馳，[元][明]1331 小龍輩。

敝：[甲]1722 二權猶。

憋：[三]150 象獘。

獘：[三]152 王行凶。

憋：[宋][元]125 惡飲食。

憋：[宮]2034 惡態。

天：[明]2123 魔波旬。

爲：[三]154 志常思。

役：[三]2110 中國天。

有：[甲]1781 疾苦況。

曰：[宮]2104 盛又不。

幣

弊：[甲][乙][丙]973 三，[甲]1717 帛而陰，[宋][元][宮]347 帛支那，[宋][元]2063 弗許母，[乙]1287 帛次普。

髮

髮：[三][宮]1423 波。

頭：[三][宮]721 髮。

薜

蕖：[甲][乙]1796 囉二合。

辟：[甲]1735 荔。

譬：[宮]2112 荔於長。

薩：[聖]2157 崇胤通，[聖]2157 稷右常，[聖]2157 舉之戰。

薛：[甲]2039 邦。

嚳：[三][宮]721 茂皆悉。

壁

臂：[三][聖]1 中間食，[元][明]1 中間食。

璧：[甲]1735 上畫不，[甲]2036 之美被，[甲]2266 開制戒，[甲]2270 法師義，[明]663 玉珂貝，[明]1435 山樹能，[三]、一部[明]2122 二百卷，[三][宮][聖]1579 玉珊瑚，[三][宮]1558 如器如，[三][宮]1579，[三][宮]1579 玉珊瑚，[三][宮]2103 本惟絶，[三][宮]2103 龜紫鱉，[三][宮]2103 水之典，[三][宮]2121 山中，[三][聖]643，[三]152，[三]2060 傳十七，[三]2060 抗聲於，[三]2125，[三]2149 四經，[宋]、[聖]643，[宋][宮]2103 之書，[宋][明]2122 亦二百，[宋][元]212 饒出珍，[宋][元]2122 撲項帝，[宋]2059 直上數，[宋]2110 之，[乙][丙]2092 其罪信，[乙][戊][己]2092 甚爲佳，[元]415 然彼菩，[元][明]2103 水洞啓，[元][明]2104 宮奉見，[元]2103 序梁簡，[原]2001 秦主相。

贒：[三]193 種種嘆。

鐴：[三][宮]1463 於面可，[三]1463 上。

擘：[甲]1059 裂也鬼。

埵：[三]1809 若塗。

蜂：[三][宮]1488 蠭。

辟：[甲]952 純無價，[三][宮][聖]224 方四，[三][宮][聖]613，[三][宮]2042 方，[三][宮]2085 方四五，[三][宮]2121 方四十，[三]26 方十二，[三]197 方一，[三]197 羅，[三]643，[聖]1646 等以不，[聖]2157 所藏或，[宋]397 星者。

譬：[甲]1806 及餘，[甲]2259，[三]2154 四經一，[三][宮]1647 等中無，[三]2145 四經一，[三]2153 四經一，[聖]2157 之功無，[元][明]657 堅固如。

屏：[三]1440。

衣：[三][宮][聖][另]1435 障。

障：[三][宮]1428 或一切。

肇：[甲]2181 法師。

避

被：[明]2076 昭宗蒙。

遁：[乙]2263 釋顯釋。

吠：[原][乙]917 避。

顧：[聖]211 親踈亦。

辟：[宮][聖]419 惡知識，[宮]322 風，[甲][乙][丙][丁][戊]2187 支佛者，[甲][乙][丙][丁][戊]2187 支少，[甲][乙][丙][丁][戊]2187 支僮僕，[甲][乙]2390 除結界，[三][宮]350 易亡去，[三][宮]1470 與房二，[三]1331 去鬼神，[聖]419 衆會身，[宋][宮]2060。

僻：[三][宮]1462 路或眠，[三]

[宮]1475 處裸形，[三][甲]2087 路太子，[聖]1670 處坐思，[宋][宮]、辟[元][明]332，[元]210。

　　譬：[三]98 形急當。

　　闢：[甲]1959 無所蔽，[明]2016 導引功，[三]1545 義立未，[三]1545 義是等，[三]288 十方諸。

　　逃：[甲]2035 至。

　　違：[甲]2196 不可難。

　　畏：[丙]2092 強禦莫。

　　隱：[三][宮]1425 迴處。

　　遮：[甲][乙]2263 之如云，[乙]2263 此。

鞞

　　卑：[宮][聖]272 羅迦華。

　　箆：[元][明]86。

　　鞞：[丁][戊]2187 跋致者。

　　毗：[三]223 羅提國。

　　昆：[三]24 摩質多，[宋][元][宮][聖]、明註曰南藏作毘 279 陀發妙。

髀

　　陞：[宮]1428 裹肉與。

　　鞞：[三][宮]1421 比丘侍。

　　股：[三]375 肉切以。

　　脚：[聖]1425 上膝著。

　　緊：[三]、[宮][聖]1549 故曰鹿。

　　脛：[宮]402 上當有，[三][宮]2123 者爾，[石]1509，[宋]617 骨接之，[乙]1076 上以小。

　　脾：[宮][聖][石]1509 肉復欲，[宮][石]1509 肉，[三]2122 呵罵耶，

[聖]1428 坐器破。

　　腓：[宮]221 腨腸脚。

　　腔：[甲][乙]2390。

　　體：[聖]310，[宋]1006 病脚病。

　　膝：[三]24 肉皰生。

斃

　　弊：[三]152 鬼雷電。

　　棍：[宋][明]、裩[元][宮]2122。

臂

　　背：[明]1478 行是十。

　　璧：[甲]1912 或見金，[三]187 璫及環。

　　辯：[聖]1763 邪見分。

　　掌：[甲][乙]1032 相並直，[三][甲]951 量壇位。

　　肩：[宮]822 右膝著，[明][甲]989 右膝著，[明]639 頂禮佛，[明]下同385 右，[三][宮]310 右膝著，[三][宮]656 右膝著，[三][宮]814 右膝，[三][宮]1428 右膝著，[三][宮]1464 上行入，[三][宮]2040 右膝著，[三]190 教在眾，[三]374 遶百千，[三]374 右膝著，[三]1340 右膝著，[乙]1200，[元][宮][聖]318 長，[元][明]318，[元][明]318 長跪叉。

　　脚：[元][明]125 叉手合。

　　辟：[甲][乙]2391 口上笑，[甲][乙]2391 豎合舉，[甲][乙]2391 爲鬟名，[宋]、譬[元][明]984 反波羅，[乙]2391 當前轉，[乙]2391 右繞壇。

　　臂：[敦][流]365 如紅蓮，[宮]443

如來南，[明]1635 如來所，[明]2154
菩薩會，[三][宮]624 五復有，[三][宮]
2122 如象鼻，[宋]21 佛皆，[元][明]
310 如象王。

臍：[宮]607 肉。

手：[宮]374 上者名。

項：[甲][丙]、頭[乙]1098 上恒
佩。

足：[明]317 曼稍稍。

璧

碧：[明]220 玉珊瑚。

壁：[宮]2060 也衆以，[明]2110
而重片，[明]2110 山，[明]2110 懸茫
茫，[三][宮]2103 既反，[三][宮]309
樹木莖，[三][宮]2103 室玉，[三]2110
赤柱此，[三]2122 而以寫，[聖]1537
玉金銀，[宋][宮]1579 水而藻，[宋]
[宮]2060 興櫬，[宋][宮]2103，[宋][元]
2103 序，[宋][元]2145 況法施，[宋]
1579 玉珊瑚，[宋]2060，[乙]2092 遂
於晉，[元]2016 玉金銀。

薜：[三][宮][另]1442。

襞

褺：[元][明]、擗[宮]、辟[石]
1509 優多羅。

劈：[三]153 其，[宋][元]、辟[宮]
1464 優多。

擗：[聖]125 僧伽梨，[宋]384 僧
伽梨。

辟：[宮]1435 衣著一，[宮]2122
之還坐，[聖]125，[聖]1428，[另]

1428，[宋][宮]、[元][明]1509 鬱多
羅，[宋]99 疊敷世。

僻：[宮]2122。

躃

墮：[聖]178 地。

攀：[三][宮]405 諸根不。

擗：[宮]461 地不能，[明][和]261
地角眼，[明][聖][甲][乙][丙]1199 地
猶如，[三][宮]402 踊悲哭，[聖]1425
地，[宋]5 帝曰持。

癖：[三][宮]397 背僂身。

僻：[甲]1722。

躄

薛：[宮]374 是名菩。

避：[知]266 地不能。

蹶：[三][宮]268 乃至。

霹：[東][宮]、劈[元][明]721 其
足烏。

擗：[宮]310 地，[宮]310 地須
臾，[宮]310 踊而號，[宮]379，[宮]
394 踊悶絕，[宮]1462 地，[三][宮]
1442 地時諸，[聖]613 地迷悶，[聖]
627 地惟，[宋][宮]624 地，[宋][元]
2061 踊抱持，[宋][元][宮]、僻[聖]
1462 地。

癖：[宮]397 醜陋弊，[宮]741 不
能行，[宮]2122 皆差幽，[宮]2122 行
狂者，[宮]下同 1425 者佛住，[聖]294
疥癩癰，[另]1721 報謗正，[宋][宮]
[聖]1425 若痙，[宋][宮]221 者得手，
[宋][宮]2040 疾病普，[宋][宮]2122 申

眾疾，[宋]156 眾生即，[宋]746 不能
行。

辟：[宮][聖]626 惟令而，[聖]
1548 風骨節，[知]266。

媲：[三][宮]2123。

僻：[宮]310 地善，[宮]760，[明]
657 地阿，[宋][元][宮]2122 地已而。

戚：[甲]850 合似青。

砭

碥：[甲]2068 疾後許。

編

扁：[甲][乙]1929。

褊：[甲]2128 也促邊。

徧：[明][甲]2131 聞四臂，[明]
2131 錄。

遍：[甲]1973 集侍郎。

辮：[三][宮][聖]823 髮梵志，
[三][宮]1428 髮梵志，[三][宮]1435
帶毦繩，[三][宮]1435 帶帶時，[三]
[宮]1462 草作，[三][宮]1559 髮灰囊，
[三][宮]1647 髮道事，[三]212 髮爲
衣，[三]1644 髮或有，[元][明]2053
髮圍繞。

結：[三][宮]464 髮。

緶：[三]2154 綜號爲。

偏：[甲]2036 又以藉，[甲]2087
錄典奧，[甲]2266 難定任，[三]、[宮]
1442 障若欲，[三][宮]2059 善還，
[聖]2157 梁錄又，[聖]2157 爲。

篇：[明]2076 示師師。

舒：[三][宮]2122。

之：[甲]2068 脫或當。

鞭

礙：[明][和]293 皆地大。

鞭：[宮]、硬[甲]1579 若，[甲]
2128 丈莖二，[明]310 相故又，[明]
1459 種皆非，[明][宮]1602 聚或時，
[明]212 石裏，[明]1562，[明]2123 觸
如在，[三][宮]2122 打輸送，[三]1451
心有恨，[另]1442 席薦及，[另]1442
佛言應，[元][明][宮]310 彼亦，[元]
1451 苾芻用。

靳：[三]387 能以口。

硬：[明]327 無潤心，[三][宮]
279，[三]1459 用草敷，[另]1451 者
是母，[元][明]1598 爲性藏。

鞭

編：[宮]2103 欣然會。

鞭：[甲]1717 影者如，[甲]1733
打將去，[明][甲]901 若得基，[三]
[宮][另]1458 地皮崩，[三][宮]609 心
還攝，[三][宮]1579 地高下，[三][宮]
2060 心九旬，[三]2122 觸如，[元]
901 杖長。

便：[三]211 重舉國。

硬：[甲][乙]1821 之物前，[三]
[宮]616 心思惟。

邊

傍：[原]2425 無邊。

鼻：[甲]1268 第五。

遍：[甲]2266 非，[甲]2266 計體

用，[甲][乙]897 有樹近，[甲][乙]2392，[甲][乙]2393 口字皆，[甲]1512 來所以，[甲]1828 計所執，[甲]1828 滿行轉，[甲]2266 故若不，[甲]2266 故文演，[甲]2266 何，[甲]2266 計力於，[甲]2266 計所執，[甲]2266 計性無，[甲]2266 量云極，[甲]2266 能熏五，[甲]2266 染則不，[甲]2266 說，[甲]2266 謂第八，[甲]2266 五蘊生，[甲]2266 心故答，[甲]2266 行故者，[甲]2266 行中受，[甲]2266 義即瑜，[甲]2266 知故於，[甲]2399 字皆轉，[三][宮]285 四千事，[三][宮]310 建立不，[三][宮]1464 城日出，[三]375，[三]1341 作之一，[宋][宮][聖]1509 不可得，[宋][元][宮]、[明]222 際亦，[宋][元]1509 出聲應，[乙]2249 緣智故，[原]2196 通達第。

別：[甲]921 剎供養。

側：[甲]1184 同於頂。

乘：[宮]564 見四者。

處：[三][宮]1443。

達：[乙]1796 上脣其。

島：[三][宮]1425 有仙人。

道：[丙]2396 然論玄，[宮]1598 遠離善，[甲][乙]1821 有能治，[甲]1816 執，[甲]2337 故未曾，[三]203 擔如意，[三][宮]278，[三][宮]534 顧謂六，[三][宮]1546 比智是，[宋][聖]99。

地：[乙]2249 世俗八。

頂：[三][宮]632 若人從。

乏：[甲]2204 少義也。

反：[三]99。

逢：[明]2076 神廟子。

故：[三][宮]310 非達聲。

過：[宮]1521 量善根，[甲][乙]1822 墮顛狂，[甲]2299 若論作，[三][宮]397 無礙慧，[乙]1822 無性今，[元][明][宮][聖][另]310 我歸依，[原]2196 煩惱無，[原]2248 歟，[原]2362 思量。

還：[甲]2266 見等故，[明]901 捺拼繩。

何：[知]266 沙等佛。

河：[三][宮]234 沙人以，[三][宮]309 沙無量。

晝：[三][甲]1033 澡罐華。

肩：[明]1493 右膝著，[三][宮]1493 右膝著，[元][明]1493 右膝著。

間：[乙]1171 建立壇。

界：[明]228 三摩地。

近：[甲]2266 際定受，[甲]2266 音殊女，[三]70 有蔓草。

進：[甲]2217 次第也。

盡：[宮]310 彼則於，[乙]1871 法海又，[原][乙]917 世界微。

苦：[三]212 際。

了：[甲]2239 義遂無。

量：[宮]657 高力王，[明]225 諸，[明]440 寶佛，[三][宮][聖]371 空，[三][宮]657 罪如人，[三]278 眾生海，[三]374 小因緣，[三]375 迦葉菩，[三]643 作佛事，[聖]1763 案僧亮，[元][明]375 小因。

眉：[原]966。

門：[甲]2263 十二一。

鳥：[三][宮]1476 樹下敷。

偏：[甲]2218 二見，[甲]2266 無間相。

片：[乙]2263 難但聖，[乙]2263 難但於，[原]2001 皮雲門。

前：[三][宮]636。

區：[甲]2281 也所謂。

裙：[宮]1458 細疊成。

遶：[知]1785 報水飲。

色：[甲]、遍[乙]1823 聲非道，[甲][乙]1822 而説無，[甲][乙]1822 故方有，[甲][乙]1822 際文中，[甲]1733 現色是。

上：[甲]1202 清淨蘭。

是：[聖]1463 人問之。

適：[甲]2266 云立樂。

數：[明]1191 頭羅刹。

遂：[甲]2397 外有中。

所：[三][宮]1425 強行婬，[石]1509 初發心。

違：[甲]2266 名境界。

聞：[宮]1425 語令自。

我：[甲]2263。

無：[甲]2255 故爲斷。

西：[三][宮]222 國土名。

廂：[三][宮]2085 有二石。

尋：[甲]2262 等。

意：[甲][乙]2263 不明如。

有：[三][宮]1659 識即入。

圓：[宮]223 光各一。

樂：[三][宮]337 得，[三][宮]866 際大悲。

造：[甲]1731 強故摩。

執：[三][宮]1599 壽者別。

置：[甲]893 鑠底印。

拄：[三][宮]2123 商。

追：[甲]2266 覺等是。

采

采：[三][宮]2087 山神捧。

採：[明]2076，[三]220 菽氏大，[三]2145 其所究，[乙]1909 寶還過。

彩：[甲]2006 不妨南，[三][宮]2060 孤拔見，[三][宮]1546，[三][宮]1546 畫，[三][宮]2053 天中者，[三][宮]2060，[三][宮]2060 飛方陳，[三][宮]2060 末下塔，[三][宮]2060 相照律，[三][宮]2060 又願生，[三][宮]2122 紛綸合，[三][宮]2122 隔一丈，[三][宮]2122 立於空，[三][宮]下同721 畫若有，[三]2145 灑落故，[三]2145 以圖暉，[宋][元][宮]、影[明]2103 成車。

婇：[三][宮]636，[三]212 女爾時。

綵：[明]165 繪嚴飾，[乙]1822 明。

窀

定：[三][宮]2122 賓客聚，[三][宮]2122 於臨漳，[宋][宮]2122 道俗悲。

扁

遍：[甲][乙]2259 行別境，[甲][乙]2259 造永觀。

褊

區：[宋]2059 得少爲。

福：[聖]2157 能妄參。

偏：[元][明]、猵[宮]2060 能妄參。

卞

秦：[三][宮]2060 韓，[三][宮]2060 韓率其。

下：[甲]2128，[甲]2035 令軌度，[甲]2128 也下對，[甲]2296 璞，[明]2145 答業報。

弁

辯：[聖]1859 其相。

并：[甲]1839 等餘比。

獸：[三]2060。

剎：[三][宮]2122。

抃

杚：[甲]2879 斗捻秤。

攔：[明]2053 莫。

弄：[宮]2121 舞僉然，[三][宮]2122 相和須，[宋]1。

挵：[原]1981 水微波。

枉：[三][宮]2102 虔襟式。

下：[三][宮]2102。

祥：[三]、詐[宮][甲]2053。

袢：[乙]2087 襲冠帶。

汴

十：[甲]2036 至江上。

便

彼：[宮]607 憂愁悔，[三][宮][聖]285 得入第，[三][宮]1425 大憂惱，[三][宮]1425 作是言，[三][宮]1546 勤方便，[三]113 難提釋，[宋][宮]810 生悅豫，[宋][元]、復[宮]1425 覆藏俱。

必：[三]375。

遍：[三][宮][聖]1425 生如天。

辨：[原]、辨[甲]2006 開眸聲。

辯：[三][宮]583 辭利，[三]1301 聰生無。

變：[甲]1781 異依什。

別：[甲]1736 休廢今，[甲]2006 譚四智。

不：[三][宮]1546 能成大。

常：[聖]1579 寂靜。

陳：[三]、健[宮]2121 答解諸。

成：[三][宮]1562 無間等。

持：[三]1339 總持方。

傳：[甲]2223，[三][宮]1557 勞從起，[三][宮]2060 通側席。

次：[甲][乙]1929 爲求辟，[甲]1072 結普召。

從：[三][宮]2121。

大：[三]2110 見牛來。

但：[明]2122 常誦，[三][宮]1646 應都盡，[三]101 點念法，[三]125 念下劣。

當：[三][宮]1428 抖擻應。

得：[甲]2299 住故若，[明][甲][乙]1110 是處已，[三][宮]1458 麁罪熟，[三][宮]1507 是，[三][宮]1584 生

佛說，[三]639 得見於，[宋][明][甲]1077 除差，[乙]1816。

斷：[三][宮]2041 絕人物。

而：[三][宮]639 守護，[三][宮]1435 肘。

法：[三][宮]1461 更捨還。

伏：[甲]1705 忍三品。

佛：[宮]1435 思惟我，[三][甲][乙]1200 悉來共，[三]5 名爲。

復：[宮]1425 思惟用，[宮]1462，[甲][乙]1822 告釋迦，[甲][乙]1822 作念，[甲]1811 加一罪，[甲]1828，[甲]2262 違此文，[明]220 白佛言，[明]220 白具壽，[明]310 捨置是，[明]1463 爲說法，[三][宮]221 化作大，[三][宮]381 答曰假，[三][宮]453 還合爾，[三][宮]657 能，[三][宮]1421 議，[三][宮]1425 諫言，[三][宮]1425 問，[三][宮]1425 問若我，[三][宮]1425 尋逐羊，[三]125 從坐，[三]125 作，[三]125 作是念，[三]163 白言密，[三]375 語，[三]1545 作是念，[宋]、更[元][明]374 問言我，[宋][明]1545 有中有，[宋][元][宮][聖]1421 譏訶言，[元]26 開東門。

更：[高]1668，[宮]1421 語言汝，[宮]2040 作是念，[宮]2060 東南還，[宮]2103 似外道，[甲]、亦[乙]2263 有十七，[甲]1736 救云外，[甲]1806 僧殘女，[甲]936 得增壽，[甲]1846 除也心，[甲]1921 數數相，[甲]2012 擬向何，[甲]2053 是不，[甲]2249 應暫起，[甲]2271 不能者，[明]125 自

端，[明]202 復低頭，[明]459 無有侶，[明]1545 減五百，[明]1546 悔言我，[明]2076 忘緣，[三]397 無增減，[三][宮]1546 不起世，[三][宮]2122 割，[三][宮][聖]1462 覓物去，[三][宮]263 遵崇父，[三][宮]268 爲增益，[三][宮]309 退，[三][宮]378 重說此，[三][宮]397 不復，[三][宮]606 復有四，[三][宮]630 廣平，[三][宮]656 生若干，[三][宮]744 礫石熱，[三][宮]1425 增王問，[三][宮]1428 從界外，[三][宮]1428 莊嚴其，[三][宮]1435 喚餘婢，[三][宮]1452 留用刀，[三][宮]1509 不能修，[三][宮]1509 生，[三][宮]1546，[三][宮]1562 爲無用，[三][宮]1588 得世間，[三][宮]1644 退還本，[三][宮]2026 終當何，[三][宮]2042 作三契，[三][宮]2049，[三][宮]2059 令坐，[三][宮]2059 起澡浴，[三][宮]2103 閉戶，[三][宮]2104 坐謂曰，[三][宮]2121 活如故，[三][宮]2121 迷惑婬，[三][宮]2122 毀，[三][甲][乙]2087 名曲女，[三][甲]951 見有善，[三][聖]26 說異異，[三][聖]125 取一小，[三][聖]1435 有居士，[三]1 得供養，[三]1 還本土，[三]1 嚴飾宮，[三]26 轉增形，[三]83，[三]119 前行無，[三]125，[三]125 問此義，[三]125 致詰此，[三]168 載來還，[三]202 共抱，[三]209 以餘，[三]212 捨我無，[三]212 興起慢，[三]1331 畏不從，[三]1331 致流遷，[三]1547 往祇樹，[三]2103 是儒之，

[三]2110 隱頗競，[三]2122 現神足，[聖][甲]1763 以餘雜，[聖][甲]1763 承，[聖][甲]1763 轉於法，[聖]26 速出去，[聖]1451 念曰女，[另]1721 見有三，[宋][宮]384 無本，[宋][宮]534 爲，[宋][宮]638 解空無，[宋][元][宮]1425 高聲大，[宋][元][宮]1425 倩餘比，[宋][元][宮]2059 呼上客，[宋][元][宮]2122 遇篤病，[乙]2249 成無學，[乙][丁]2244 名曲女，[乙]1821 約二善，[元][明][乙]1092 加持白，[元][明]14 時是時，[元][明]24 開，[元][明]873 勅行者，[元][明]1424 與受具，[元][明]1579 致死或，[元][明]2060 歷四，[元][明]2122 舉聲號，[元][明]2122 住慧日，[元]125 説此偈，[元]125 作是念，[元]205 來下化，[元]2122 病因此，[原]1775。

鼓：[知]384 盲不識。

故：[三]2041 以言謝。

還：[甲]2075 譯出禪。

何：[聖]1442 乃至，[原]2263 違大小。

後：[甲]1782 變穢而。

化：[三]204 作。

廻：[三]184 旋即忘。

或：[明]190 受安樂。

即：[甲]2250 轉變是，[三][宮]397 懷妊日，[三][宮]532 説偈，[三][宮]743 能飛行，[三][宮]813 從座起，[三][宮]1435 還是事，[三][宮]1442 報曰我，[三][宮]1509 説何以，[三]202 墮此獄，[聖][另]790 聽之字，

[聖][另]790 自擲床，[聖]200 微笑從，[原]1141 成合作。

既：[乙]1736 聞永寂。

假：[宮]1470 可當自。

僥：[三][宮][聖]627 放眉頂。

教：[甲]2299 亦非但。

徑：[三]202 能飛翔。

境：[乙]2309 離即對。

俱：[甲][乙]2296 斥乃爲，[甲]1816 生第一。

決：[甲]2879。

可：[明]184 坐是榻，[三]、何[宮]2104 曰李榮。

連：[元][明]22 布。

令：[宮]405 開示甚。

米：[三]1 生糠繪。

面：[三][宮]1425 受衆生。

乃：[三]2103 去，[三]2145 謂之權，[乙]1909 有湯火。

偏：[明]、遍[甲]1094 罟折六。

侵：[三][宮][聖]271，[聖]586 所。

却：[明]2076 歸方丈。

僧：[三]1459 獲罪，[三]2103 室見有。

時：[三][宮]374 使人挑。

使：[丙]2231 得，[敦]1957 無第二，[宮]313 沒去不，[宮]224 作是言，[宮]263 還去衣，[宮]263 立無上，[宮]263 勤精進，[宮]341 得入隱，[宮]344 般泥洹，[宮]397 入道諸，[宮]410 擾亂，[宮]419 笑戲謔，[宮]509 至耆闍，[宮]616 離色想，

[宮]752 便進退，[宮]808，[宮]1428
受受已，[宮]1435 捨，[宮]1451 久
住，[宮]1451 令使報，[宮]2034 夜發
比，[宮]2121 嚴駕詣，[甲]1778 道
未，[甲]1778 有法過，[甲]1782 明見
佛，[甲]1828 所照物，[甲]2428 成
就，[甲][丁]2244 吾口張，[甲][己]
1958 乘念往，[甲][乙][丙]1098 令修
學，[甲][乙]1822 同一繫，[甲][乙]
1929 作諸惡，[甲][乙]2207 之目，
[甲][乙]2250 然，[甲][乙]2259 無學
身，[甲]859 入三，[甲]893 自損，
[甲]950 吐其舌，[甲]966 成，[甲]1089
須護身，[甲]1512 異也此，[甲]1715
王城實，[甲]1731 二質何，[甲]1733
更，[甲]1763 仰慕前，[甲]1781，[甲]
1781 往者起，[甲]1782 緘言故，[甲]
1782 他修學，[甲]1782 隱滅贊，[甲]
1795 響不通，[甲]1813 他識過，[甲]
1828 共行名，[甲]1828 究竟於，[甲]
1828 迷亂是，[甲]1828 親緣滅，[甲]
1828 勝義於，[甲]1828 修，[甲]1828
讚者得，[甲]1851 有一千，[甲]1911，
[甲]1931 到不加，[甲]2035 爲不及，
[甲]2036 當行之，[甲]2044 走出戶，
[甲]2204 請加持，[甲]2219 不説故，
[甲]2219 出三，[甲]2219 無有餘，
[甲]2223 入不，[甲]2230 召憍梵，
[甲]2239 無始無，[甲]2244 往行獻，
[甲]2244 隱壽不，[甲]2255 十善道，
[甲]2266 違修斷，[甲]2299 長以長，
[甲]2299 失二諦，[甲]2299 無，[甲]
2299 一念不，[明]1558，[明][宮]458

得度一，[明][宮]606 除慢不，[明]226
復作是，[明]1450 視，[明]2041 灌太
子，[明]2042 復與籌，[明]2085 夾，
[明]2121 大雷吼，[三]2123 人立持，
[三][宮]1546 生，[三][宮]1577 成巨
富，[三][宮]2046 還本國，[三][宮]
2121 於當來，[三][宮][聖][另]1435
即往語，[三][宮][聖]224 如恒，[三]
[宮][聖]1421 言大德，[三][宮][聖]
1462 自取，[三][宮]263 至泥洹，[三]
[宮]397 焦爛，[三][宮]443 者如，[三]
[宮]480 及以呪，[三][宮]481 入衆生，
[三][宮]588 合義力，[三][宮]606 淨
澡手，[三][宮]607 致法已，[三][宮]
619 身廣大，[三][宮]620 却行匍，
[三][宮]627 導利無，[三][宮]637 得
無動，[三][宮]657 不能壞，[三][宮]
760 維摩羅，[三][宮]805 伐之但，
[三][宮]1421 乳人訶，[三][宮]1425
穿，[三][宮]1428 虫生，[三][宮]1428
能作種，[三][宮]1435 入即入，[三]
[宮]1442 出村屆，[三][宮]1442 遣，
[三][宮]1443 蹂踏其，[三][宮]1506
走，[三][宮]1546 生如池，[三][宮]
1549 應時修，[三][宮]1559 佛所記，
[三][宮]1579 住於衆，[三][宮]2042
得了知，[三][宮]2060，[三][宮]2060
支離，[三][宮]2121 逮等，[三][宮]
2121 防未然，[三][宮]2121 沸內，
[三][宮]2121 遣之，[三][宮]2121 往
視呼，[三][宮]2121 已殺者，[三][宮]
2121 著珠衣，[三][宮]2122 殺之次，
[三][宮]2122 退矣師，[三][宮]2122

一心以，[三][宮]2122 以王命，[三][宮]2123 淨此據，[三][宮]2123 致兩舌，[三][聖]285 精進化，[三]23 疾得持，[三]26 命終佛，[三]68 受五戒，[三]100 於我等，[三]125 盡亦無，[三]125 舉身皆，[三]125 授與，[三]125 天雨不，[三]125 現身得，[三]150 比丘僧，[三]154 啓其王，[三]154 死於時，[三]168 却太子，[三]186 白王相，[三]190 得成就，[三]198 還其，[三]198 見四諦，[三]202 得結使，[三]205 億千出，[三]212 不遭患，[三]215 入彼衆，[三]220 我爲諸，[三]291，[三]418 爲習九，[三]1523 故心如，[聖][甲]1763 蒼生蒙，[聖][另]1442 作，[聖][另]1442 作是，[聖][另]1451 將女往，[聖]125 歎譽之，[聖]189，[聖]211 請入，[聖]376 將，[聖]1421 門世尊，[聖]1421 語之言，[聖]1421 在我前，[聖]1425 說僧已，[聖]1433 解不容，[聖]1442 共譏嫌，[聖]1451 開七塔，[聖]1464 心開意，[聖]1509 得禪定，[聖]1509 棄捨去，[聖]1509 住菩薩，[聖]1547 結中五，[聖]1549 慚彼當，[聖]1763 能道被，[聖]2157 參，[聖]2157 令安置，[另]1442 食食已，[另]1443 白王曰，[石]1509 棄篋而，[宋][宮]309 在，[宋][宮]313 消其毒，[宋][宮]1421 譏呵言，[宋][宮]2060 下汲一，[宋][明][乙]1092 陰乾淨，[宋][元][宮]221 自滅去，[宋][元][宮]323 當隨師，[宋][元][宮]2059 出爲荊，[宋][元][宮]2059 辭別作，[宋][元]203 得眼淨，[宋][元]203 在前而，[宋][元]1545 數現行，[宋][元]2122 禮拜都，[宋]186 師子吼，[宋]1181 以左手，[宋]1694 不得定，[乙]1724 令得樂，[乙]1821，[乙]1822 愔，[乙]1822 火焚若，[乙]2218 除盡得，[乙]2227 令童女，[乙]2227 自損也，[乙]2261 得集在，[乙]2391 證，[乙]2391 至更，[乙]2408 即阿尾，[元][明]125 欲愛色，[元][明]138，[元][明]330 除盡是，[元][明]425 常以和，[元][明]2059 來徵索，[元][明]2060 是自難，[元][明]2122 斷猶，[元]175 涕哭不，[元]1425 殺毒蛇，[原]、[甲]1744 速逮，[原]、[甲]1744 得益故，[原]、[甲]1744 捨邪取，[原]、使[甲][乙]1796 知無實，[原]、使[甲]1781 惑不起，[原]1089 嚼之不，[原]1744 略持一，[原]1744 無法起，[原]1796 成法界，[原]1851 於外難，[知]418 爲著何，[知]384 逮師子。

始：[三][聖]200 欲戰擊。

嗜：[三][宮]721 若得熱。

收：[宮]1428 與之其。

受：[乙]1723 起身智。

俗：[明]969 故。

隨：[三][宮]1558 應止息，[三][宮]2121 臥是中。

他：[明]1435 出他過，[明]150 婆羅門，[明]1450 將梨菓。

徒：[宋]2110 息百城。

信：[三][宮]1421。

行：[甲]1924 處假想，[三][宮]2122 已以物。

須：[乙]1821 失念故。

續：[宮][聖]224 如摩尼，[三][宮]、倍[聖]224，[三][宮][聖]224 行阿耨。

尋：[三][宮]2058 挑五百。

壓：[三]1428 即往斷。

已：[三]202 得滿是。

以：[三][宮]1442 手搖病。

役：[聖]1421 應著革。

因：[宮]1670 得渡過，[甲]2787 制戒。

應：[三][宮]673 化所出。

尤：[三][宮]2121 欲以殺。

與：[三][聖]125 起瞋恚。

欲：[三][宮]403 度脫至，[三]201 稅奪我。

則：[甲][乙]1821 不轉故，[三][宮]2042 睡眠，[三]2034 已一千，[元][明]2122 同宿遂。

彰：[原]、使[甲]、彰[甲]1781。

丈：[甲]1781 時事就。

者：[三][宮]1435 說，[三][宮]1458 犯從非。

知：[三][宮]1435 應滅擯。

隻：[甲]1924 隱性染。

致：[三][宮]746 命終由。

衆：[甲]2274 少者但，[聖]380。

住：[三]1569 壞，[原]2271 異滅之。

註：[三][甲]2053 誤後人。

自：[三][宮]561 在所作，[三][宮]2040 下象取，[三]202 墮法衣。

覓

覓：[甲]2128 覔從兒。

徧

偏：[甲][乙]2250 舉以釋，[甲]1886 大乘藏，[甲]2036 周者無，[甲]2266 知三者，[宋][元]2061 入圓房，[宋][元]2061 雛。

遍

寶：[乙]922 捧珠安。

遍：[宮]847，[宮]1451 掃逝多，[甲]2068 感山神，[明]832 悅一切，[三][宮]607 痛如瘡，[三][宮]1546 滿多由，[三][宮]1554 惱身，[三][甲]1135 惱難可，[三]397 惱是大，[三]731 一，[三]1262 舍中不，[聖]545 虛，[聖]627 察衆生，[聖]1421 行盛長，[聖]1462 聽律摩，[聖]下同 834 動等遍，[另]285 所化一，[宋][元][宮]2121 滿下，[元][明]821 惱。

彼：[宮]1530 知鏡智。

編：[甲]1801 故。

邊：[甲][乙]2263 常論說，[甲][乙]2393 有樹豐，[甲][乙]2394 音聲皆，[甲]974 法界真，[甲]1821 見結即，[甲]1828 處故無，[甲]1873 有無中，[甲]2261 十善巧，[甲]2266 義即，[明]220 覺義若，[三][宮]223 不可得，[三][宮]398 止宿將，[三][宮]1425 求不得，[三][宮]2034 於下際，

[聖]199 遊觀并，[聖]1462 覆比丘，[聖]1552 因以欲，[宋]624 皆悉知，[乙]2263 計不云，[乙]2296，[原]2216 隨類身，[原]2393 有水速。

徧：[三][宮]2103 隘何足。

徧：[三]23 教天下。

遍：[甲]2250 至得。

變：[甲]1735 空十，[明][甲]1177 入如如，[明]363 十方天。

處：[甲][乙]2219 界門中。

道：[甲]2312 不善故，[元][明]、邊[宮]1486 淨。

等：[三]1006 動等遍。

遞：[甲][乙][丙]1833 爲能熏，[甲]2266 不相離，[三]99 相破壞。

定：[宋]220 處清淨。

遁：[明]1669。

遏：[甲]2067 其聲乃，[三]186 至于。

反：[丙]1184 或七，[甲][乙]1306，[乙]912，[乙]914，[乙]1287，[乙]1287 眞言曰。

返：[丙]1145 已舉大，[丙]1184，[甲]、[丙]973 護，[甲][乙][丙]973 畜生之，[甲]923 安印頂，[甲]973 結界護，[甲]1069 頂上散，[甲]1828 招苦，[甲]2217 遍處，[甲]2217 計所執，[甲]2400，[乙][丙]1098 震動，[乙]913，[乙]2249 可生五，[原]920 星宿日。

福：[三]1050 歷無數。

覆：[三][宮]721 入彼光。

過：[宮]221 十方恒，[宮]2034 洗燒香，[宮]2122 小者豈，[甲]2230 一切處，[甲]2270 故若無，[甲]904 環繞之，[甲]1238 咽之凡，[甲]1238 於閻浮，[甲]2266 細麁故，[三][宮][石]1558 細麁故，[三][宮]1451 察次入，[三]1336 殘水飲，[三]1565 一切處，[聖][另]1543 淨天上，[另]1428，[另]1721 三界，[原]899 去無量，[原]1695 也故下。

遑：[三][宮][甲]2053 不勝欣。

迴：[三][宮]374 無窮始，[三]1332 呪二七。

極：[甲]1709 光淨天，[原]2212 摩訶之。

偈：[三]1336 得。

兼：[甲][乙]1822 舉二因，[甲][乙]1822 説而已，[甲][乙]1822 悟一切，[甲][乙]1822 修諸有，[甲]2371 通二種，[原]1764 防異計。

見：[甲]1735 十方不。

皆：[三][宮]、變[宮]627。

界：[丙]1211 法界一。

盡：[明]1000 滿虛空。

境：[甲]1830 俱無顚。

局：[甲]2274 而有相。

卷：[三]2106 並。

了：[甲]2217。

歷：[三][宮]2048 觀供饌。

漏：[三][宮]、流[甲]2053 泉源化，[原]2339 小乘。

論：[宮]882 即得一，[甲]1512 知正道。

羅：[甲]1238 散淡嗚。

慮：[甲]2434 知今義。

滿：[博]262 十方一，[宮]279，[宮]279，[甲]1718 因緣觀，[三][宮]1592，[聖]158 其下。

明：[三]、遍照照曜[聖]211 照天地。

迺：[聖]1563 趣求故。

偏：[宮][另]1435 抄衣不，[宮]318 現未曾，[和]293 推求，[甲]1766 蕩相著，[甲]1778 方便之，[甲]2266 義說文，[甲]2269 計所起，[甲]2339 見若能，[甲][乙]2259 名非定，[甲]1763 明法身，[甲]1795 觀也，[甲]1830 一義故，[甲]1881 計謂一，[甲]1918 假從空，[甲]2017 知者亦，[甲]2036 意在懷，[甲]2037 真，[甲]2266 法故和，[甲]2266 取是別，[甲]2266 行二緣，[甲]2266 於一切，[甲]2266 知，[甲]2266 知果，[甲]2266 知爲苦，[甲]2339 圓，[明]316 知明行，[明]347 知明行，[明]921 於印契，[明]1565 一切故，[三][宮]1562，[三][宮]1562 說，[三][宮]1458 住乃，[三][宮]1545 說彼近，[三][宮]1563 相失是，[三][宮]2122 視灰色，[三]2110 所詳究，[宋]1191 或鼻，[宋][元]1559 行染，[乙]2376 以有漏，[元]1559 滿八功，[元]1562 沒餘能，[原]1780 立菩薩。

品：[原]1840 無於異。

普：[三][宮]279 觀一切，[三][甲]1024 照三千，[乙]2263 遊於諸，[乙]2396 現十方。

切：[乙]1305 即得自。

清：[三][宮]1458 淨無諸。

全：[甲][乙]2263 常論能。

容：[甲]1884 攝含容。

適：[宮]309 彼勸進，[宮]659 無所屬，[宮]895 入字又，[宮]1808 通十方，[甲]1828，[甲]2219 口則一，[三][宮][聖]292 照諸天，[三][宮][聖]425 從平地，[聖]1563 受苦已，[宋][元]1092 心蓮華，[元][明][宮]656 濟佛，[原]2409 清淨句。

隨：[甲]1782 喜十方。

通：[宮]263 若干之，[宮]263 聞焉諸，[宮]2034 國土神，[甲]1733 三千，[甲]1821 生，[甲]2214 世界無，[甲]2249 生處以，[甲]2270 有無道，[甲][乙]859 體生焰，[甲][乙]1821，[甲][乙]1822 前，[甲][乙]1822 染心如，[甲][乙]1822 三性親，[甲][乙]1822 緣名，[甲][乙]2223 十方故，[甲][乙]2261 俱，[甲][乙]2390 印囊莫，[甲]850 灑以香，[甲]1731 盈法界，[甲]1733 三，[甲]1735 非多處，[甲]1830 說，[甲]1830 緣一切，[甲]2068 身赫赤，[甲]2214 身布四，[甲]2214 身放無，[甲]2249 染，[甲]2250 論一期，[甲]2266 染心，[甲]2273 在電空，[甲]2434 無盡虛，[明]1450 覆體作，[明]1558 欲色表，[三][宮]2122 經于三，[三][甲]955 諸儀則，[三][聖]1579 諸方維，[三]1560 欲色表，[三]2106 身皰赤，[聖][甲]1733 多，[聖]1509 月三昧，[聖]1542 行

及修，[石][高]1668 造諸，[宋][宮]
1509，[宋][元]1560 邪見憂，[乙]
1821 能所據，[乙]1822 四靜慮，[乙]
2215 法界昇，[乙]2254 樂歡行，[乙]
2263，[原]2271 一切，[原]1834 計
之義，[原]2248 數有十。

退：[三][宮]1549 佛境界，[宋]
220 處樂説。

爲：[甲][乙]2254 因故文。

違：[三]2137 故有説。

悉：[三][宮]1509 滿三千。

現：[聖]99 照祇樹。

相：[明]1541 相應使，[聖]305
説。

虛：[乙]2215 凡聖中。

循：[三]1339 觀此華。

夜：[甲]1227 烏柘吒。

亦：[甲]2434 滿虛。

猶：[三]1165 滿。

遊：[明]26 彷徉往。

曰：[原]1079 依法誦。

匝：[甲]904 即成結，[甲][乙]894
即成結，[甲][乙]2394 若無，[甲]1921
却坐思，[甲]2409 陳列，[三]、王[宮]
553 身體自，[三][宮]587 於十方，[三]
[宮]1488 縱廣七，[三][甲]901 已次
阿，[三][聖]375 彌滿四，[森]286 皆
説十，[宋][元][宮]318 佛土悉，[乙]
912 身衣潔，[乙]2394 圍繞也，[原]
904 圍繞誦。

照：[甲][乙]1225 觸身業，[三]
[流]360，[乙]1909 佛南無。

遮：[宮]271 聲如今，[甲]2183

異見章，[甲]2262 異熟生，[甲]2273
宗也無，[明]1532 去以離，[三][宮]
721 覆受彼，[聖][甲][乙]953 止一切，
[乙]2408。

重：[甲]2263 相如正。

周：[乙]1736 二則一。

轉：[三]1517。

遵：[三][宮]585。

開

關：[甲]2128 上記希。

辨

安：[甲]2402 三角上。

辦：[宮]1804 之四分，[宮][甲]
1804 結，[宮][甲]1804，[宮][甲]1804
果局佛，[宮][甲]1804 悉名作，[宮]
[甲]1804 之益故，[宮]374 是事復，
[宮]1435 即受教，[宮]1804 故雜心，
[宮]1804 價二施，[宮]1804 隨用分，
[宮]1804 他，[宮]1804 一何苦，[宮]
1805 食頻施，[宮]1805 聽畜長，[宮]
1805 已歎，[甲]911 事眞言，[甲]1795
其相故，[甲]1828 故退四，[甲]1870
十者醉，[甲]1914 良由事，[甲]2230
事眞言，[甲]2230 一切事，[甲][宮]
1799 其事也，[甲][乙]1929 此之梵，
[甲][乙]1929 地八辟，[甲]954 事佛
頂，[甲]1813 難辦之，[甲]1828 不受，
[甲]1828 多少善，[甲]1828 名所作，
[甲]1828 名正知，[甲]1828 攝者上，
[甲]1828 事通名，[甲]1828 我今尚，
[甲]1828 無堪任，[甲]1828 無所有，

[甲]1828 也第五，[甲]1828 一若，[甲]1828 者內自，[甲]1828 者喻修，[甲]1929，[甲]1965 是故說，[甲]1969 家，[甲]1969 津梁合，[甲]1969 一切事，[甲]2017 云何分，[甲]2230 故云成，[甲]2230 事佛頂，[甲]2230 一切事，[甲]2230 一切者，[甲]下同 1813 所行菩，[甲]下同 1813 此菩薩，[甲]下同 1813 十種，[甲]下同 1813 者或於，[明][宮]279，[三]1069 事軍，[三][宮]、辯[聖]1462 譬如盲，[三][宮]、辯[聖]1562 因圓故，[三][宮]278 一切大，[三][宮]278 一切事，[三][宮]278 眾供具，[三][宮]2122 具，[三][宮]278 此人如，[三][宮]278 如是等，[三][宮]278 一切眾，[三][宮]279 諸眾生，[三][宮]374 具種種，[三][宮]843 捨諸重，[三][宮]1563 名此念，[三][宮]2122 此基搆，[三][宮]2122 但隨，[三][宮]2122 得三十，[三][宮]2122 第二身，[三][宮]2122 闍維時，[三][宮]2122 而得重，[三][宮]2122 將去，[三][宮]2122 李即經，[三][宮]2122 七法，[三][宮]2122 汝願何，[三][宮]2122 身高四，[三][宮]2122 食具汝，[三][宮]2122 洗具溫，[三][宮]2122 亦愁室，[三][宮]2122 有一婦，[三]848 一切事，[三]1569 去復何，[三]1579 所作義，[三]2122 然心性，[三]2122 諸珍寶，[聖]1763 供養之，[宋][元]、辯[明]1571 根境皆，[乙]1736 生明知，[乙]1796 也復次，[乙]1929 說法破，[元][明]

[宮]628 是名正。

辦：[宮]279 十種事，[甲]1735，[甲]1781 事故，[甲]1782 本心所，[甲]1782 故今相，[甲]1782 後四種，[甲]1782 能利他，[甲]2068 食具分，[甲]2128 反或也，[明]、辯[和]293 一切助，[明]293 無，[明]293 一切願，[明][宮]279 諸，[明][宮]279 住無礙，[明][和]293 無邊業，[明]279 果真實，[明]279 化一切，[明]293 事業受，[明]293 一切助，[明]293 眾生一，[明]293 助，[明]293 資具又，[明]2076 供師欣，[明]2131 七種學，[明]2131 如父能，[明]2131 眾生，[三]、辯[聖]190 明日復，[三][宮]、辯[聖]279 無量甘，[三][宮]279 而作佛，[三][宮]279 具悟解，[三][宮]279 業何以，[三][宮]279 出世，[三][宮]279 故捨諸，[三][宮]279 具，[三][宮]279 如是，[三][宮]279 什物又，[三][宮]279 十種大，[三]202 諸所須。

辨：[聖]1859 遂通下。

辯：[宮]279 了諸法，[宮]279 析無數，[宮]2078 復問，[宮][聖]278 眾生無，[宮][聖]1562 又此如，[宮][聖]1602 等亦爾，[宮]279，[宮]279 其樂欲，[宮]310 之復有，[宮]425 之又是，[宮]1598 次第方，[宮]1598 能入之，[宮]1598 於一識，[宮]1804 止持有，[甲]1763 兩廂所，[甲]1763 一體三，[甲]1784 體，[甲]1799 三因常，[甲]1805 三中初，[甲]2035 居天竺，[甲]2035 遂寢，[甲]2193，[甲]2370

教權實，[甲][丁][戊]2187 才者嘆，
[甲][乙]1833，[甲][乙]下同 1929 位
以釋，[甲][乙]下同 1929，[甲][乙]下
同 1929 名爲無，[甲]1708 其除障，
[甲]1734 才意加，[甲]1736 麁細二，
[甲]1763 不斷不，[甲]1763 實諦，
[甲]1763 世間所，[甲]1763 之利以，
[甲]1784 上至極，[甲]1786 二初，
[甲]1786 經王訖，[甲]1786 數開色，
[甲]1786 唯一圓，[甲]1786 性相寄，
[甲]1799，[甲]1799 地位之，[甲]1799
加行四，[甲]1799 明欲期，[甲]1799
母，[甲]1799 其相，[甲]1799 入，
[甲]1799 識諸魔，[甲]1799 釋或可，
[甲]1799 析二，[甲]1799 圓通根，
[甲]1799 眞，[甲]1799 眞妄，[甲]
1813 積法師，[甲]1928，[甲]1928 三
千還，[甲]1928 十者欲，[甲]1929，
[甲]1929 體中當，[甲]1969 理爲之，
[甲]1969 示往生，[甲]1973 明大小，
[甲]2015 十力妙，[甲]2017 才終不，
[甲]2035 法師道，[甲]2035 之者徒，
[甲]2082 答辛苦，[甲]2193 才演說，
[甲]2202 捷印度，[甲]2370 發心不，
[甲]2370 佛，[甲]2370 諸，[甲]2371
機隨法，[甲]2394 少，[甲]下同、[乙]
1929 所詮第，[甲]下同 1799 此不
知，[甲]下同 1799 無，[甲]下同 1929
不思議，[甲]下同 1929 名無，[甲]下
同 1929 說三乘，[甲]下同 1929 所詮
者，[甲]下同 1929 也，[明]293 其，
[明]1562 若唯緣，[明]2103 意思益，
[明][和]293 釋，[明][和]293，[明]

[和]293 了是爲，[明][和]293 了又
聞，[明][和]293 其威勢，[明][和]293
其脩短，[明][和]293 是非，[明][和]
293 析無，[明]842 圓覺彼，[明]1558
因爲果，[明]1562 二表業，[明]1562
業品第，[明]1562 以薄伽，[明]2076，
[明]2076 白得麼，[明]2076 洞山乃，
[明]2076 體明宗，[明]2076 主端的，
[明]2102 理彌，[明]2103 明幽旨，
[明]2103 猿攀此，[明]2103 自然假，
[明]2110 怨親又，[明]2122，[明]
2131，[明]2131 挫邪鋒，[明]2131 根
性則，[明]2131 其義應，[明]2131 三
學應，[三]、辨[宮]1552 性及士，[三]
[流]360 其名數，[三]190 了聰明，[三]
212 道不道，[三]220 大乘品，[三]
1571 正所論，[三][宮]278 正法究，
[三][宮]1515 明故云，[三][宮]1545 了
顯示，[三][宮]1545 其，[三][宮]1545
云何有，[三][宮]1545 晝，[三][宮]
1546 是無，[三][宮]1562 本事品，[三]
[宮]1562 業界地，[三][宮]1562 應反
詰，[三][宮]1593 如此等，[三][宮]
1628 其相謂，[三][宮][聖]1562 謂如
受，[三][宮][聖][另]1459，[三][宮][聖]
[知]1579 其相，[三][宮][聖]279 了，
[三][宮][聖]292 力總持，[三][宮][聖]
627 疑，[三][宮][聖]1549 色不因，
[三][宮][聖]1562 如，[三][宮][聖]
1579 嘔，[三][宮][聖]1579 憙貪差，
[三][宮][聖]1579 證成道，[三][宮]
[聖]下同 1562 前表無，[三][宮]279
了明見，[三][宮]279 其功德，[三]

[宮]288 普智覩，[三][宮]292 清和八，[三][宮]347 如翍洛，[三][宮]397 門入大，[三][宮]425，[三][宮]721 了何況，[三][宮]1425 令彼不，[三][宮]1451 識毘舍，[三][宮]1458 離離事，[三][宮]1458 餘文次，[三][宮]1542 決擇品，[三][宮]1543 天眼依，[三][宮]1545，[三][宮]1545 差，[三][宮]1545 差別而，[三][宮]1545 成立空，[三][宮]1545 大造答，[三][宮]1545 分別論，[三][宮]1545 其義彼，[三][宮]1545 人天及，[三][宮]1545 勝劣如，[三][宮]1545 聖旨乃，[三][宮]1545 體今，[三][宮]1545 五趣義，[三][宮]1545 相攝三，[三][宮]1545 業故，[三][宮]1545 云何爲，[三][宮]1545 云何依，[三][宮]1551 其相貌，[三][宮]1558，[三][宮]1558 靜慮無，[三][宮]1558 十智行，[三][宮]1558 說六根，[三][宮]1562 本事品，[三][宮]1562 何緣煗，[三][宮]1562 因言曾，[三][宮]1562 制伏阿，[三][宮]1563 六因相，[三][宮]1571 極微有，[三][宮]1571 如何世，[三][宮]1571 是故但，[三][宮]1571 有爲相，[三][宮]1571 諸法性，[三][宮]1579 應知由，[三][宮]1622 總聚有，[三][宮]1657 無因過，[三][宮]2027 凡夫聚，[三][宮]2046 集共議，[三][宮]2053，[三][宮]2060 白黑重，[三][宮]2060 究心窮，[三][宮]2060 內外賢，[三][宮]2060 眞僞更，[三][宮]2103 客乃對，[三][宮]2103 其義明，[三][宮]

2103 我若咸，[三][宮]2104 眞僞三，[三][宮]2122 而潛讀，[三][宮]2122 眞僞便，[三][宮]2122 眞僞若，[三][宮]下同 1580 奢摩他，[三][宮]下同 1579 上所說，[三][宮]下同 2103 才智慧，[三][聖]99，[三][聖]99 不善諸，[三][聖]190 了常不，[三][聖]1579 其相，[三][聖]1579 四正，[三]99 不善非，[三]100 諸事詐，[三]159 其種種，[三]187 吉凶者，[三]190 事有閑，[三]193 是事已，[三]1340 諸言音，[三]1528 涅槃是，[三]1544 聖旨此，[三]1552 諸邪正，[三]1579，[三]1579 三摩地，[三]1579 總略爲，[三]1616 一切法，[三]2103 其容苟，[三]2110，[三]2110 奇貨者，[三]2145 或標之，[三]2145 是與，[三]2154 意已行，[聖][甲]1763 此理故，[聖][甲]1763 四無量，[聖][甲]下同 1763 縛解義，[聖][甲]下同 1763 信辨直，[聖][甲]下同 1763 依之有，[聖][另]1442 尊卑即，[聖]99，[聖]99 我聞世，[聖]190 於此世，[聖]278 衆生無，[聖]639 種種無，[聖]1443 方隅處，[聖]1548 觀，[聖]1552 一事故，[聖]1563 說六，[聖]1763，[聖]1763 大涅槃，[聖]1763 二種神，[聖]1763 供養之，[聖]1763 護法等，[聖]1763 解脫身，[聖]1763 七種語，[聖]1763 三法既，[聖]1763 十號釋，[聖]1763 四相常，[聖]1763 體，[聖]1763 以，[聖]1763 嬰兒行，[聖]1763 智，[聖]下同、[甲]1763 因果非，[聖]下同

1763 菩薩不，[聖]下同 1763 阿那含，[聖]下同 1763 不違此，[聖]下同 1763 此語謂，[聖]下同 1763 聰利根，[聖]下同 1763 聖人有，[聖]下同 1763 十二因，[宋][宮][聖]279 了若聞，[宋][明][宮]397 一，[宋][聖]、辨[元][明][宮]1562 故建立，[宋][元][宮]318 諸佛法，[宋][元][宮]2103 寵辱誰，[宋]1 之以法，[乙]1796，[乙]1733 一門後，[乙]1796 才擊大，[乙]1796 才天次，[乙]1796 義即以，[乙]1796 有，[乙]1929 等也，[乙]1929 具一切，[乙]2427 顯密二，[乙]下同 2218 才擊大，[元][明]310 或無憂，[原]881 積持華，[原]920 等乃至，[原]920 論一一，[原]923 十自在，[原]933 才增長，[原]1064 才者我，[知][甲]2082 年未弱。

別：[甲]2266 二釋，[宋]945 我。

并：[甲]1834 現量境，[甲]1821 隨行皆，[甲]1851 論是非，[甲]2261 隱顯，[乙]1821 異故前，[原]、并[原]1722 懺悔重，[原]1849 無令有，[原]2196 四行。

弁：[甲]2217 耳問今。

並：[甲]2274 即爲三，[甲]2299 唐譯有，[甲]2299 相應不。

陳：[甲]2263 委。

斥：[甲]2281 其。

辭：[明]2076 師云去，[聖][甲]1763 耳佛性。

諦：[乙]1816 觀九行。

定：[甲]1733 説法處。

爾：[甲]2274 也又疏。

解：[甲][乙]2219，[甲][乙]2219 法華藥，[甲][乙]2219 之甚深，[甲]1763 苦得實，[甲]1823 且辨攝，[甲]2006 三藏五，[甲]2269。

就：[甲]2402 此等皆，[聖][乙]、熟[丙]1199 復次説，[乙]2228 急難之，[原]1818 故離諸。

輪：[甲]2183 一卷有。

明：[甲]1722 一七者，[甲]1722 壽無滅，[甲]1733 意業攝，[甲]1783 體，[原]1722 一乘救。

判：[甲]、－[乙]1929 位有同，[甲]1929 位二料。

棄：[甲]1832 世諦何，[甲]2339 又聖教，[三][宮]2102 教明筌。

釋：[甲]、辯[乙]1929 位三料，[甲][乙]1822 至名業，[甲]1708 護，[甲]1744 又論佛，[甲]1763 所得義。

算：[甲]1512 論無正。

雖：[甲]2434 悟眞俗。

所：[甲]2266 引。

委：[甲]2266 麟。

謂：[甲]2300 非皆逆。

文：[乙]2261 具。

午：[甲]1731 此四何。

悟：[乙]2263 本論意。

顯：[聖][甲]1733。

驗：[甲]2006 衲僧句。

葉：[甲]、瓣[乙]2192 心蓮是，[甲][乙]2192 又諸經。

亦：[原][甲]1781 得名一。

引：[甲]2266。

印：[甲]、辯[乙]2192 如四面。

用：[甲]2219 觀相如。

有：[甲]2309 三千大。

雜：[甲]2255 阿毘曇，[甲]2255 煩惱品。

詐：[甲]1723。

障：[甲]1830 相三即。

執：[甲]1851 相施名。

辨

辨：[宮]310 阿羅漢，[宮]310 具五百，[宮]310 世間淨，[宮]310 資生所，[宮]1549 解脫智，[宮]1549 無，[宮]1550 事故無，[宮]1551 事故近，[和][知]786 木槵子，[甲]1721 心故前，[甲]1778，[甲]2128 也所以，[甲]1727 地留，[甲]1729 觀音既，[甲]1735 即上文，[甲]2128 八反顧，[甲]2128 反考聲，[明]309 一切德，[明]2076，[三][宮][聖][另]1548 生正生，[三][宮]588 稍得依，[三][宮]1523 是名諸，[三]1560 因，[聖][另]1543 無空缺，[聖]125 食具是，[聖]1425 當與比，[聖]1536 不受後，[聖]1536 善事爲，[聖]下同 1544 不，[宋][宮]318 乃吾成，[宋][元][宮]、辯[明][聖]586 之者，[宋]24。

辯：[宮]1519 心故，[明][和]293 邪正路，[明]154 之故相，[三][宮]1519 故依何，[三]156 緣使封，[三]1549 一心所，[聖]421 入於涅，[聖][另]285 最正覺，[聖]125 唯願屈，[聖]211 外閉門，[聖]279 一，[聖]279

一切道，[聖]279 一切智，[聖]1549，[宋][宮]292，[宋][元][宮]627 不如改，[宋][元]19 逮得己，[宋]194，[宋]194 具以信，[元][明]125 之向於。

就：[三][宮]1525 如是力。

槃：[三][宮]397 茶等發。

說：[宮]1425 之王。

辮

編：[三]186 髮神通。

辮：[甲]2290 髮是給。

辮：[甲]1007 索縷。

辯：[宮]2122 皆美容，[甲]2207。

辯

辦：[博]262 汝等勿，[宮]278 淨無礙，[宮]401 又問所，[宮]1424 界或有，[宮]2059 一齋大，[甲]、辦[乙]852 才即妙，[甲]1912 聰佛，[甲]1918 問若不，[明]220 說無盡，[三][宮]379，[三][宮]266 是故不，[三][宮]648 諸靜慮，[三][宮]1808 定，[三][宮]2122 矣始知，[三][宮]下同 1579 即隨所，[三]2103 妙食應，[聖]1562 聖旨或，[聖]1562 又闇與，[宋][宮]、辦[元][明]2102 故，[宋][明][宮]729 達富無，[宋][元][宮]1424 相也，[宋]1301 之，[宋]2060 有，[元]、辦[明]896 東西見，[元]321 才，[元]2122 施於彼。

便：[宮]425。

遍：[甲]1736 橫遍六，[元][明]、辦[宮]585 諸通之。

辨：[博]262 才轉不，[德]26，[宮]1912，[宮]1912 發愛多，[宮]1912 通別雖，[宮]1998，[宮]1998 得麼，[宮]1998 主頭云，[宮]2078 者是誰，[宮]2080 未可以，[宮][甲]1912，[宮][甲]1912 始終不，[宮][甲]1998 得許，[宮][甲]1998 明時，[宮][甲]1911 也今明，[宮][甲]1912 方曉四，[宮][甲]1912 隨機對，[宮][甲]1912 異，[宮][甲]1912 異次行，[宮][甲]1912 異故來，[宮][甲]1912 異如文，[宮][甲]1912 異願，[宮][甲]1912 於彼者，[宮][甲]1912 於觀行，[宮][甲]1912 於所通，[宮][甲]1912 於中先，[宮][甲]1998 得許爾，[宮][甲]1998 香，[宮][聖]1552 非餘六，[宮]279 才陀羅，[宮]337 復有，[宮]443 積如來，[宮]670 義而以，[宮]1799 二一舉，[宮]1912 漏無漏，[宮]1912 失，[宮]1912 同異中，[宮]1912 小失三，[宮]2078 之，[宮]2111 是知解，[宮]2122 菽麥何，[和]293 才海速，[甲]1709 相，[甲]1729 二釋論，[甲]1729 故須四，[甲]1735 言無礙，[甲]1736 次第前，[甲]1750 體，[甲]1763 涅槃近，[甲]1763 十號有，[甲]1789 義而以，[甲]1804 對緣止，[甲]1836 大，[甲]1911 聰具足，[甲]1912 開合三，[甲]1912 若訥又，[甲]1925 四諦者，[甲]2128 正今詳，[甲][乙][丙]1866 等，[甲][乙]930 才說法，[甲][乙]1736 順違一，[甲][乙]1866，[甲][乙]1866 金鏘馬，[甲][乙]2087 了，[甲]853 說

真言，[甲]955 一切烟，[甲]970 才無礙，[甲]1038 又得自，[甲]1709，[甲]1709 才，[甲]1709 故利他，[甲]1709 護法，[甲]1709 來意者，[甲]1709 相，[甲]1709 因母彰，[甲]1709 晝夜異，[甲]1718 宣，[甲]1719，[甲]1727 二釋此，[甲]1728 女，[甲]1728 形質相，[甲]1729 藏乃至，[甲]1729 法門二，[甲]1729 機二初，[甲]1733 力為無，[甲]1733 說心廣，[甲]1735 德中若，[甲]1735 二空故，[甲]1735 難，[甲]1735 七嚴結，[甲]1735 演無盡，[甲]1736 才憶念，[甲]1736 即第六，[甲]1736 順違於，[甲]1736 障業三，[甲]1742 一方偏，[甲]1750 妙觀三，[甲]1751 體之妙，[甲]1751 為口四，[甲]1751 析四第，[甲]1763，[甲]1763 修道第，[甲]1784 才巫蠱，[甲]1784 巧故以，[甲]1786 二今作，[甲]1786 應了鈍，[甲]1789 而答也，[甲]1789 明邪必，[甲]1789 邪正婆，[甲]1799 識諸魔，[甲]1820 不正，[甲]1828 攝勸請，[甲]1871 自在勢，[甲]1881 真性本，[甲]1911 聰見想，[甲]1911 猛利故，[甲]1911 眾生於，[甲]1912，[甲]1912 等者問，[甲]1912 非，[甲]1912 歡喜丸，[甲]1912 門門中，[甲]1912 異故唯，[甲]1918 今依不，[甲]1918 說法悉，[甲]1918 在聲聞，[甲]1922 諸法相，[甲]1925 百八三，[甲]1925 九想者，[甲]1925 四弘誓，[甲]1927 十觀列，[甲]1932 異其相，[甲]2006，[甲]2006 詳之，[甲]2006 云我

終，[甲]2035 惑者不，[甲]2128 故，[甲]2128 或云方，[甲]2128 也，[甲]2157 意經，[甲]2196 才故依，[甲]2196 故開合，[甲]2196 易故三，[甲]2261 演，[甲]2792 超群神，[甲]下同1735 因後三，[明]2016 惑所以，[明]2076 明達禪，[明][聖]318 爲諸，[明]187 才大導，[明]293 才無盡，[明]293 能説如，[明]293 群分，[明]643 才願於，[明]1413 香口不，[明]1425 才天上，[明]1450，[明]1485 功德入，[明]1554 等已令，[明]1562，[明]1562 顛，[明]1562 餘位修，[明]1562 緣起故，[明]1647 是出世，[明]1795 四分齊，[明]2016 前境名，[明]2060 明正須，[明]2060 所見推，[明]2063 假結同，[明]2102，[明]2102 解，[明]2103 究心窮，[明]2105 眞偽伏，[明]2122 暢玄芳，[明]2122 篇第五，[明]2122 位，[明]2149 心識論，[明]2149 正論通，[明]2154 菩薩造，[明]下同1562 願智無，[三]2110 翻譯帝，[三][博]262 其男女，[三][宮]467 藥性第，[三][宮]1546 欲界事，[三][宮]1558 餘位修，[三][宮]1562 此行五，[三][宮]2108 三才，[三][宮][聖]混用1562 等至云，[三][宮][另]1451 於方隅，[三][宮][乙]2087 俗信已，[三][宮]618 然後令，[三][宮]1562 差別毘，[三][宮]1562 酬遣且，[三][宮]1562 此中經，[三][宮]1562 世別中，[三][宮]1562 外法亦，[三][宮]1562 緣起名，[三][宮]1562 智品第，[三]

[宮]1562 諸智差，[三][宮]1563 當，[三][宮]1563 因緣異，[三][宮]1646 其，[三][宮]1646 其義此，[三][宮]1646 有無又，[三][宮]1647 故先説，[三][宮]1647 色爲苦，[三][宮]2034 眞，[三][宮]2041 絶倫王，[三][宮]2060 命之，[三][宮]2060 任鷹探，[三][宮]2060 熏猶任，[三][宮]2060 陰陽可，[三][宮]2060 正，[三][宮]2102，[三][宮]2102 非徒止，[三][宮]2102 將何取，[三][宮]2102 今如來，[三][宮]2102 來旨謂，[三][宮]2102 其短長，[三][宮]2102 商二教，[三][宮]2102 所，[三][宮]2102 異同之，[三][宮]2103 北溟之，[三][宮]2103 博頗信，[三][宮]2103 駁通議，[三][宮]2103 長存妙，[三][宮]2103 非空非，[三][宮]2103 高出見，[三][宮]2103 其眞偽，[三][宮]2103 豈以一，[三][宮]2103 試擧其，[三][宮]2103 菽麥悖，[三][宮]2103 一以業，[三][宮]2103 眞偽況，[三][宮]2103 眞偽三，[三][宮]2121 了，[三][宮]2122，[三][宮]2122 率其大，[三][宮]2123，[三][宮]2123 良由海，[三][宮]2123 寧分菽，[三][宮]2123 其出體，[三][宮]2123 幽則有，[三][宮]混用1562 無量次，[三][宮]下同1562 緣起，[三][宮]下同1562 執識見，[三][宮]下同1647 涅槃道，[三][宮]下同2102 以果敢，[三][宮]下同2102 有自來，[三][宮]下同2102 又恐野，[三][宮]下同2102 致懷而，[三][宮]下同2103 方

劫遠，[三][宮]下同 2103 曰胡神，[三]158 諸作菩，[三]190 即，[三]190 罪福善，[三]291 大至于，[三]945 知覺是，[三]945 自不能，[三]1340 者皆悉，[三]1349 莊嚴如，[三]1644 年歲及，[三]1982 仰願一，[三]2088 通塞者，[三]2110 入神，[三]2122 察遂殺，[三]2125，[三]2125 暨乎淨，[三]2125 若不向，[三]2145 或無別，[三]2145 其凝滯，[三]2145 權實而，[三]2145 微言玄，[三]2145 正難辯，[三]2149 於樞機，[三]2149 宗論謝，[三]2154 法身無，[三]2154 何帝之，[三]2154 覈款，[三]2154 始移屍，[三]2154 委曲且，[三]2154 先後，[三]2154 邪正法，[三]2154 意長者，[三]2154 總爲五，[三]下同 2103 奢迂之，[聖]、[石]下同 1509 利辯不，[聖]、誓[石]1509 三昧無，[聖]1579，[聖]1579 其相復，[聖]1733 地相令，[聖][另]765 釋經行，[聖][另]1509 不即生，[聖][另]1509 才亦教，[聖][知]1579 其相由，[聖]26 才清淨，[聖]26 聰明決，[聖]99 不善於，[聖]99 正隨智，[聖]125，[聖]125 才勇慧，[聖]125 而説，[聖]189，[聖]190 了知，[聖]222 何謂爲，[聖]222 十八不，[聖]222 悉自然，[聖]223，[聖]223 力故云，[聖]223 三昧無，[聖]231 説煩惱，[聖]272，[聖]272 才文殊，[聖]272 大王當，[聖]272 能隨種，[聖]278，[聖]278 菩薩，[聖]278 無礙諸，[聖]278 無所畏，[聖]291 才無量，

[聖]291 才之，[聖]292，[聖]381，[聖]425 上首智，[聖]475 乃如是，[聖]476，[聖]476 若斯天，[聖]545 才具，[聖]663，[聖]663 不斷絶，[聖]663 天神，[聖]663 天神功，[聖]754 才當轉，[聖]790 爲政，[聖]953 自在大，[聖]1421 無徵遂，[聖]1458 之其乞，[聖]1460 爲宣説，[聖]1509 不生聽，[聖]1509 才三昧，[聖]1509 而，[聖]1509 力故云，[聖]1509 有人雖，[聖]1536 六界記，[聖]1548 云何義，[聖]1552 無盡是，[聖]1562 聖旨二，[聖]1563 本事品，[聖]1579 其相食，[聖]1579 説無礙，[聖]1585 非理故，[聖]1585 能變三，[聖]1585 捨差別，[聖]1585 中邊，[聖]1595 名，[聖]1733 才初中，[聖]1733 次冥被，[聖]1733 名爲妙，[聖]1733 器謂生，[聖]1733 三佛持，[聖]1733 由法無，[聖]1763 有無皆，[聖]2157 機，[聖]2157 明恟懷，[聖]2157 僧珍道，[聖]2157 天絶或，[聖]2157 陀羅，[聖]2157 正廣智，[聖]下同 627 才無礙，[聖]下同 1544 是謂身，[聖]下同 1585 陀羅尼，[倉]下同 1522 才明，[倉]下同 1522 才性不，[另]1552 才亦，[石]1558 佛德異，[石]1558 頌曰，[宋][宮]445 世界，[宋][宮]2104 朝輔任，[宋][明][宮]、辦[元]1562 受想行，[宋][明][聖]、辦[元]1585 正論，[宋][元]、能辯[聖]99 交契計，[宋][元]1563 所依止，[宋][元]2061 名理析，[宋][元]2061 猶瓶注，[宋][元]2087 機撰，

[宋][元][宮]、便[明]1544 了顯，[宋]
[元][宮]、辯詳[三][宮]2102 已爲非，
[宋][元][宮]1562，[宋][元][宮]1562
離染由，[宋][元][宮]1562 世尊建，
[宋][元][宮]1562 壽得安，[宋][元]
[宮]1562 隨眠及，[宋][元][宮]1562
諸惑對，[宋][元][宮]1563 賢聖品，
[宋][元][宮]1563 緣起品，[宋][元]
[宮]448 佛南無，[宋][元][宮]1451 了
以正，[宋][元][宮]1555 顯色答，[宋]
[元][宮]1562 彼差別，[宋][元][宮]
1562 不與，[宋][元][宮]1562 此起説，
[宋][元][宮]1562 此失亦，[宋][元]
[宮]1562 法智境，[宋][元][宮]1562
六隨眠，[宋][元][宮]1562 器世間，
[宋][元][宮]1562 三慧相，[宋][元]
[宮]1562 生死相，[宋][元][宮]1562
時分定，[宋][元][宮]1562 實有去，
[宋][元][宮]1562 頌曰，[宋][元][宮]
1562 退果義，[宋][元][宮]1562 賢聖
品，[宋][元][宮]1562 業門略，[宋]
[元][宮]1562 業品第，[宋][元][宮]
1562 又契經，[宋][元][宮]1562 緣起
品，[宋][元][宮]1563 差別品，[宋]
[元][宮]1563 得心等，[宋][元][宮]
1563 見修二，[宋][元][宮]1563 內外，
[宋][元][宮]1563 頌曰，[宋][元][宮]
1563 賢聖品，[宋][元][宮]1563 緣起
品，[宋][元][宮]1563 諸智差，[宋]
[元][宮]2034 時代一，[宋][元][宮]
2053，[宋][元][宮]2059 故孫，[宋]
[元][宮]2059 知論道，[宋][元][宮]
2060 北，[宋][元][宮]2060 洪，[宋]

[元][宮]2060 章言令，[宋][元][宮]
2066 眞僞即，[宋][元][宮]2102，[宋]
[元][宮]2102 答所，[宋][元][宮]2102
推一源，[宋][元][宮]2102 雖復前，
[宋][元][宮]2102 幽微此，[宋][元]
[宮]2103 法身無，[宋][元][宮]2103
漢驪山，[宋][元][宮]2103 忽使崑，
[宋][元][宮]2103 惑篇第，[宋][元]
[宮]2103 渭重以，[宋][元][宮]2103
陰陽明，[宋][元][宮]2112 處，[宋]
[元][宮]2112 紙，[宋][元][宮]下 1562
一切現，[宋][元][宮]下同 1558 欲修
斷，[宋][元][宮]下同 1562 不相應，
[宋][元][宮]下同 1562 隨眠并，[宋]
[元][宮]下同 2103 惑第一，[宋][元]
[宮]下同 2111 惑論卷，[宋][元][宮]
下同 1544，[宋][元][宮]下同 1558 修
骨鎖，[宋][元][宮]下同 1558 於中幾，
[宋][元][宮]下同 1562 差別品，[宋]
[元][宮]下同 1562 持息念，[宋][元]
[宮]下同 1562 頌曰，[宋][元][宮]下
同 1562 隨眠不，[宋][元][宮]下同
1562 隨眠等，[宋][元][宮]下同 1562
隨眠於，[宋][元][宮]下同 1562 所緣
隨，[宋][元][宮]下同 1562 又言過，
[宋][元][宮]下同 1562 諸業并，[宋]
[元][宮]下同 2102 宗極，[宋][元][宮]
下同 2111 惑曰山，[宋][元][聖]190
中悉皆，[宋][元]99 獨證亦，[宋][元]
279 了是爲，[宋][元]485 若不得，
[宋][元]1563 智品第，[宋][元]2060
之應聲，[宋][元]2061 瑞相記，[宋]
[元]2063，[宋][元]2103 惑篇第，[宋]

[元]2103 情靈栖，[宋][元]2103 宗論
并，[宋][元]2110 道論云，[宋][元]
2110 於丘陵，[宋][元]2110 正論卷，
[宋][元]2110 正之談，[宋][元]2125
中邊論，[宋][元]2149，[宋][元]2149
佛性義，[宋][元]2154 對二十，[宋]
[元]2154 委曲既，[宋][元]2154 正論
八，[宋][元]2154 正論內，[宋][元]
2154 中邊論，[乙]1736 圓融具，[乙]
1736，[乙]1736 二雙融，[乙]1736 來，
[乙]1736 其差，[乙]1736 人僧名，
[乙]1736 身相普，[乙]1736 順違然，
[乙]1736 順違先，[乙]1736 順違於，
[乙]1736 下三重，[乙]1736 耶故爲，
[乙]1736 依他後，[乙]1736 異乃，
[乙]1736 於中先，[乙]1736 源由次，
[乙]1736 注云一，[乙]1796 聰難是，
[乙]1866 此有十，[乙]1929 答，[元]
[宮]1509 二乘，[元][明]945 析爾時，
[元][明][宮]2111 括地之，[元][明]
945 如何，[元][明]2149 眞妄混，[元]
1451 好惡所，[元]2016 於教，[元]
2102 鼓僞言。

辦：[宮]1549，[三][宮]309 靡不
應，[三][宮]1543 何事願，[三][宮]
1549 衆事，[三][宮]1646 義理是，
[三][宮]2041 時從勢，[三]1519 才，
[三]1543，[聖]279 才門是，[宋][元]
1543 諸教盡，[元][明]186 事懷來，
[元][明]1530 揚語業。

並：[甲]1733 亦然故。

不：[宋]2122 才六。

讎：[三][宮]2059 校故於。

縛：[三][宮]477 才。

盡：[甲]2196。

啓：[甲]1736 聖應。

瑟：[元]、[明]2034 筆受。

示：[甲][乙]1871 經教第。

釋：[乙]1736 疏第六。

説：[甲]1736，[明]1341 以自辯，
[乙]1736 疏又此。

談：[三][宮]2053 空有於。

顯：[乙]1736 亦有亦。

云：[甲]1735 此約果。

彰：[乙]1736 其所釋。

智：[甲]1925 初門第。

變

愛：[和]261 能現於，[甲][乙]
1822 化，[甲]1834 彼令他，[甲]2266
既是隱，[乙]1816 假施設，[原]2339
執。

暴：[三]192 爲受性。

便：[甲]1821 穢故食，[三][宮]
1435 化作佛，[三][宮]2121 易還入。

遍：[甲]1911 一身世，[甲]1789
造如伎，[甲]2266 計故也，[甲]2266
計心不。

辨：[甲]1736。

處：[明]1450 壞若多，[聖]606 漸
漸日。

度：[甲]2195 有分身。

多：[三][宮]263 億數。

發：[三][宮]1548 起彼非。

翻：[乙]2218 成就此。

反：[甲]、及[乙]1709 釋名不，

[甲]1709 化入五，[甲]1718 或不復，[甲]1718 爲乳惡，[甲]1724 化者故，[甲]1724 易得離，[甲]1744 易死障，[甲]1918 釋爲羊，[甲]1921，[甲]2261 形言而，[甲]下同 1851 易因故，[三][宮]1579 能爲損，[三]125，[三]125 爲釋提，[三]125 震動虛，[三]125 作轉輪，[聖]1851 改其義，[聖]1851 然後滅，[乙]1744 化斷其，[乙]1821 成凍雪。

返：[甲]1851 名悔十，[甲]2217 豈因相，[三]125 往降魔，[原]1064 震動天。

分：[甲]2006 時。

復：[三][宮][聖]613 滅如鳥。

庚：[甲][乙]2309 辛死若。

更：[甲][乙]1822 自在不。

歸：[甲]2202 皆。

化：[三]203 成拘物，[乙][丙]2092 爲。

慧：[三][宮]656 意念縛。

及：[甲]1828 第四基，[甲]2317 答竝伽，[甲][乙]1822 生中熟，[甲]1724 化故猶，[甲]1816 化身隨，[甲]1828，[甲]2261 現非如，[甲]2299 不唯淨，[乙]1821 不共因，[乙]2261 現似身，[原]1851 與妄識。

己：[甲]2266 無所用。

皆：[三][宮][石]1509 成爲。

戀：[宮][聖]1602 爲體能，[甲]1833 衆生不，[甲]2196 仰本言，[三][宮]504 憂愁悲，[三][宮]2102 嗜好之，[三][宮]2121 化王欲，[三][宮]2122 此則恭，[三][宮]2122 即往就，[三]1331，[三]2122 即於中，[聖]2060 嬌，[宋]、－[宮]743 化，[元][明]425。

變：[聖]1723 紅赤皮。

實：[宮]2112 化而夢，[甲]1816 之影像，[甲]1828 塵如何，[甲]2273，[甲]2397 作諸法。

示：[甲]1925，[三][宮]1581 現調伏。

受：[甲]2271 事第二，[甲]2434 等亦爾，[三][宮][聖]1537 牆，[乙]2223 教示也，[乙]2408 色之次。

瘦：[元][明]2121 七。

雙：[甲]1735 流故十，[甲]1781 示取捨，[元][明][乙]1092 手謂得。

爽：[甲]1833 又無漏。

通：[元][明][乙]1092 三昧耶。

搏：[甲]1828 五七日。

奚：[元][明][聖]291 本瑞應。

燮：[三]2110。

宣：[三]1058。

言：[甲][乙]2261，[三]2110 身形作。

要：[三]2154 兼洞曉。

亦：[明][和][內]1665 不變易。

異：[甲][乙]2250，[甲]1710 名病苦。

壅：[原]2339 塞言迴。

緣：[乙]2263 實境。

願：[原]2408。

之：[甲]2391 爲本。

種：[三][宮]268 震動即。

轉：[甲]1736 故不云，[三][宮]
[聖]1442 作醋漿，[三][宮]1589 異死
事。

杓

杴：[甲][乙]1796 盛滿淨。

柄：[三]908 相木。

釣：[甲]、釰[乙]914 取。

拘：[甲]2792 遮羅衣。

甌：[三][宮]、勺[聖]1428 得。

勺：[元][明][宮]2122 以用上。

數：[乙]2249 唯虛空。

爲：[丙]897。

夕：[宮]、句[甲]、勺[乙]866 一
遍以。

相：[明]1225。

勺：[宮]、鈎[另]1428 若銅杓。

彪

滮：[三]2145 池佐。

虎：[明]2103 嘯而風。

摽

幖：[宋][明][宮]2121，[乙]1796
幟花臺，[乙]1796 幟所謂。

標：[宮]721，[甲][乙]901 遠近
寬，[明]212 首斯由，[明]1424 賢聖
同，[明]1585 六位心，[明]1594 綱要
分，[三][宮]1545 相名功，[三][宮]
1562 應，[三][宮]1562 之心首，[三]
[宮]1563 別名卵，[三][宮]下同
1562，[三][宮]下同 1562 未斷言，
[三]220 幟等持，[聖][甲]1733 意謂

前，[聖]660 如鑱如，[乙]1736 峻慧
悟，[乙]1736 名唯識，[元][明]220 幟
無愛，[元][明]220 幟無愛，[元][明]
310 若母多，[元][明]672 相句非，
[元][明]1424 三共與。

櫥：[聖]99 顯若牛，[石]、標[高]
1668 鍵阿，[宋]、標[元]、樹[明]156
像如來。

彩：[三][宮]1611 畫處具。

栗：[三]、[宮]1462 又一日。

漂：[宋][元]、勳[明]、剽[聖]
100。

慓：[元]、幖[明]、櫥[聖]相 1425。

樹：[宮]1509 立願爲。

投：[三]2145 心淨境。

幖

摽：[宮]244 幟蓮鉢，[宮]244 幟
如是，[甲]1796 幟此拔，[甲]1003 幟
即，[三]、[宮]848 幟，[三][宮]、標
[聖]1537 幟故起，[三][甲][乙][丙]
[丁]848 幟汝當，[宋]、標幟摽熾[甲]
908 幟，[宋]、標[元][明][乙]1092 幟
置不，[宋]、標[元][明]26 幟如居，
[宋][宮]、標[元][明][丙][丁]848 幟菩
薩，[宋][宮]、標[元]1425 幟諸比，
[宋][宮]、標[元]1545 幟如是，[宋]
[宮]、標[元]1545 幟義是，[宋][宮]
1545 幟，[宋][宮]244 幟當利，[宋][宮]
1545 幟故名，[宋][元]、標[明]848 幟
其數，[宋][元][宮]、標[明]1598 幟大
乘，[乙]966 印於佛，[乙]1171 幟。

標：[甲][乙]850 相，[甲][乙]859

幟淨身，[甲]867 幟，[甲]867 幟次
第，[甲]2400 幟供，[明][甲][乙]856
幟，[明][乙][丙]下同 870，[三][宮]、
樹 [聖] 1425 ， [三][宮][甲][乙][丙]
[丁]848 幟，[三][宮]1571 幟既同，
[三][宮]2085 幟耳行，[三]156，[宋]
[甲][乙]869，[宋][元][宮]309 幟法
唯，[宋][元]2061 幟文義，[乙][丙]
2190 幟法者，[乙]850 幟，[乙]872，
[乙]2192 幟即是，[元][明]848 幟之
音。

標：[甲]2168 幟釋義。

幖：[宋][宮]848 幟量同。

標

墂：[甲]2261 上座淚。

摽：[三][宮]1545 有釋謂，[三]
[宮]1558 信解見，[三][宮]1562 復應
別，[三][宮]1562 釋中皆，[三][宮]
1562 於心首，[三][宮]1563 無明觀，
[三]檦[聖]125 頭，[聖]1733 釋互舉，
[聖][另]1733 後，[聖]1733 後三句，
[聖]1733 其玄趣，[聖]1733 三種一，
[聖]1788 二釋三，[聖]1788 其數二，
[聖]1788 時處二，[宋]848 以大空，
[宋][宮]1558 別此能，[宋][宮]下同
1424 至西南，[宋][元][宮]1558 以名，
[宋][元][宮]1563 釋故謂，[宋][元]
[宮]1600 故釋故，[宋]下同 1424 相一
大。

幖：[甲][乙]2228 幟次誦，[甲]
[乙]2228 幟故可，[甲][乙]2391 幟若
依，[甲][乙]2397 旗，[甲]1733 幟故

餘，[甲]2223 幟皆以，[甲]2230 幟
生者，[明]、標[宮]721 在前怖，[明]
882，[三][宮]2103 幟，[三]2122 幟
義是，[宋]882 幟悉具，[宋][元]220
幟，[乙]2427 幟若見，[乙]2192 幟
法界，[乙]2427 幟皆以，[元]882 幟
眞，[元][明]882 幟，[元][明]882 幟
金剛，[元][明]882 幟鬘灌，[元][明]
882 幟印即，[元][明]885 幟，[元]
882，[元]882 幟警悟，[元]882 幟如
次。

飈：[甲][乙]1736 纔舉則。

褾：[甲]2128 遙反。

檦：[宋][元]2145 明囊代。

檦：[高]1668 塌那羅，[聖][另]
1428 首者持，[聖]1428 相彼，[石]
[高]1668 提故是，[宋]1434 相合爲。

操：[宮]530 心正見。

持：[甲][乙]1822。

牒：[甲]2195 隨順威。

機：[甲]1781 神微動。

據：[甲][乙]2263 至極總，[甲]
2270 同品亦，[原]2196 無數不，[原]
2339 舊，[知]1785 佛月今。

慄：[三][宮]2103 踐遺緒。

梁：[三]202 頭竪在。

沒：[三]1463 相壞不。

彌：[宮]1451 取栴檀。

妙：[三]192 飾。

明：[甲]2801 犯學人。

幖：[甲]2261 其稱也，[元][明]
1571 幟爲後。

起：[甲]1735 後加讚。

釋：[甲]2801 喻二明，[聖]1818 章門略，[原]1818 十，[原]2196 中有三。

樹：[宮]1425 望得自，[甲]1851 言六通，[三][宮]1548 頭以箭，[石]1668 嵐由是。

檀：[甲]2230 列結地。

題：[原]1858 榜玄道。

問：[甲]2219 所治體。

云：[乙]2263。

擇：[甲]1828 中總嘔。

指：[甲][乙]2192 身輪，[乙]1736 後約理。

柱：[原]2359 木內畔。

總：[甲]1828 爲三段。

熛

熒：[聖]1428 火雖微。

瘭

螵：[宋][宮]721 病或得。

驃

欙：[聖]1646 耶但求。

漂：[三][宮]1435 力。

飈

飄：[三][宮]618 起摧破，[三][宮]2102 既零落。

雲：[三][宮]2060 舉法正。

鑣

鑛：[元]2103 結駟並。

表

寶：[宮]2053 賀曰沙，[三][宮]2103 塔之基，[三][宮]2109 塔之。

報：[乙]2092 吉凶觸。

標：[甲]1733 佛勝出，[甲]1823 故風林，[甲]1828 第二以，[甲][乙][丙]1866 之顯上。

長：[甲]2250。

陳：[聖]2157。

稱：[聖]1721 爲高。

處：[甲][乙]1822 業名爲。

等：[甲]2323 業造初。

定：[乙]2317 但爲無。

東：[三][宮]2060 金陵人。

惡：[乙]2254 通初定。

寰：[三]2053 泛寶舟。

恚：[甲][乙]1822 正量。

績：[甲]1698 實約言。

來：[甲][乙]1833 矣，[原]1856 不專在。

耒：[宋][元]2061 後以法。

南：[甲]2299 譯。

契：[甲]2036 之。

求：[宮]2034 上。

食：[明]2122 當共專。

釋：[三]847 阿耨達。

素：[宋][元][宮]2059 聞宋。

違：[乙]2812。

未：[明]1544 戒初現。

無：[乙]2263 色別列。

顯：[甲][乙][丙]1866 之。

央：[甲]2129 物也集。

業：[甲][乙]1822 心定與，[三]

[宮]1562 及能起。

衣：[宮]1424 與戒場，[元][明]1545，[元][明]1428，[元]643 裏清淨，[元]2110 縱夏禹。

夷：[甲]1782 涅槃及。

語：[甲][乙]1822 業餘經。

袁：[三][宮]2060 集若吞。

遠：[宮]2059 律師率。

遮：[原]2362 一不一。

者：[甲]2367。

直：[宮]1598 詮門不。

制：[三][宮]2049 云今去。

製：[三][宮]2049 文句馬。

左：[三][宮]2060 來。

櫭

標：[甲]1512 第六段，[元][明][宮]1549 襄度三。

樹：[宮]2122 令。

憋

蔽：[宋]、弊[元][明]362 惡下有。

弊：[三][流]360 惡至有，[三][宮]313 魔不復，[三][宮]313 魔梵三，[三][宮]313 魔事在，[三]1058 鬼神競，[元][明]313 魔亦不。

鱉

鼈：[乙]2157 喻經前。

鼈：[宮]1597 等同所，[甲]2006，[三][宮]2045 投孔此，[三][乙]1092 摩竭大，[三]1 水性之，[聖]2157 谷老尹。

龜：[聖]2157 谷老尹。

鼈

螯：[三][宮]2053 足蘆灰。

鱉：[甲]1789 輸收摩，[三]152 鼈妻。

龜：[三][宮]1521 頭入板，[三][宮]2034 經一卷，[三][宮]2122 其形最。

別

哀：[聖]2157 南去遠。

莂：[宮]384 當成無，[和]261 汝當得，[甲]1009 於菩薩，[甲]1717 者如止，[甲]1735 三爾時，[甲]2196 今正明，[明]、[宮]279 已法應，[明]310，[明]312，[明]1579 由了義，[明]1579 者謂廣，[明][聖]376 唯除冬，[明][聖]下同 376 爲菩薩，[明]279 應入菩，[明]672 非法性，[明]997 已然後，[明]1558 達弭羅，[明]1563 諸惡趣，[明]1579 諷誦自，[明]1579 聖性種，[三]、記[聖]125 是謂迦，[三][宮]556 時即踊，[三][宮][聖]1428，[三][宮][知]266 又復不，[三][宮]277 是故智，[三][宮]278，[三][宮]337 無有色，[三][宮]374 汝阿逸，[三][宮]399 之，[三][宮]598 受佛決，[三][宮]637 亦如是，[三][宮]656，[三][宮]656 如來所，[三][宮]656 已歡喜，[三][宮]656 者彼佛，[三][宮]680 故隨其，[三][宮]730 百劫乃，[三][宮]813，

[三][宮]825 時百千，[三][宮]847 地位，[三][宮]1428 二，[三][宮]2040 已，[三][聖]311，[三]26 聖弟，[三]185 爲佛釋，[三]185 我爲佛，[三]190 稱我聲，[三]190 或見東，[三]190 汝當得，[三]199 菩薩，[三]375 汝阿，[三]399 故佛言，[三]2154 法已次，[三]下同 384，[三]下同 384 心堅固，[聖][甲]1733 此義廣，[聖]190 爾時彼，[聖]190 名曰護，[聖]376 一發念，[宋][明]279 一切諸，[宋][明]279 故是爲，[宋][元]184 我爲佛，[乙]2192 今如是，[元][明]1509 無量八，[元][明][宮]310 趣於大，[元][明][聖]1 我已即，[元][明]278 深入菩，[元][明]382 淨威答，[元][明]384，[元][明]397 譬如外，[元][明]397 無量衆，[元][明]419 於無上，[元][明]602 爲證得，[元][明]654 亦無色，[元][明]2121，[元][明]下同 384 魔釋，[知]598 大聖慧。

不：[甲]2261 成二謂，[原]2278 無故非。

部：[甲][乙]1822 意我見。

財：[乙]1821 利欲盜。

乘：[甲]1863 所覺道。

出：[原]1829 部黃金。

初：[甲]1805 科前明。

處：[宋][元]2155 經一卷。

舛：[三][宮]1514。

到：[甲]2254 解脫戒，[甲]2290 無上道，[甲]2297 故知，[三][宮]2060 門首喩，[聖]190 覓時彼。

等：[乙]1736 者始終。

段：[三]100。

斷：[甲]1851 故何故，[甲]1717 惑者即。

對：[甲][乙]1821 時若住，[三][宮]1605 一切有。

二：[甲]1733 施合以。

法：[原]1842 亦轉此。

分：[甲]2810 依六根，[甲][乙]1822 有形微，[聖]1788 取彼，[原]2205 然，[原][甲]2291 義八者。

復：[明]895 有。

割：[甲]2195 留此一，[原]1867 隨其大。

各：[甲]2263 之相。

故：[元][明]1563 此住此。

乖：[原][乙]2263 異，[原]1829 離。

關：[三][宮]721 趣枝從。

廣：[原]1764 後結廣。

果：[甲]2396。

何：[甲]2266，[甲][乙]1822，[甲][乙]2250 者。

呼：[甲]1112 説三麼。

許：[甲]2274。

互：[三]2154 未詳何。

即：[甲]、別説[乙]1816 以有別，[甲]1828 當楞伽。

加：[明]1559 處差別。

假：[甲]1736 設如無。

間：[甲]1816 配文中。

叫：[三][宮]443 威如來。

解：[甲]2195 無，[甲]2266 脫言發。

局：[甲]1735 者語之，[三][宮]
[聖]639 者聖道，[乙]1736 中疏文。

開：[乙]1736 釋文含。

可：[甲]1830，[甲][乙][丙]2778
定判，[甲][乙]1822，[甲][乙]1822 立
也慳，[甲]1828 愛行三，[乙]1816 名
定業，[乙]2261 變礙義，[原]1700 説，
[原]1858 有妙道，[原]2271 言犯所。

刻：[三][宮]1459 人髑髏。

立：[乙]2296 不成敵。

利：[宮]398，[甲]1816 作六，
[甲]2217 故經僧，[甲]2262 思能感，
[原]2271 故今解。

例：[甲]1733 顯之三，[甲]2274
破前難，[甲]2299 也還依。

列：[甲]1733 釋十身，[甲]1816
配文標，[甲]2299 有十萬，[甲][乙]
1821 舉未來，[甲][乙]1822 論故，
[甲][乙]2309 後釋言，[甲]1700 釋舊
釋，[甲]1705 中但明，[甲]1763 十二
者，[甲]1816 釋經中，[甲]1828 次別
釋，[甲]1828 三種言，[甲]2176 也，
[甲]2274 唯此句，[甲]2362 四義轉，
[甲]2400 劍字放，[甲]2409 置之各，
[明]200 事狀臣，[三][宮]1458 在衆
前，[三][宮]2102 故羅雲，[三][宮]
2123 坐，[三]192 高崖丹，[三]2060，
[三]2154 品乃有，[另]1721 明，[乙]
2391 四波羅，[原]2196 同聞衆，[原]
2306 論今，[原][甲]2196 釋，[原]1774
故二主。

烈：[乙]1796 其位也。

門：[甲][乙]2288 御意門，[甲]

2273 現現別，[乙]1796 離中邊，[原]
1818 一釋不，[原]2339 不有相。

明：[甲][乙]1929 之相答，[甲]
[乙]2219 耳，[甲][乙]2261 故此，[甲]
1733 衆生麁，[甲]1922 所以者，[甲]
2196 云佛智，[甲]2250 文麟云，[甲]
2250 云扇摭，[甲]2270 得境自，[甲]
2299 説一切，[甲]2313，[甲]2897 八
識，[別]397 舍利弗，[明][和]293 了
達成，[明]312 説我今，[明]1080 一
千八，[三][宮]1428 如是知，[三][宮]
292，[三][甲]1085 誦眞言，[聖]1763
也道慧，[聖]1818 言語成，[乙]2249
也若依，[原]2215 判答。

謬：[知]1785 中論云。

乃：[甲][乙][丙]1866 爲。

判：[甲][乙]2259 八地已，[甲]
1727 無緣方，[甲]2195 本文中，[甲]
2339 而影略，[三][宮]1589 塵差別，
[原][甲]1775 也然則。

品：[三][宮][石]1509，[聖]278
故大千，[石]1509 説空無。

剖：[三][宮]2122 説經義。

齊：[甲][乙]2288 如何答。

前：[甲][乙]1821 立自類，[甲]
[乙]1821 心不相，[甲][乙]1822 明像
色，[甲][乙]1822 説亦相，[甲][乙]
1822 文有三，[甲][乙]1822 一行半，
[甲][乙]2309 五十偈，[甲]1816 後配，
[甲]1828 初地謂，[甲]1828 六識等，
[甲]2261 境五隨，[甲]2266 意，[甲]
2274 離故，[甲]2281 開，[甲]2309 言
別名，[乙]2309 於，[乙]2309 樂，

[原]2306 二智通。

茄：[三][聖][石]、葪[宮]1509 佛言雖。

勸：[三][宮]1458。

染：[明]1604 衣由。

認：[原]1960。

若：[甲][乙]1822 於無記，[三][宮]1559，[原]1833 說五支。

僧：[三]、例[宮]2060 服鄴。

少：[甲]1828 別者何。

師：[乙]2250 說十七。

是：[乙]2434。

殊：[甲][乙]2385 印，[三][宮][聖]1579 而建立，[石][高]1668 而建立，[原]1821 如聲熟。

數：[乙]1822。

說：[甲][乙]1821 故言多。

所：[甲]、別[甲]1799 修妄念，[甲][乙]2261 差別故，[甲]1816 或彼論。

他：[明]1452。

特：[聖]318 又問云。

剔：[三]2146 頭經。

體：[乙]2254 與義不。

剃：[三]212 慢誕無。

同：[甲][乙]1822 說意識，[甲]2250 也。

外：[甲][乙]2219 我法必，[甲]2263 等貪，[甲]2397 圓初地，[三][宮]416 皆有，[三][宮]2103 聽。

唯：[甲]2274 有體。

爲：[聖]1721 得五，[宋]539 王復問。

味：[三]1646 故起此。

問：[甲]1816 解有義。

務：[宮]1912 者生在。

析：[三][宮]672 於諸蘊。

現：[明]1536 受已受。

想：[三]46。

小：[甲]1736 心有輕。

行：[甲]2202 名的矣，[三][宮]1605 薄塵行。

耶：[甲]2274 答少相。

一：[甲]1863，[明]2122 處以是，[聖]1435 房。

亦：[甲][乙]1822 說六觸。

異：[甲]1851 不同宜，[甲][乙]2263，[甲][乙]2263 如此料，[甲][乙]2263 有漏第，[甲]1929 約此四，[甲]2263 故亦有，[甲]2263 也薩，[甲]2266 釋論頌，[甲]2270 也體相，[甲]2339 問本經，[三]1571 位是故，[三]2149 譯，[乙]2263 甚，[原]1851 所說各。

義：[原]1851 分凡有，[原]2274 相故。

引：[宮][甲]1912 首楞嚴，[宮][甲]1805 之，[宮]1799 令知根，[甲]2036 去和不，[甲][乙]1709 生，[甲][乙]1775 物也亦，[甲][乙]1833 處故不，[甲][乙]2254 流義同，[甲]1512 出供養，[甲]1705 凡聖無，[甲]1736 破刊，[甲]1782 責此初，[甲]1805 此欲明，[甲]1816 正法身，[甲]1831，[甲]2191 一類，[甲]2217 此釋既，[甲]2274 自違證，[甲]2299 則以菩，

[甲]2339 開信位，[甲]2339 有見修，[明]2016 心爲業，[三][宮][另]717 生一切，[乙]2263 因等云，[乙]1736 華嚴般，[乙]2296 眞性不，[乙]2370 十二文，[元][明][宮]329，[原]2339 成立重。

用：[原]1851 分別云。

有：[宮]2122 三部，[宮]2122 十部，[甲]2362 建立，[明]2123，[明]2123 六緣，[宋][元][宮]2122，[宋][元][宮]2122 二部，[宋][元][宮]2122 四部，[宋][元][宮]2123，[宋][元]2122 七部，[宋][元]2122 四部，[元][明]206 國土自。

於：[元]1604 相亦復，[元][明]653 無取無，[元][明]1532 煩惱爾。

院：[甲]2394 置一瓶。

雜：[元][明]2034 錄。

則：[丙]2397 義，[宮]1509 知善惡，[宮]1622 轉此則，[宮]1647 立何者，[甲]、此[乙]1821 明三無，[甲]1780 眞俗名，[甲][乙]2393 爲作法，[甲]1782 解脫赞，[甲]1805 生熟俱，[甲]1863 或約無，[甲]2266 寬文略，[甲]2270 是能別，[甲]2337 具足，[明]1562 故，[明]1545 有二一，[明]1546 相彼慧，[明]2110，[三][宮]1558 有，[三][宮]2122 觀四諦，[三][宮]2122 自此已，[三]26 有利阿，[三]59 世間有，[三]425 散是曰，[三]2108 有空藏，[三]2122 二部，[另]1721 立品名，[乙]2261 生色界，[乙]2261 無此因，[乙]2297 同前如，[元][明]433

五陰如，[原]、則[甲][乙]1799 觀察香，[原]1764 喻法與，[原]974，[原]1851 能受，[原]2196 東方之。

折：[甲]2217 推求十。

者：[三]682 蘊有蘊。

正：[甲]1736 釋堅固。

知：[甲][乙]1822 一切法，[明]480 眾生心。

執：[甲]1709 如心在。

制：[甲]2250 不同一，[甲]2337 乾惠等，[乙]2309。

中：[三][宮]1598 聲。

作：[原]2247 分別此。

成：[甲]2274 所別四，[甲]2281 哉設展。

呎

汝：[高]1668 鄔提陀。

茢

別：[甲]1026 如是言，[甲]1718 是與義，[甲]1733 三，[甲]1828 有謂言，[明][宮]459 住聖衆，[明][甲][乙]1000，[明]2059 爾亮福，[三][宮]310，[三][宮]310 他自說，[三][宮]380，[三][宮]636 者住在，[三][宮]671 慧，[三][宮]1502，[三][宮]1502 得惟逮，[三][宮]2121 末利夫，[三]2154 尋往古，[聖]334 三十億，[聖]627，[聖]627 曰後無，[聖]663 令二子，[聖]下同310，[宋][宮]、葆[元]2045 身，[宋][宮]221 與得記，[宋][宮]414 獲不思，[宋][宮]639 不思議，[宋][宮]664 令二子，

[宋][宮]760 十八結，[宋][宮]2060 説法第，[宋][明]374 記，[宋][元][宮][聖][知]1579 能降伏，[宋][元][宮]310 不圓備，[宋][元][宮]636 亦如是，[宋][元][宮]639，[宋][元][宮]1680 向非虛，[宋]1，[宋]374 則。

螫

䗚：[三]1336 雷起西。

邠

般：[甲]2130 那應云。
賓：[甲]1999 州鐵喝。
鑌：[甲]2006 銕。
分：[宮][另]1435 坋梨師。
邗：[宮]1566 國公房。
那：[元]477。
邰：[宋][元]2061 文武乃。

玢

份：[宮]2109 史目云。
玠：[三]2110 費節之。
珍：[丙]2120 至奉宣。

彬

斌：[甲]1744 師正。
淋：[甲]2778 蔚乃謂。
衫：[宮]2025 林不。

賓

保：[三]186 之至死。
寶：[甲]2087 越重，[明]1425 鉢羅山，[明]2110，[三]2110 周益州，

[聖]、實[另]790 祇聞之。

儐：[聖]1428 頭，[乙]2207 茶夜此。
濱：[宋][元][宮]2103 上林園，[元][明]2154 去來無，[元][明]154 近大海。
鑌：[乙][丙]1246 鐵刀，[原]1201 鐵亦得。
臣：[三]2088 戒日王。
貳：[三]2145 王師焉。
葛：[甲]2035 度羅終。
璣：[三]185 極爲妖。
寄：[三]2060 則任物。
寬：[原]1898 菩薩見。
遷：[三]2123。
賞：[三][宮]1648 如此諸。
是：[三][宮]765 知應正。

儐

賓：[另]1721 從初。
擯：[甲][乙]1822 衆中經。
償：[甲]2130 法摩伽。

爾

幽：[宮]2060 土安定，[三][宮]2053 州。

濱

賓：[宮]2112 莫非王，[三][宮]2034 皆純此，[三][宮]2102 皆純此，[三][宮]2103 皆，[三][宮]2104 皆淳，[三][宮]2108 未聞無，[宋][元]、民[明]2110，[宋][元]2149 皆。

瀕：[明]2087 銜一鮮，[明]2087 有一枯。

浚：[和]293 爲池塹。

泯：[甲]2255 緣觀俱。

溟：[甲][乙]2296 激之，[乙]2296 塹爭深。

演：[甲]2266 云密嚴。

陽：[甲][乙]2087 有窣堵。

檳

擯：[宮]2074 棄而三，[甲]1870 棄之二，[聖]1723 今前導。

繽

擯：[甲]2129。

鑌

賓：[甲]1333，[三][甲]1228 鐵刀一，[三][甲]1229 鐵刀一。

鬢

鬂：[甲]2006 髮白。

擯

賓：[宮]、儐[聖]425 之時彼，[三][宮]425 雪諸罣，[聖]292 棄蛇虺，[聖]1463 羯磨。

儐：[宮]1425，[三]2145 遣佛賢，[另]1463 出有比，[宋][宮]2034 治故指，[宋]1339，[宋]1340 逃叛或，[元]1421 亦，[知]26 棄之所。

檳：[宮]1424 若犯，[聖]1452，[元]1439 出若輪。

殯：[宮][聖]2042 羯磨爲，[宮] 1421 彼比丘，[宮]1509 棄，[三]1421 語言汝，[聖]、已下聖本殯儐混用 272 他方爲，[聖][甲]1763，[聖]26 應擯者，[宋]157 來集此，[宋]1421 若罷，[宋][宮]1421 沙彌，[宋][宮]397 之生瞋，[宋][宮]1421 及方便，[宋][宮]2123 汝不得，[宋]186 如眾斥，[宋]1534 若罰若。

得：[宮]1428 出羯磨。

儐：[聖]1428 若應，[聖]1428 已，[另]1428 若應滅。

攑：[甲]1805 習近住。

求：[三][宮]1425 出羯。

損：[宮]1421 我我既。

擢：[宮]2087 斥法王。

殯

賓：[甲]2792 廣解如，[三][宮]1464 陀跋陀。

擯：[甲]2792 自，[三][宮]1451 時無柴，[三][宮]1466，[三][宮]2123 令出若，[三]2122 彰嵩岳，[宋][元][宮]1451 欲燒，[宋][元][宮]2059 葬如法。

殖：[三]2060 無由知，[宋]、殖[元]、－[明]1043 資反。

臏

賓：[宋][明]、[元]1336 頭摩帝，[宋][明]1336 跋帝六。

鬢

鬂：[三][宮]1464 上或帶。

訟：[甲]2073。

頭：[三][宮]2122。

鬚：[宮]1545 金韜絡，[甲][乙]1098，[甲]1709 髮自落，[甲]1828 髮下釋，[甲]2792 髮，[明]1299 髮，[明]1450 髮被，[三][宮]、－[聖]324 髮，[三][宮][甲]2053 髮，[三][宮]397 畢牛軫，[三][宮]1443 髮著赤，[三][宮]2060，[三][宮]2060 盡生復，[三][宮]2060 眉並生，[三][宮]2123 髮白空，[三]22 髮被袈，[三]99 髮料理，[三]212 長衣裳，[三]375 髮出家，[三]375 髮二者，[三]1341 多九蘇，[三]2053 髮，[另]1721 髮，[宋][元]190 髮低頭，[乙]1796 蕊日夜，[乙]1796 髮是離，[乙]1796 蕊是一，[乙]2157 多國此，[元][明][宮]2121 帝釋，[原]2250 髮無義。

氷

冷：[三][宮]2123 水施此。

米：[甲]2129 台音怡。

木：[甲]923 苦。

霜：[三]1096 禮念蒙。

水：[東]643 雪，[宮]2122 獄，[宮]665 揭羅惡，[宮]2103 便斷松，[宮]2121 即作是，[甲][乙][丙][丁]2092 有大小，[甲][乙]1796，[甲][乙]1833 輪等器，[甲]1921 非所應，[甲]1958 如有一，[甲]1969 徹底清，[甲]2128 化爲頗，[甲]2128 隼聲俗，[甲]2222 之苦芥，[明]2102 蹈火之，[三]721 凍熱則，[三][宮]1521 拔髮日，[三][宮]2103 桂，[三][宮]2122 清日盛，[三]153 求，[三]158，[三]1227，[三]2053 火交，[三]2123 寒尤甚，[三]下同 1336 氷羅一，[聖]、[石]1509，[聖]99，[聖]1488，[聖]2157 釋到其，[聖]2157 猶臨泉，[宋][宮]、灰[明]2121，[宋][宮]895 山中者，[宋][宮]2121，[宋][元][宮]2060 玉雲珠，[宋]2122 開春日，[乙]2250 山之上，[元]2103 專政，[元][明]1646 雪有冷，[元]2060，[元]2110 清日盛，[知]741 沸屎。

外：[明]2131 逼作青。

永：[甲]2035 澈不生，[三][宮]2122 離於世。

泳：[聖]158 地獄者。

冰

水：[三]203 求酥既。

兵

共：[元][明]896 戰相持。

其：[宮]279 衆其數。

丘：[德]1563 災起極，[甲]、尚丘云[乙]2207，[甲][乙][丙][丁][戊]2187 以下更，[甲]1709 奴法等，[甲]2128 皿反說，[甲]2135 衆，[三][宮]2103，[聖]643 皆悉，[聖]1509 劫中賢，[聖]2157 馬使衝，[另]1442 不進問，[原]2199 意。

人：[甲]2053，[三]211 共往攻。

徒：[三]202 衆出外。

王：[甲]2290 即時四。

岳：[三][宮]2060 六，[三]2110

符，[宋][元]2103 可合神。

衆：[宮][聖]310 俱昇虛，[三][宮]1442 既被辱，[三]125 來攻我。

丙

景：[三]2154 子，[三][宮][甲]2053 申神筆，[三]2154，[三]2154 申即東，[三]2154 申六月，[三]2154 寅凡有，[三]2154 寅四月，[三]2154 子梁國。

撓：[宋][聖]99 在家染。

內：[三][宮]2122 申後汾。

壬：[宋]2034 申十五。

抩

秉：[三]101 持家如。

芮

芮：[三][宮]2060。

秉

把：[三]190 臭惡茅。

炳：[甲][乙][丙]1211 現在於，[三][宮]2122 燭乎臣。

承：[甲]1710 事徒衆。

乘：[三][宮]1595 持願是，[三]100 策將即。

乘：[宮]1459 法界中，[甲]1828 御無戲，[明]1635 一燈炬，[宋][元]1453 法作此，[原]2196 運此解。

康：[宮]2034 圖受如，[甲]913 護麁疏，[甲]1781 戒阿難，[甲]2053 俗務法，[甲]2089 威儀內，[聖]1458 非

法羯，[聖]1456 作法不，[聖]1458，[另]1442 如常集。

來：[甲]1884 炬火而。

事：[另]1453 其法隨。

受：[宋][元]2061 性殊常。

執：[三][宮]606 志而持。

柄

札：[三][宮]1644 布散狼。

昞

炳：[三][宮]665 著無與。

昺

冐：[宋]288 又。

炳

昞：[聖]211 著又聞，[聖]639 然現。

恒：[甲][己]1958 然今此。

景：[元][明]2034 立是爲。

願：[甲]2266。

灼：[三][宮]2103 然共見。

稟

彼：[三][宮]493 律。

亨：[甲][乙]2397 道德其。

廩：[甲]1268 衣，[元][明]1339 婆二釁。

讓：[甲]1816 上故。

稟

庫：[三]154 虛竭時。

量：[甲]2053 復有內。

幸：[甲][乙]1909 得出家。

要：[聖]663 知已當。

餅

餅：[三][宮]1425。

餅：[甲]2003 水若得。

餅

餅：[三][宮][聖]1458 餅但將。

鉢：[明]1450 食而以，[三][宮]1459 與織師。

菜：[三][宮]1425 一。

麨：[三][宮]1421。

飯：[宮]1443 飯等殺，[宮][另]1442 食任取，[宮]901，[宮]901 粳米飯，[宮]1451 彼復不，[宮]2053 菓更來，[甲]893 及用胡，[三][宮]1451 報言聖，[三][宮]1452 於，[三][宮][另]1459 并行利，[三][宮]1442 噉此五，[三][宮]1442 以鉢而，[三][宮]1451 彼不敢，[三][宮]1451 麨菜餅，[三][宮]1451 果，[三][宮]1451 和食蘿，[三][宮]1451 及酸漿，[三][宮]1451 加，[三][宮]1451 食，[三][宮]1451 食謂是，[三][宮]1451 食由是，[三][宮]1451 投醋漿，[三][乙]1092 酥蜜清，[三]1374 乳酪清，[三]1452 食已訖，[三]1459，[三]1464 石蜜摸，[三]2125 即覆，[另]1442，[另]1442 有相黏，[宋][宮]、飲[宋][明]1451 食色類，[宋][宮]、飲[元][明][聖]285 食床。

果：[三][宮]1458 及諸雜。

瓶：[明]1451 我捨除，[三][宮]

2122 金語言，[元][明]2123 賜之去。

餘：[明]1450 食貧人。

餅

餅：[三][宮]805 賜之去。

飯：[三][宮]1810 糗乾飯，[三][乙]1092 和。

飲：[三][乙]1092 食獻供。

并

拜：[甲]1896。

半：[宮]1456 椎。

迸：[聖]291 處。

弁：[另]、并[另]1733 依法所。

辨：[甲]1717 前故成，[甲][乙]1830 勝德處，[甲]1828 七門作，[甲]1830 別報體，[原]1818 無等聖，[原]2196 法身之。

併：[明]1523 諸菩薩，[明]2034 吞爲一，[三][宮]1421 力通渠，[三][宮]1421 乞種種，[三][宮]1421 取如是，[三][宮]2121 諸，[三][宮]2123 日而湌，[三]26 取一日，[三]186 至尋從，[三]1435 擔淨人，[三]2121，[三]2121 設明日。

並：[宮][另]1442 皆穌息，[宮]1428 説此偈，[甲]2196，[甲]2290 取隨染，[甲]1728 一小兒，[甲]1729 荊溪解，[甲]1729 劣應，[甲]1744 記佛及，[甲]1828 眷屬攝，[甲]2281 付二，[明]2131 出語不，[明]2131 障於中，[明]2131 作犍槌，[乙]2261 得擇滅，[乙]2261 有執者，[乙]2261 在其中。

竝：[聖]125 吐斯言。

麁：[明]1310 書名於。

等：[甲]2394 奏攝意。

第：[甲]1828。

頂：[三]2122 七。

非：[元][明]2102 逮示勒。

服：[乙]、眼[乙]852 米濕增。

革：[三]202 屣入水，[三]202 疑欲得。

共：[明]2122 求上願，[三]2088 塔佛所。

合：[丙]1266 更取水。

花：[甲]2299 玄第二。

及：[明]1538 二龍及，[三][宮]1442 多足，[三][宮]1458 幻術事，[三][宮]1458 十學處。

集：[三][宮]522 五體投。

兼：[乙][丙]873 誦唅鑁。

皆：[三][宮]425 悉。

經：[甲][乙]2391 軌若除。

井：[甲]1805 水道並，[甲]2039 略疏括，[明][甲]1216 邑皆飢，[三]2145 布施記，[聖]1421 具白上，[宋][元]2061 塞結綺，[宋][元][宮]1483 菜施僧，[宋][元]2087，[宋]410 諸妻。

開：[甲][乙]1822，[乙]1723 多寶即。

林：[甲]2218 藤已。

年：[宮]1547 意泉從，[宋]985 諸。

弄：[三]、妍[宮]2121。

片：[甲]1512 如來二。

拼：[乙]2393 授商佉。

普：[三][宮][聖]318。

弃：[明]220 所遮法。

棄：[甲][乙][甲][丁]2092 宅競竄。

前：[甲]1801 初刹那。

然：[甲][乙]1821 諸聖者。

叡：[乙]2157 製序第。

若：[三][宮]639 天龍八，[三][宮]1443 白王知，[三][甲][乙]950 住於修，[元]220 所説法，[原]2408 私記。

示：[三]682 誕育。

守：[宮]1505 十想也。

筭：[三]1340。

算：[三]2154。

體：[甲][乙]2328 無非報。

眼：[原]852 米眼增。

以：[明]156 續汝命。

亦：[三][宮]657 諸入，[元][明]598 蒙其恩。

印：[乙]950 真。

雍：[甲]2068 州城西。

再：[乙]1822 斷見惑。

諸：[明]316 財寶父。

幷

辨：[甲]2266 本二見，[乙]2263 集四無，[乙]2263 前。

並：[甲]2263 作二，[乙]2261 生五心。

等：[甲]2250。

爾：[乙]2263，[原]2264 往問答。

及：[乙]2263 鬼等所。

開：[甲]2266 示次第。

棄：[乙]2249 背有故。

身：[乙]2249 生非想。

再：[乙]2263 退失義。

至：[甲]2266 名末那。

併

拜：[甲]2012 却令空，[三]、并[宮]2121 力得一。

餅：[原]1212 子種種。

并：[宮][聖]1421 與某甲，[宮]2121 命俱死，[宮]下同 2121 死殺婦，[甲][乙]2261 所詮義，[明]2122 著時，[三]、棄[宮]1474 命無有，[三]24 下入大，[三][宮][聖]1462，[三][宮]428 力擁護，[三][宮]513 心撲討，[三][宮]1462 設明，[三][宮]2121 食之笈，[三][宮]2122 諸國王，[三][聖]1441 取合行，[三]1 力共，[三]24 力合，[三]154 命菩薩，[三]206 命得作，[三]375 命菩薩，[聖]663 命一處，[宋][元][宮]1421 命琉璃。

並：[甲]2266 前二若，[三][宮]1442 洗濯衣，[元][明]534 智齊威。

竝：[甲]2266 起故與，[三][宮]1546 行何況，[宋]197 報醫子，[元][明]152 肩爲王。

俱：[甲]2255 失二諦。

侔：[甲]1965 六天而。

屏：[甲][乙]1736 跡博習，[甲]2779 儻掃却，[三][宮]1547 一房令，[三]2122 除。

僧：[三]1424 與一人。

猶：[甲]2068。

並

安：[三]2123 並行口。

辦：[甲]1965 不如穢。

辨：[甲]1733 顯作用，[甲]2274 宗者論。

辯：[三][宮]1463 才了了。

并：[宮]2060 諸法事，[甲]1717 可見次，[甲]2298 用或復，[明][乙]1254 黃牛乳，[明]2131 解人意，[明]2131 茂草二，[明]2131 授記孤，[明]2131 四果人，[明]2131 現量第。

併：[甲]1225 而舒，[三][宮]1425 施與僧。

出：[聖]2157 出有司。

慈：[乙]2263 開土品。

法：[甲]2339 空空義。

方：[宮]1509 有煖氣。

非：[聖]2060 縱橫。

共：[甲]2270 二處相。

果：[聖]1595 無定時。

及：[三][宮]402 刀。

兼：[甲]2274 隱悟他，[甲][乙]1822 通親，[甲]1722，[甲]1736 見，[三][宮]1646 得問曰，[三][宮]2103 悅鷲山，[三][宮]2122，[三]2059 精內外。

見：[三]2154 在。

皆：[甲]1736 從，[三][宮]2122 生驚畏，[乙]1736 黃赤故。

今：[宋][元]2155 附。

盡：[甲]2075 是金和。

經：[三]2154 同本貞。

具：[宮]2112 書之案。

俱：[原]2339 陳等明。

立：[甲]1839 第八識，[元][明]2103 不相違，[原]2271 皆關云。

明：[甲]2255 見諦之。

普：[宮]231 皆幼稚，[宮]1598 最勝故，[宮]2060 難可，[甲]、善[乙]2174 天，[甲]1718 自未彰，[甲][乙]1822 應先已，[甲][乙]2317 知，[甲]1007 不應用，[甲]1065 申立即，[甲]1709 照月色，[甲]1742 語佛刹，[甲]1781 皆命之，[甲]2075 皆是邪，[甲]2296 是域中，[甲]2300 化但由，[明]1450，[明]1459 皆招惡，[三]1341 皆集聚，[三][宮]1442 當備辦，[三][宮]2058 售夜奢，[三][宮][西]665 皆除，[三][宮]694 皆退失，[三][宮]1545 起爲遮，[三][宮]1579 皆殊妙，[三][宮]2060 流震旦，[三][宮]2060 著衣冠，[三][宮]2102 往非斯，[三][宮]2122 晋沙門，[三][宮]2122 利該大，[三]1644 皆顯現，[三]2087 皆習學，[三]2122 給一切，[三]2122 盛經律，[聖][倉]1458 皆無犯，[聖][另]1451 不同我，[聖]1199 押風輪，[聖]2157 出雜阿，[聖]2157 多，[聖]2157 集於是，[聖]2157 見長房，[聖]2157 關，[聖]2157 同，[宋][宮]522 爲臣民，[宋][明]1129 舒安右，[元][明]468 現神通，[元][明]1228 自出，[原]2339 陳，[原]2339 莊嚴童。

前：[三][宮]1425 去。

且：[三][宮]2121，[三][宮]2122 停住待。

善：[三]1336 誦持之，[宋]2146 號乖眞。

上：[甲]1735 是智之。

生：[宮]1808，[宮]1808 犯罪者。

世：[甲][乙]2391 立進力。

是：[甲]1816，[甲]2266 此修道。

雙：[三][宮]2059 行業以，[乙]2192 舉故云。

雖：[三][宮]1558 無減增。

爲：[明]1591 非，[聖]2157。

位：[甲]2006 至也兼。

無：[甲]2266 生可互。

新：[宋]2103 改換法。

虛：[甲]1705 假。

業：[三]2122 在天弘。

一：[三][宮]2122 無但是。

亦：[甲]1826 依決擇，[甲]2128 通用，[甲]2266 名佛，[甲]2266 生文義，[甲]2274 於宗有，[甲]2339 空有無，[明]1299 宜嚴服，[三][宮]1458，[三]1545 如前説，[三]2154 出雜譬，[原]1289 不爲難。

益：[三]2063 稱貴之。

應：[甲][乙]2263 成，[甲]2262 是安立，[原]1818 有於此。

遇：[甲][乙]1822 解讚頌。

則：[乙]1736 可知應。

隻：[丙]2134。

至：[甲]2266 得大菩。

置：[甲][乙]2254 他方事，[乙]2218 受内，[原]2339 不復弘。

住：[甲]、德[甲]2204 依持不。

注：[三]2154 疑今依。

著：[三][甲]1227 其五指，[原]1248 出蓮華。

狀：[三][宮]2060 雄怒。

足：[三][宮]2104 涉憑虛。

病

百：[甲]1781 四病答。

弊：[乙]2426 極多斯。

初：[甲]2339 行處非。

村：[甲][乙][丙]1202 遞相染。

大：[三]172 苦不以，[元][明]2122 百一用。

頂：[原]1248 呪大黃。

煩：[三][乙]1092 惱者右。

患：[三][宮]376，[三][宮]1509 興居，[三][宮]1521，[三][宮]2121 死喪不，[三][聖]100 令更不，[三]202 諸臣各，[三]375 悉教服。

疾：[丙]2777 言病，[宮]1443 人而爲，[宮]1451 我已受，[宮]2103 病於滯，[甲][乙]1822 知量服，[甲]952 能與，[甲]1733 以此，[甲]1735 死聚散，[甲]1775 致懈懈，[甲]1781 何所因，[甲]1920 眼闇耳，[甲]2035 夫講道，[甲]2434 使人求，[明][和]261 苦之中，[明]2110 篤門人，[明]2110 死見闇，[三][宮]407 速疾得，[三][宮]1443 痛門徒，[三][宮]1464 熟阿耆，[三][宮][聖]1579 由其事，[三][宮][聖]425 悉消無，[三][宮][聖]476 何所因，[三][宮][聖]1428 患若，[三][宮][聖]1509 皆愈除，[三][宮][另]410 疫自然，[三][宮]224，[三][宮]263 何故無，[三][宮]263 若親屬，[三][宮]309 漸漸令，[三][宮]379 者，[三][宮]451 怨惡及，[三][宮]456 無九惱，[三][宮]608 制若喘，[三][宮]657 瘠瘟諸，[三][宮]701 洗，[三][宮]721 惱此抒，[三][宮]721 住在身，[三][宮]739 之適得，[三][宮]813 眾患之，[三][宮]1425 時乞病，[三][宮]1442 然闡陀，[三][宮]1442 者過食，[三][宮]1443 者曰爲，[三][宮]1451 苦起聽，[三][宮]1478 令鬼神，[三][宮]1509 之門三，[三][宮]1521 後有藥，[三][宮]1650 王聞其，[三][宮]2034 方始感，[三][宮]2060 連稔自，[三][宮]2060 重不變，[三][宮]2121 藥之供，[三][宮]2122 而化，[三][宮]2122 甚刺者，[三][宮]2122 愈吳王，[三][宮]2123 苦，[三][宮]2123 天地有，[三][甲]1024 人，[三][聖]100 過於彼，[三][聖]125 云何大，[三][乙]1092 惱皆除，[三]1 沙門瞿，[三]26 極爲苦，[三]44 大小便，[三]46 藥得食，[三]152 也斯父，[三]158 河所漂，[三]189 在道側，[三]189 自然除，[三]193 種種方，[三]202，[三]202 不救奄，[三]375 復次世，[三]375 唯不能，[三]475 者以大，[三]579 恒自作，[三]1069 皆不著，[三]1331 苦得愈，[聖]224 終不著，[聖]279 永安隱，[聖]476，[聖]663 眾生充，[聖]1442 而能瞻，[另]1442 苾芻曰，[乙]1823 人，[乙]2778 非眞非，[乙]2795 非是永，[乙]2795 還寺，

[元][明]397 飢饉非，[元][明]2122 而亡，[知]418 如師子。

疥：[三]2122 癩癬疽。

淨：[明]310 者不。

痾：[甲]2195 得聞彼，[三][宮]2123 疾既一。

苦：[明]583 永，[三][宮]638 泥洹，[石]1509 名爲身。

癲：[元][明]2103 十餘年。

老：[三]152，[三]185 其痛難。

癘：[三]193 逼迫相，[三]985 災厄枉。

兩：[宮][甲]1912 力士一。

療：[三][宮][聖]425 疾將護。

論：[甲]2266 何非支。

名：[明]1537 爲苦有。

明：[甲]2250 故麟。

命：[三][宮]2123 以石蜜。

魔：[聖]1451。

疲：[聖]1425 疾已過。

食：[三][宮]1451 酪漿坐。

識：[甲]1784 即對治。

瘦：[三][宮]1425 顏色。

衰：[三][甲]1228 患。

死：[明][聖]663 穀米果。

宿：[三][宮]1421 比丘皆，[三]2145 齋若不，[聖]1421 比丘僧。

痛：[宮]1537，[宮]221 一事動，[宮]270 則是苦，[宮]321 我行悲，[宮]659 癡暗無，[甲]、病疾[乙]2397，[甲]2263，[甲][乙][丙]、病[甲]1246 處，[甲][乙]1239 不，[甲]1239 使摩登，[甲]1775 至則惱，[甲]2053，[甲]

2312 苦若是，[三][宮]721 心悶欲，[三][宮][聖]1425 所纏不，[三][宮][聖]1428 著藥淚，[三][宮]244 求財寶，[三][宮]694 令摩訶，[三][宮]741 臨當産，[三][宮]1421 復共議，[三][宮]1421 皆不犯，[三][宮]1428 惱所纏，[三][宮]1435 壞心不，[三][宮]1442 乎彼既，[三][宮]1462 疾自出，[三][宮]1464 新者不，[三][宮]1480 安住苾，[三][宮]2045，[三][宮]2102 是，[三][宮]2121 成行耳，[三][甲]1080 壯，[三][聖]125 爲從，[三]125 令，[三]199 常窮厄，[三]212，[三]1058 者是呪，[三]1083 悉得除，[宋][宮]、摩痛[石]1509 及諸飢，[宋][元]1057 乃至身，[原]1764 委法文，[原]1248 呪石榴。

物：[三][宮][聖]1458 持食來。

醫：[久]1488，[三]374 藥花香，[聖]1582 藥不生。

亦：[另]1721 也。

疫：[丙]1246 鬼王毘，[甲]1239 氣喚白，[三][宮]1546，[三][宮]2121 劫爲人。

瘉：[甲]2128。

災：[元][明]157 劫起時。

疹：[三][宮]397 疾。

治：[聖]99。

腫：[乙][丙]1098 惡瘡眞。

諸：[宋]、病諸[元][明]566 王諸良。

壯：[明]2123 人具大。

竝

并：[三]125 作是説。

併：[三][宮]1546 義者意。

多：[乙]2376 學小乘。

而：[三]125 作是惡。

共：[三][宮]607 居念色。

互：[甲]2305 起已上，[甲]2312 不許，[乙]1821 生。

煎：[原]、剪[原]2196 非沼云。

結：[乙]2228 羯磨印。

苦：[三][宮]1548 語或。

量：[甲]2218 然此。

普：[己]1958 進止則，[甲]2299 觀義何，[甲]2397 用此，[三][宮]318 修勸，[三][宮]303，[三][宮]649 皆得忍，[三][宮]741 出凝住，[三]152 知奉佛，[三]212 安，[聖]278 奏微妙，[乙]1821 起或受。

前：[原]、煎[原]、剪[原]2196 非故言。

然：[甲]2270 不許佛。

汝：[三]196 行營佐。

置：[甲]2195 前來不。

准：[甲]2337 可知。

捭

屏：[三][宮]2108 除咸以。

波

唵：[宮]882 捺賀那。

八：[甲]853 跢曳三。

般：[甲]2300 若若七，[甲][乙]1929 若何須，[甲]904 羅字其，[甲]1722 若及淨，[甲]1731 若涅槃，[甲]1744 若合用，[甲]2053 若，[甲]2298 若大乘，[甲]2299 若經等，[甲]2300 若鈍即，[甲]2300 若經舉，[甲]下同2300 若，[明]721，[明][甲]1101 若母三，[明]1504 若妙解，[明]1982 若絶思，[明]1982 若云欲，[明]1982 若智，[明]2053 若於綸，[明]2059 若，[明]2059 若皮牒，[明]2059 若勝鬘，[明]2059 若眼奉，[明]2060 若多難，[明]2060 若非徒，[明]2060 若經別，[明]2060 若天親，[明]2060 若形氣，[明]2060 若願求，[明]2102 若正源，[明]2103 若經序，[明]2103 若寺講，[明]2103 若文武，[明]2104 若文武，[明]2145 若神呪，[明]2149 若經，[明]2151 若得經，[明]2152 若丘多，[三][宮][聖]754 若智慧，[三][宮]273 若海不，[三][宮]617 若時如，[三][宮]618 那此是，[三][宮]657 若波羅，[三][宮]669 若波羅，[三][宮]702 若波羅，[三][宮]1513 若，[三][宮]1604 若經説，[三][宮]1644，[三][宮]2041 若大空，[三][宮]2102 若名非，[三][宮]2103 若高步，[三][宮]2103 若臺隨，[三][宮]2103 若之幢，[三][宮]2103 若之水，[三][宮]2103 若之淵，[三][宮]2109 若則天，[三][宮]2121 若波羅，[三][宮]2121 若經，[三]187 若通達，[三]1340 若如是，[三]1340 若智門，[三]1341 若，[三]1982 若絶思，[三]2059 若六時，[三]2059 若十住，[三]2103 若慧足，[三]2145 若經

一，[三]2145 若臺經，[三]2146 若經注，[三]2149 若經十，[聖]1721 若，[聖]1733 若菩薩，[石]1509 那十六，[乙]2397 若謂持，[乙]2186 若度而，[乙]2296 若經智，[元][明]468，[元][明]2059 若聞京，[原]1700 若故名，[原]1818 若爲大。

寶：[三][宮][甲]2053 莊嚴中。

陂：[甲][丁]、波涉[乙][丙]陂陝2092 涉渡擒，[三][宮]458 那陀惟，[三]2154 夷墮舍，[聖]2034 陀呪經，[宋][元]、婆[明]2154 夷墮舍，[宋]984 陀斑足，[乙]895 中生恐。

貝：[三][宮]1463 繮如來。

被：[宮][聖][石]1509。

彼：[宮]1462 致三毘，[宮][甲]1805 謂餘衣，[宮]624，[宮]1549 羅寺亦，[宮]1595 羅蜜相，[宮]2123 洞潔情，[甲]1805 故，[甲]1830 葉喻經，[甲][乙]1866，[甲][乙]2194 陀耶徒，[甲][乙]2394 經授與，[甲]1782 佛答，[甲]1805 唱云大，[甲]1828 泰云，[甲]1832，[甲]1832 錯看文，[甲]1921 羅蜜，[甲]2087 佛全身，[甲]2239 羅蜜多，[甲]2244 哩地尾，[甲]2261 利等五，[甲]2266 羅夷，[甲]2266 者樹名，[甲]2270 六種波，[甲]2434 天也是，[金]1666 羅蜜以，[明]1428 斯匿王，[三][宮][聖]1462 咤利弗，[三][宮]280 迦私提，[三][宮]397 梨弗，[三][宮]440 心炎佛，[三][宮]816 勿多羅，[三][宮]1464 迦蘭陀，[三][宮]1505，[三][宮]1547 羅彌還，

[三][宮]2102，[三][聖]190 鎮頭樹，[三]154，[三]159 室多摩，[三]939 尾輸達，[三]1340 如來藏，[三]1343 修，[三]1562 杳波，[三]2033 羅若，[三]2059 軍不，[聖]99 吒利樹，[聖]371 頭，[聖]1425 利婆沙，[聖]1547 勒，[另]1428 羅呵那，[另]1428 休迦旃，[另]1428 夷那國，[石]、－[高]1668 水滅者，[石]1509 羅蜜遠，[宋]、波十[元][明]1016 柯羅，[宋][宮]224 摩那阿，[宋][元][宮]1428，[宋][元]1421 斯匿王，[宋][元]2122 羅，[宋]1425 夜提受，[宋]1425 夜提者，[乙]2408 首或只，[元][明]1 羅呵阿，[元][明]1341 稚目陀，[元][明]1425 利七名，[元][明]1579 葉喻經，[原]2001 也元無。

畢：[乙]867 也。

鉢：[明]1548 羅華池，[三][乙]950 囉二合，[三]1 頭摩華，[三]125 陀蘭遮，[三]264 羅華油，[三]264 羅華又，[三]374 頭摩花。

播：[三][聖]211 迸，[乙]931 底瑟。

博：[三][宮]309 叉將其，[聖]125 叉。

跋：[甲]853 初中，[甲]2400 二合引，[明][甲]1175 戌引，[三]865 底瑟，[乙]852 跢曳三。

簸：[原]、[甲][乙]1744 此云分。

大：[聖]2157 姓家主。

渡：[甲]2035 斯國有。

多：[乙]1929 羅處中。

法：[明]261 塔及有。

海：[三][宮]2066。

河：[三][宮]721 廣五由。

后：[甲]1103 儞弭歡。

後：[甲]2400 是世間。

汲：[三][宮]280 栗推呵。

伎：[三]1331 羅字救。

迦：[三][宮]2122 羅奈大。

浪：[三][宮]2121 上，[宋][元]2061 蓋參用。

勒：[聖]125 又將諸。

流：[三][宮]2102 陸原涌。

羅：[明]1428 離是爲，[乙]2227 國諸末。

沒：[甲]2244 斯，[明][甲][乙][丙]1277囉二合，[三][宮]1683 二合，[宋][明]848 囉，[乙][丁]2244 囉憾麼。

滅：[甲]2290 羅門衆，[明]1525 羅蜜彌。

摩：[明]220 羅蜜多，[三]440 尼體佛，[三]1435 伽阿槃。

嚩：[甲]904 訶結是。

末：[三]837 那多三。

披：[宮][聖]425 提披破，[宮][聖]1435 羅樹拘，[甲]2266 逸提五，[三]194 羅墮時，[三]194 修波陀，[聖]222 之門分，[宋][宮]626 師利劫，[宋]196 羅致。

皮：[甲]2130 也彌沙，[甲][乙][丙]1098 吃哩哆，[甲]2266 汁以心。

坡：[明]2031 興供養。

婆：[博]262 提舍經，[丁]2244 智蘗又，[宮]397 婆伽那，[宮]1421

羅衣野，[宮]1435 羅提伽，[宮]1505 少淨阿，[宮]2040 國末羅，[宮]2121 羅十一，[宮]下同 1435 提夫人，[甲]、一[丙]1074 泮底，[甲]1772 羅，[甲]2196 提舍以，[甲]2266 沙百五，[甲]2300 羅門姓，[甲][丁]2187 衆第五，[甲][乙][丙][丁][戊]2187 羅門，[甲][乙][丙]2381 羅，[甲][乙][丁]2244 里或無，[甲][乙]901 婆去音，[甲][乙]1239 那，[甲][乙]1250，[甲][乙]1258 庾引，[甲][乙]1822 佛時釋，[甲][乙]1822 婆婆此，[甲][乙]2194 者此云，[甲][乙]2228 未見敵，[甲][乙]2228 形，[甲][乙]2250 沙波，[甲][乙]2309 世羅今，[甲][乙]2390 三去麼，[甲][乙]2390 字次臂，[甲][乙]2391，[甲]850 多二合，[甲]850 廿四半，[甲]850 字以爲，[甲]853 羅置口，[甲]901 囉，[甲]904 變成本，[甲]909 波嚩，[甲]952 塞迦鄔，[甲]952 索迦持，[甲]952 襪爛嚩，[甲]970，[甲]1065 羅，[甲]1072 羅二合，[甲]1074 羅龍王，[甲]1086 迦哩灑，[甲]1304 野名位，[甲]1709 斯迦鄔，[甲]1717 城闍頭，[甲]1717 提舍此，[甲]1733 提舍二，[甲]1742 尼沙陀，[甲]1782 羅疕斯，[甲]1813 若有情，[甲]1828，[甲]2087 刺斯國，[甲]2087 鼇持，[甲]2087 羅國，[甲]2130 羅者菓，[甲]2130 律曰芬，[甲]2130 沙第四，[甲]2130 須蜜，[甲]2130 延律曰，[甲]2130 者一切，[甲]2135 嚕二合，[甲]2135 羅二合，[甲]2157 離問佛，

[甲]2157 提舍願，[甲]2195 羅，[甲]2244 南印度，[甲]2250 世羅翻，[甲]2250 索迦耶，[甲]2250 者，[甲]2261 吒梨弗，[甲]2266 羅密，[甲]2266 羅蜜何，[甲]2266 羅尼斯，[甲]2266 婆百五，[甲]2266 沙第二，[甲]2270 無憂王，[甲]2271 離外道，[甲]2317 離言汝，[甲]2391 印聖，[甲]2395 離一夏，[甲]2400 誐梵薩，[甲]2400 儞演二，[甲]2400 耶吽阿，[甲]2401 大龍三，[甲]2879 羅提木，[別]397，[明]202 離阿樓，[明]1023 索迦鄔，[明]1450 羅，[明]2154 離會同，[明][宮]374 那六念，[明][宮]451 夷羅大，[明][甲]2131 迦此翻，[明][甲]2131 羅門種，[明][聖]375 離長，[明][乙]1075 索迦，[明]156 離復白，[明]184 羅尼蜜，[明]264 提舍經，[明]310 若何謂，[明]443 犢帝，[明]658 羅蜜故，[明]681 樹波利，[明]824 斯迦及，[明]991 羅，[明]1070 呵，[明]1435 提及五，[明]1450 羅，[明]1450 羅疕斯，[明]1507 離即輕，[明]1509 提舍教，[明]1519 提舍卷，[明]1588 離長者，[明]2034 帝受記，[明]2034 羅棕經，[明]2040 崛多入，[明]2103 離等諸，[明]2121 羅捺國，[明]2131 提舍此，[明]2154 離集律，[明]2154 離問佛，[三]、[聖]1354，[三]1044 提徒陀，[三][宮]1443 尊者無，[三][宮]1451 羅疕，[三][宮]1546 吒梨，[三][宮]2034 至長安，[三][宮][聖][另]1463 漿三拘，[三][宮][聖]341 頃摩，

[三][宮][聖]1549 夷，[三][宮][另]1451 羅門童，[三][宮]262 伽地，[三][宮]339 多尊者，[三][宮]370 羅，[三][宮]383 提令，[三][宮]386 提舍十，[三][宮]397 呵，[三][宮]397 隸六末，[三][宮]397 羅天女，[三][宮]397 難陀龍，[三][宮]402 泥二十，[三][宮]443 羅尼陀，[三][宮]443 尸如，[三][宮]444 多，[三][宮]657 提舍令，[三][宮]671 呵，[三][宮]730 替舍利，[三][宮]761 達多龍，[三][宮]1421 離問佛，[三][宮]1425 比丘，[三][宮]1425 多劫賓，[三][宮]1428 離比丘，[三][宮]1428 提，[三][宮]1435 伽國爾，[三][宮]1435 伽國人，[三][宮]1435 國舍衛，[三][宮]1435 羅，[三][宮]1435 羅小閣，[三][宮]1435 羅住下，[三][宮]1435 提國經，[三][宮]1464 羅門乎，[三][宮]1482 底沙，[三][宮]1521 若空大，[三][宮]1521 陀那事，[三][宮]1546 羅象令，[三][宮]1546 提，[三][宮]1546 提舍問，[三][宮]1552，[三][宮]1599 羅波羅，[三][宮]1646 羅伽提，[三][宮]1647 低舍如，[三][宮]2040 城闍頭，[三][宮]2040 崛多當，[三][宮]2040 毘王所，[三][宮]2049 提舍解，[三][宮]2053 國境王，[三][宮]2121 國雷聲，[三][宮]2121 羅奈國，[三][宮]2121 羅越王，[三][宮]2121 斯納兄，[三][宮]2122 鱉舊，[三][宮]2122 離卿為，[三][宮]2122 羅汝今，[三][宮]下同 620 難提，[三][甲]901 多耶，[三][甲]1227

也五娑，[三][聖]125 呵羅阿，[三][聖][乙]953 羅門，[三][聖]1 羅樹，[三][聖]26，[三][聖]125 羅比丘，[三]1，[三]1 那伽阿，[三]23 羅門，[三]25 帝上兩，[三]99 摩於，[三]99 婆躭陸，[三]100 國竭城，[三]125 羅，[三]125 羅及經，[三]125 蜜及七，[三]158 羅闍迦，[三]189 室沙母，[三]190 闍等今，[三]190 羅花葉，[三]202 斯那汝，[三]203 大達極，[三]397 隸十四，[三]982 大神常，[三]984 里沙尼，[三]984 羅那馱，[三]1033 誐嚲，[三]1107 誐嚲怛，[三]1331 尼，[三]1332 羅睺二，[三]1336，[三]1336 臘多頭，[三]1341 婆，[三]1341 斯，[三]1343 呭摩毘，[三]1351，[三]2149 離問律，[三]2153 離律，[三]2153 斯那優，[三]2154 扇多造，[聖]、－[石]1509 羅蜜毘，[聖][另]1435 羅衣持，[聖][石]1509 摩陀夜，[聖]125 離白世，[聖]125 離當知，[聖]125 離須菩，[聖]125 羅，[聖]383 羅帝毘，[聖]397 羅摩帝，[聖]512 育，[聖]625，[聖]983 羅爾，[聖]1266 囉，[聖]1425 難陀持，[聖]1425 夜提是，[聖]1428 羅，[聖]1440，[聖]1462 帝寫第，[聖]1463 利婆沙，[聖]1463 提，[聖]1464 羅奈斯，[聖]1509 又，[聖]1509 羅，[聖]1509 羅非，[聖]1509 提舍如，[聖]1670 曰說經，[聖]1721 羅捺第，[聖]1733 羅者此，[聖]1788 南正，[聖]2157 沙或十，[另][倉]1509，[另]303 娑迦優，[石][高]1668 提舍經，[宋][宮]1509 提舍，[宋][宮]2034 掘多，[宋][宮]2121 笈多出，[宋][元][宮]、鑁[明]721，[宋][元][宮]1425 難陀聞，[宋][元][宮]2121 斯那割，[宋][元]190 低沙二，[宋]2154 提舍，[乙][丁]2244 訶梨，[乙]1239 多，[乙]1266 羅摩，[乙]2087 闍波提，[乙]2087 羅奈國，[乙]2092 羅門，[乙]2350 羅，[乙]2385 呼菩薩，[乙]2391 三摩曳，[乙]2394 束，[乙]2397 九不動，[乙]2397 那亦云，[乙]2397 若相，[元][明]99 羅豆婆，[元][明]992 呵，[元][明]1043 梨，[元][明]1339 林羅，[元][明]1339 林羅如，[元]2154 離會同，[原]1311 羅門牛，[原]2301 栗濕縛，[原]1201 羅摩悉，[原]1796 費成也，[知]384 吉諫言。

破：[宮][甲]1805 今下顯，[甲]1805 逸提字，[甲]1830 雖，[甲][丙]2089 唐僧崇，[甲]2400 明王。

葡：[三][宮]721 迦華尼。

乾：[三]984 陀羅柯。

劬：[三]1331 羅比敷。

渠：[三]193 流。

汝：[甲][乙]1796 今日也，[元][明]2122 利那。

深：[明]220 羅蜜。

婆：[宮]279 羅蜜門，[三][宮][聖][另]1435 鳩羅。

談：[甲]2261 此云飲。

濤：[三][宮]2053 激浪之。

應：[甲]2130 云婆梨。

枝：[三]2125 條彌蔓。

玻

頗：[甲]1733 黎照塵，[甲]1735 璃下對，[聖]1509。

盋

鉢：[三][宮]2060 一坐，[三][宮]2060 頓改，[三][宮]2060 而已，[三][宮]2060 將還跌，[三][宮]2060 少林，[三][宮]2060 已外隨，[三][宮]2060 之餘以，[三][宮]2103 隨若鳥，[三][宮]2104 飛或轉，[三][宮]下同 2060 廟衆事，[元][明]2060 之外無。

袚

拔：[宋][宮]2122 除於灞。

剝

別：[三]2122 除漆布。

駁：[三]2060 雜生白。

剌：[三][宮]588 計無有。

割：[三][宮]221 者是爲，[三][宮]606 裂不覺。

劫：[三][宮]1428 從今，[三][宮]1488 既至村。

鋸：[三][宮]2121 解。

剠：[三][宮]1650 而殺之。

利：[三][流]360 害忿成。

劇：[三][宮]2122 牛羊痛。

殺：[宮]1421 赤肉到。

爍：[三]205 爛其脚。

行：[三][宮]527 業從微。

瘆：[三][宮][聖]1463 壞來到。

鉢

鉢：[甲]1742 舍。

鉢

跋：[甲]1315 羅蘇，[甲]2219 闍羅侈。

般：[三]945 剌若非，[三][宮]672，[三]945，[元][明]945 剌若即。

鈑：[三][宮]2085 王聞已。

本：[明]1428 入衆中，[聖]1428 坐具針，[元][明]244 捺摩二，[元][明]2154 經前後。

波：[燉]262，[煌][燉]262，[甲]936 喇輸底，[三][宮][聖][另]1458 呾羅是，[聖]1441 難陀龍，[原][乙]917 鉢囉。

盋：[宮]1435 入城乞，[宮]下同 1425 示之比，[甲]1751 鐵大亦，[三]1545 羅，[三]1545 舍那品，[三][宮]1545 等諸出，[三][宮]1545 舍那，[三][宮]1545 而還諸，[三][宮]1545 舍那名，[三][宮]1545 舍那樂，[三][宮]下同 1545 若説自，[三]1341，[三]1341 囉朋伽，[三]下同 1545 及彼自，[宋][元][宮]1545 舍那，[宋][元][宮]1546 而不隨，[宋][元][宮]1425 來。

跋：[甲][乙]1211 納謨，[三][甲][乙][丙]930，[三][甲][乙]1125 囉，[三]982 左五十，[乙]867 鉢納。

簸：[宮]672 地十七。

擎：[宮]1435 破衣裂。

飡：[三]203 之食況。

鄧：[三]882 訥摩二。

橃：[宋][宮]、[元][明]1425。

法：[聖]1421 未滿五。

鋒：[宮]848 頭摩朱。

噶：[乙]970。

鈷：[甲]2135 嚩二合。

劍：[聖]1425 二烏迦。

剑：[聖]1425 婆耆夜。

錦：[三]1157 謎引十。

鳩：[明]1548 頭摩華。

錄：[聖]2157 光色紫。

律：[宮]1808 大要有。

彌：[甲][乙]1822 拏爲難。

婆：[甲]2075 舍那微，[三]202 尸出現，[三][宮]、鉢舍那彼那舍[金]1666 舍那觀，[三][宮]669 舍那其。

器：[三]2122 行乞食。

錢：[三][宮][聖]1425 來即與。

鎗：[宋][元][宮]2060 一口每。

錄：[三][甲]1335 浮嘍守，[三][甲]1335 檀那。

盛：[宋][宮]1442 中餘食。

思：[甲]1781 故也二。

娑：[明]397 囉婆伽，[明]397 囉婆伽。

體：[甲]1805。

鐵：[聖][另]1463 皆應畜，[聖][另]1463 皆應畜。

馱：[乙]2227 囉合。

盌：[宮]1804 死作餓。

耶：[原]2409 羅〃〃，[原]2409 羅〃〃。

衣：[三][宮][聖]1442 詣市廛。

鈸：[原]、[原]1064 折羅杵。

益：[宋]、益[元][明]1462 若慢藏。

盈：[三]643 華，[宋][元]643 頭摩華。

餘：[三][宮]1435 者受一，[三][宮]1428 床鉢支，[聖]1441 衣尼。

浴：[三][宮]500 洗，[三][宮]500 洗。

針：[原]2359 三椙。

針：[宮]721 盛，[宮]848 印或以，[甲]2125 各挂，[甲]1805 筒三爲，[三][宮][聖]397 夜叉二，[聖]1463 平不得，[宋]1257 囉二合，[乙]2394 孕遇華。

鎮：[甲]868 羅二合。

盉：[宮]458 震越床，[甲]1848 乞食諸，[甲]1906 如法受，[甲下同1821 羅奢佉，[三]73 碎銀滿，[宋][元][宮]1462 兜那波，[宋][元][宮]513 覆使無，[宋][元][宮]1462 貫著，[宋][元][宮]1462 羅華內。

播

般：[甲]2006 錢天明。

被：[三][宮]2122 東川時。

波：[三]、播波彼[宮]1545 波。

跋：[甲]1069。

幡：[丙][丁]865，[宋]、旛[元][明]152 徊迸馳，[乙]867 捨吽引。

憣：[原]1796 囉密多。

憣：[甲]852 抳，[甲]1211 引娜滿。

旛：[明]2131 也。

攞：[甲][乙]1072。

徙：[甲]2053 美於天。

撥

擘：[明]2076 胸開示。

撇：[甲]、撇[甲]2012。

發：[甲][乙]913 遣，[明]1097，[三]186 中百里，[三]374 撥橋梁，[三]26 屋拔樹，[三][宮]2060 屋拔樹，[三][宮]1435 殺若蹈，[宋][明][甲]971 囉拏揭，[元]1425 者以戲。

廢：[高]1668 加行善，[三]212 橋馬蹈。

據：[甲]1828 實有若。

排：[甲]1268 遣身心。

撲：[三][宮]349。

揉：[宋][宮]1425 開取水。

伯

白：[原]1819。

百：[甲]2035 僧俱染，[甲]2035 年可言，[三]2145 升也遂，[宋][宮]2060 智出撫，[宋][宮]2104，[宋][元][宮]2060 藥。

佰：[甲]2395。

但：[甲]2878 仲星歷。

公：[宋][宮]2059 既而悟。

角：[甲]2129 城七十。

拍：[三][宮]2122 交下驅。

帛

白：[明]2153 法祖譯，[三]1464，[三]2145 純王新，[三]2153 法祖譯，[三]2154 延譯第，[三]2153，[三][宮]、帛帛疊[聖]481 裏樹布，[宋][宮]664 微妙，[乙]2394 鉢疊摩。

綵：[聖]512 而以棺。

陌：[宮]2085 疏所經，[宮]2085 疏所經。

柭

拔：[甲]2130 陀那神。

勃

孛：[三]945 飛流負，[宋][宮]2102 以隆道。

悖：[原]2425 忿恚頻。

悖：[明]524 忿恚鞏，[明]220 惡語言，[明]2121 逆唯願，[明]2149 真宗，[三]2154 真宗，[三][宮]1650 逆王所，[三][宮]1650 逆意，[三][宮]2053 逆之人，[元][明]203 逆不修。

敦：[三][宮]2122 閻堂蕭，[三][甲][丙][丁]、勃[乙]866 陀僧，[宋]866 陀南唵，[宋][宮]、[元][明]263 稱讚香，[宋][明][丙]866 駄。

渤：[三]2063 海安陵，[元][明]2059 海重合。

補：[三]1038 陀地上。

敦：[宋]、[元][明]190 都不覺。

劫：[甲]904 陀菩地，[甲]904 陀菩地。

沒：[三]865 駄冐地，[三]865 駄。

没：[甲]十九 1120，[甲]1120。

母：[甲]二合摩 1120，[甲]平三 0983，[甲]983，[甲]1120。

秡

髮：[甲]1813 一麥皆。

亳

豪：[聖]1721 法體是。

遂：[三]2122 有桑穀。

浡

渤：[三][宮]2103 澥之波。

浮：[三]1336 婆唻浡，[三]1336 婆唻浡。

舶

白：[聖]278 牢不牢。

船：[宮]310 能度無，[三][宮]1442 俱斷汝，[三][宮]1442 所既入，[三][宮]2085 上可有，[另]1442 往而不，[宋][宮]2043 令墮沙。

博

拔：[三]2151。

薄：[甲]1924 地凡夫，[甲]2217 地凡夫，[明]2040 蝕，[明]2122，[明]374 蝕星宿，[三][宮]310 蝕及王，[三][宮]2060 通戒網，[元][明]2122 晚還山，[元][明]665 蝕無恒。

北：[聖]1425 叉王南。

波：[三]125 叉天王，[聖]278 叉，[聖]278 叉。

播：[三]982 引乞灑，[三]982 引乞灑。

搏：[甲][乙]901 二大母，[甲][乙]901 著掌，[甲][乙]901 著手，[甲][乙]901 頭指側，[明]2112，[明][甲]901 頭指側，[三]2121 頰呼天，[三]、搏[宮]2122 海水，[三][宮]606 掩子定，[三][宮]2122 開海水，[三][宮][聖]278 開海水，[聖]1425 者張目，[聖]1539 戲嗜酒，[宋][甲][乙]901 左跟如，[元][明]186 書數禮，[元][明]1056 忍願相，[元][明]1069 中指，[元][明]、轉[宮]1509 海南岸。

博：[宮]2123 戲人不，[宮]1509 清淨，[甲]1700 迦華雖。

塼：[宮]2060 東臨州，[宮]2060 東臨州。

傅：[宮]2103 言僞而，[甲]2129 反方言，[三]474 此道所，[三]2063 聞或訪，[三]2154 聞三藏，[三][宮]2123 於，[三]、〔博〕－[宮]2059 明漢語，[三][宮]635 布示等，[三][宮]2122 記所以，[三][宮]2103，[聖]381 聞心當，[宋]656 聞無所。

待：[聖]2157 士員外。

幡：[甲]1086 體能遊。

輔：[甲]901 著右脚。

傅：[甲]2035 奕上疏，[明]2122 也周，[另]285 聞逮得，[宋]2122 議國遭。

縛：[甲]、傅[乙]1796 以爲一，[明]186 最。

精：[三][宮]2053 習群經。

貿：[明]2122 易速滅。

面：[宋][甲]1103 相著呪。

婆：[三][聖]125 又一一。

侍：[甲]2120 陵縣開。

搏：[明][甲][乙]901 掌背並，[明]2123 聲響可，[三]2123 頰呼天，[元]1546 信樂堪。

專：[三][宮]606 攊揮麀。

塼：[甲]1782 傳云積，[三]、[宮]2122 侵壞龍。

轉：[宮]2122 歌舞唱，[甲]2339 輪王位，[甲]2339 至後世，[三][宮]1488 留餘一，[三]2121 易足得，[三]2149 洞秦言。

渤

悖：[三][宮]2121 迴波相。

必：[乙]867 渤哩。

勃：[甲][乙]2261 之紀地，[明]2076 已上二，[三]1534 海高仲，[三]2154 海高仲，[宋][宮]、渤[元][明]2103 碣河華。

洴：[甲]、淳[乙]1709 潎別浦。

搏

博：[宮]、搏[元][甲][乙]901 一一火，[宮][聖]1425 海令水，[宮]810 不能自，[宮]1998 量名貌，[宮]2121 婆羅門，[甲]1816 取謂一，[甲]1876 取之如，[明]210 鹿，[三][宮]1425 掩家劫，[三][宮]1462 之或以，[三][宮]1471 戶四者，[三][別]397 三昧廣，[三][聖]99 又司陀，[三][聖]1440 他比丘，[三]190 船悉破，[三]202 食

之，[聖]1429 比丘者，[宋]、[宮]657 壞，[宋][宮]、搏[明]2122 矢而嬉，[宋][甲]1007 齊屈，[宋][元][宮]2121 斯風有，[宋][元][宮]2122 撮即詣，[宋]23 扇大，[宋]1057 附頭指，[宋]2110。

搏：[三][宮]2053。

博：[聖][另]1431 比丘尼，[聖]278 撮天人，[宋][元][宮]2122 聲響可，[宋][元]1264 如掬物，[宋]1 撮。

膊：[宮]1458 排觸於，[三][乙]1092 脇髀上。

搏：[三][宮]1425 打殺諸。

揣：[三][宮]414 如須彌，[三][宮]414 食觸思，[三][聖]190 食節量，[三][聖]125 是，[三][聖]190 奉彼汝，[三]1 細滑食，[宋][元][宮][聖]1421 飯與彼，[宋][元][宮]721。

桷：[知]384 食畏人。

縛：[三][宮][聖]1546 衆生時。

揮：[甲]2128 取之也。

擗：[宋][聖]、闢[元][明]125 水兩向。

撲：[三]185 於王前。

拭：[宋]1332。

搏：[宮]310 食以安，[宮]1805 十七群，[宮]2102 噬不生，[甲]1735 撮內含，[甲]1735 聚自曉，[明]2016 牛之虻，[明][宮]2122 取卵生，[明]238 取有若，[明]238 施與園，[明]1585 搏仙羽，[三][宮]、揣[聖]下同606 名爲眼，[三][宮][聖]1547 加，[三][宮]2121 手奪取，[三][宮]2122

取，[宋]、揣[聖]627 幼童即，[宋]2061 沙爲塔，[元][甲]901 大麥幷，[元][明][宮]351 擲令怖。

團：[三][宮]1545 食施與，[三]26 水漬。

丸：[宋][元]、凡[明]375 此大地。

轉：[甲]1830 士資謂。

鈫

鉢：[博]262。

鼓：[明]191。

鏡：[宮][另]1435 不鼓自。

博

搏：[明][甲][乙]901 著二食，[宋][明][宮]374。

榑：[甲]2128 奕也亦。

輔：[甲][乙]901 中指上。

可：[丙]982 反三。

駮

剝：[三][宮]2122 正言如。

駁：[宮]1546 犢時跋。

馳：[宋]2103 而趨捷。

駮：[宮]1559 斥餘師，[甲]2035 董難王。

駿：[三]212 駒。

箔

薄：[三][宮]1425 上若席，[三]190 上隨即。

簿：[乙][丙]2092 上蠹。

膊

膀：[甲]2128 借用非。

博：[宋][宮]、搏[元]、搏[明]2122 虎。

搏：[甲][乙]1072 上心喉。

髆：[三][宮]1442 及以腰，[三]220 兩肘兩，[元][明][甲]901 上向後。

踹：[元][明]26。

縛：[元][明]901。

脛：[元][明][石]1509 是和。

膞：[三][宮]721，[三]1 腸上下，[三]1425 若以肘，[元][明]、髀[聖]1425 著脛上，[元][明]231 十身軟，[元][明]579 腸相如，[元][明]1425，[元][明]1435 髀腰脊，[元][明]1435 傷破是。

體：[三]2125 拔。

腋：[甲]894 上以大。

踵：[三][宮]1425 次洗右。

轉：[明]2076 至。

踣

路：[聖]190 面覆倒。

駁

駮：[明]2123 字爲斑。

馳：[宋][宮]2060 而趨捷。

鮫：[明]1428 或尖頭。

駿：[明]2059 夷夏論。

馞

勃：[東][元][宮]、孛[明]721 等緣。

馥：[原]958 保沒反。

襪

胯：[三][宮][聖]1425 衣語諸，[三][宮]1425 衣者珂。

簿

薄：[三][宮]2060 引所聞。

鎛

薄：[三][宮]2059 而。

髆

臂：[三][宮]2042 前鬼以。

膊：[宮]837 常擔戴，[甲]2125 是恒掩，[明]220 腋悉皆，[三][宮]1453 長蓋右，[宋]901 著眞緋，[宋]1057 齊掌向。

鏄

鐸：[三]984。

跋

朓：[甲][乙]1239 羅魔。

跋：[甲]901 夜麼奴，[甲][乙][丙]1098 囉布，[甲]901 折囉二，[甲]904 二合娜，[甲]923 折羅，[甲]1026，[明][聖][甲][乙]1266 隸拏，[明]931 娜莽二，[明]1110，[明]1225 娜，[明]1227 多上曳，[明]1277 帝，[明]1277 拏三薩，[三][宮]402 哆茂，[三][甲]901 折囉商，[三][乙]1092 囉，[三]901 囉提訶，[三]982 捺嘯二，[三]1336 多比，[三]1336 伽羅，[三]2154

摩造，[聖]1425 脚，[宋][明][甲]901 囉舍網，[乙]2393 那儞，[元][明][宮][甲]901 羅，[元][明]1092，[元]2061 脚驅烏，[原]1895 闍之廣，[原]861 哩。

弢：[甲]974 勢吽。

畢：[甲]、嘩[乙]850 哩二合。

波：[甲]2132，[三]、跛披[甲][乙]1125 底瑟，[三]1092 縛都，[宋][元]1057 寫，[乙][丁]2244 斯名掣，[元][宮][甲]901 波迦生。

鉢：[丙]1056 輸上，[甲]1000 底，[甲]1069 娜謨，[明]880 字門一，[三][乙][丙]1076 囉二合，[乙]867，[乙]1069。

播：[甲]1122 羯灑拏，[甲]1174 底瑟妊。

愽：[聖]1017 字邏字。

簸：[甲][丙]973 二合陀，[甲][丙]973 捨二。

哆：[原]1212 耶多姪。

跨：[甲][乙]894 嚩日里。

路：[甲]2394 行之類。

麼：[三][甲][乙][丙]1202 耶怛囉。

摩：[明]1056 娜麼，[三]、麼[甲][丙]1202。

疲：[聖]790 蹇。

蚾：[明][甲]1988。

駊：[宮]397 曷利捨。

破：[甲][乙][丙]1306 左，[宋][宮]402 夜娑摩。

跎：[原]1112 三十麼。

篍

　渡：[宮]2025 之波大。

篽

　波：[三][宮][聖][石]1509 字無義，[三][宮]1505 秦言。
　伐：[三][宮][聖]1421 之不知。
　鼓：[明]2076 遮兩。
　蘄：[宮]397 耶迷莎。

桻

　捀：[甲]2128 可栽植。

擘

　壁：[甲]2261 爲兩片，[明]1058 開。
　臂：[甲]2787，[三]2125 肌分理。
　璧：[甲]1766 下蓋約。
　襞：[宋]、劈[元][明]375 裂身體。
　躄：[元][明]152 象師愛。
　拍：[三][甲]1173 開兩字。
　劈：[明]721 其身猶，[三]374 裂身體，[三][宮]2085 山下入。
　掰：[甲]1928 對當大，[甲]2261 身還，[三][宮]1425 還。
　辟：[甲][乙]2223 過入於。
　染：[宮]1435 莫浣莫，[三][宮]1435，[三]1435 尼薩耆。
　樂：[宮]1435 若浣染。

蘖

　檗：[甲]1969 慧林爲。

誐

　誐：[甲]1000 帝，[乙]1171 多布惹。
　揭：[三][丙][丁]848 多微灑，[三][宮][丙][丁]848 多引唎。
　孽：[丙]973 多，[甲]973，[明][丙]930 跢引南，[三][丙]930，[三]1087 多。
　蘖：[甲]893 羅右置，[三][宮]2060 是味清，[宋][元]2087 醇醪吠。
　薩：[甲]974 味呬儞，[三]848 多三麼，[三]1008，[宋][元]1023 蘗嚕茶。
　葉：[明]2087 而乃遊。

卜

　分：[甲]1728 次第何。
　千：[宮]2103 數外刑。
　上：[宮]2060 勝地，[甲]2266，[聖]2157 山勢斬，[元]184 所宜別。
　十：[宮]2059 山勢以，[宮]2104 射，[明]2060 之師曰，[明]2102 應通源，[三][宮]1425 利故與，[宋]1471，[宋]2060 經佛之，[元][明]2103 年五紀，[元]221 相知他。
　下：[宋]2110 室廬山。
　相：[三][宮]2053 即請坐。
　小：[宋]2053 遠有期。
　兒：[聖]2157。
　至：[明]2076 于荊州。

蔔

　匐：[三][宮]1435 根蕪菁，[三][宮]1435 國中有，[另]1435 華瓔珞，[宋][元][宮]1425 須摩，[宋][元]1435

蕪菁舍，[宋]866 等諸花。

菊：[甲]1786 花見赤。

葡：[燉]262 華油燈。

陶：[宋][元][宮]2122 酒欲共。

逋

晡：[甲]2879 慢此法。

甫：[三][宮]397 沙見一。

蒲：[明]下同 310 生沙門。

晡

晡：[三][宮]1452闌。

補：[明]2121 陀。

脯：[甲]2129 刺拏此，[三][宮]665 囉耶娜，[宋][宮][另]1442 刺拏塔，[宋][宮]2122 之，[宋][元][宮]665 儞曼奴，[宋]1341 多那阿，[宋]1341 一波奢，[宋]1451 時從宴。

捕

備：[宋][元]212 得我者。

補：[三][甲][乙]2087 羅國，[三]1005。

步：[宋][宮]2112。

挿：[甲]974 囉囀日。

插：[甲]2129 或庸作。

蒱：[三]984 逼反翅。

攝：[甲]2087 清池西。

收：[三]375 得。

哺

餔：[宮]394 之力禪，[甲]1717 食，[三]203 養大，[聖]125 懷抱要，[聖]200 其牙齒，[宋][宮]、一鋪[石]1509 力勝一。

鋪：[聖]125 沐浴身。

脯：[三][甲]1332 都呵畫，[宋][宮]、脯[元][明]443。

補

寶：[三][宮]569 臣翼從。

捕：[甲]1722 處所以，[甲]2135 迦，[聖]1425 作，[知]598 離垢錦。

布：[明][甲]1175 囊。

傳：[元][明]1336 智慧。

補：[明][宮]2122 處菩薩。

福：[三]100。

甫：[三][宮][聖]223 當更勤，[原]、漸[原]904 開峰餘。

輔：[甲][乙]1796 共護持，[原]1744 臣佛知。

禰：[明]1081 怛。

鋪：[明]1425 佛言從。

浦：[三][甲][乙]2087，[聖]663，[聖]953 沙鐵匠。

神：[甲]1238 鬼用之，[甲]2087 羅國，[甲]2128 交反包。

誦：[宮]2104 已大爲。

析：[甲]2129 各反説。

諸：[宋][元]309 處菩薩。

捉：[宮]1425 出阿練，[聖]211 之象便。

塼

磚：[明]、塼[宮]2060 塔并爲。

不

安：[三][宮]278 善波浪，[三][聖]26 得成。

八：[三]1441 聽食者。

百：[甲]1792 行之源。

半：[三][宮][聖][另]1435 障。

薄：[甲]1805。

本：[和]261 誓願受，[甲]1781 性無二，[甲]2266 依有漏，[甲]2290 覺但至，[明]2131 覺之性，[明]1562 可得故，[三][宮]818 清淨離，[三]1435 應三月，[原]1700 同三藏，[原]2317 入應有。

彼：[元][明]401 度岸不。

必：[宮]2102 自修修，[甲]2006 得物語，[明]1331 得利無，[宋][宮]384 成道流。

別：[甲]1828 受性故，[乙]1831 依前義。

常：[甲]2814 不失本，[三][宮]721，[三]397 憶念法，[宋][元]1566 相應故。

成：[宋]647 想中行。

乘：[聖]1818 相，[另]1721，[乙]1724 言佛。

初：[宮]2122 離此舍。

床：[甲]2036 能辨眉。

此：[三][宮]721 放逸上。

次：[甲]2782 作念我。

大：[甲]2193 生今亦，[甲]2299 知幻無，[明][宮]665 捨堅固，[三][宮]2123 驚肅國，[聖][甲]1763 濫耳法，[宋][宮]2123 忍永棄，[元][明]

稱，[元]220 可説法。

但：[三]13 得慧便。

當：[明][另]1435 還此處，[三][聖]172 還王曰，[另]1435 作，[另]1435 作而實。

導：[三][宮]411。

得：[明]232 成阿耨，[明]1532 怖畏不，[三][宮]414 思議，[聖]231 依止一。

等：[甲]1795，[甲]1782 因與上，[甲]1863 得，[甲]2266 一，[三][宮]397 於此世，[乙]2263 答義同。

斷：[甲]1072 飲食滿，[三][宮]564 攀緣三。

而：[宮]586 得堅牢，[甲]1736 諍則無，[甲][乙]1821，[明]152，[明]225 知家問，[三][宮]397 調衆猶，[三][宮]479 得得不，[三][宮]398 依道法，[三][宮]1544 學謂阿，[三]212 興怒不，[三]2103 下乃騰，[聖]675 爲愚人，[宋]357 起無明，[宋]458 作是滅，[宋]624 樂於母，[乙]2261 得便信，[元][明]352 生於敬，[元]228 如，[原]1098 得其便，[原]2196 聽不正。

爾：[甲][乙]1822 許我以，[甲]2195 至初地，[甲]2814 同境者，[三][宮]1547 盡者滅，[乙]1723 雙舉雨，[乙]2309 耶，[乙]2350。

二：[宋][元]2137 相離塵。

乏：[宋]、不了[元][明]152 之願現。

法：[三]1509 即，[三]1548 親近

勝。

　　反：[甲]2271 說相違，[三]1 謂爲愚。

　　方：[宮]384 使人見，[明]603。

　　防：[三][宮]1548 護。

　　非：[宮]1581 安不，[甲]1722 明常耶，[甲][乙]2259 有情界，[甲][乙][丙]1866 無者即，[甲][乙]1822 決定以，[甲][乙]2263 不共依，[甲][乙]2263 違前五，[甲]1225 淨俱，[甲]1763 集故不，[甲]1782 離，[甲]1828 有二心，[甲]1846 約時節，[甲]1922 有意亦，[甲]2195 八地已，[甲]2195 如來所，[甲]2263，[甲]2263 自性常，[甲]2269 應，[甲]2312，[明]670 在陰亦，[明]1543 欲界，[三]2154 無乖失，[三][宮]1521 知見法，[三][宮]1543 知他人，[三][宮][聖][另]1428 慚非，[三][宮][聖]1421 淨地經，[三][宮][聖]1428，[三][宮][石]1509 可斷修，[三][宮]221 見，[三][宮]266 以爲清，[三][宮]286 定三乘，[三][宮]374 淨亦非，[三][宮]383 可囑，[三][宮]384 久，[三][宮]425 眞，[三][宮]586 離如如，[三][宮]606 以色，[三][宮]616 時說過，[三][宮]813 虛妄會，[三][宮]1435，[三][宮]1435 內色者，[三][宮]1435 善如是，[三][宮]1509 以智慧，[三][宮]1543 欲界彼，[三][宮]1581 應病，[三][宮]1646 一，[三][宮]1646 依識智，[三]125 成胎若，[三]187 御，[三]374 苦若依，[三]375 淨亦非，[三]375 是身，[三]1564 離陰此，[三]2145 神，[聖]、－[宮][石]1509 爲夢眠，[聖]221 倚道亦，[聖][另]310 依，[聖][石]1509 是非法，[聖]375 修若智，[聖]1421 答言是，[聖]1509 爲度一，[另]1428 說亦如，[石][高]1668 實皆幻，[石][高]1668 無然各，[石]1509 進不，[石]1509 以聲聞，[宋][宮][聖]223 以二法，[宋]374 斷涅槃，[乙]2263，[乙]2263 殊勝故，[乙]2263 未迴心，[乙]2263 種子者，[乙]2376 應，[乙]2404 如甲印，[元]2016 著變相，[元][明]1509 一分中，[原]、[甲]1744 正師子，[原]1851 性無有，[原]1858，[知]598 天眼觀。

　　分：[甲][乙]2317 亦是但，[甲]1700，[甲]2337 在十地，[甲]2837 明內外，[明]1579 四者終，[原]1879 略盡殊。

　　奉：[元][明]820 修經戒。

　　否：[甲]1719 以例燈，[甲]1736，[甲]1816 只應直，[甲]1828 備法師，[甲]2195 哉重尋，[甲]2262 量不，[甲]2263 耶卽，[甲]2274 若緣者，[甲]2289 那伽羅，[明]1463 此住處，[明]2060 光曰固，[三]、－[宮]2122 婆羅門，[三][宮]1428 比丘應，[三][宮]2103 泰妍，[三][宮]2103 同一貫，[三][宮]2123 答言大，[三]99 却坐一，[三]685，[三]2145 欲葬凡，[乙]2263 事，[乙]2381 若有一，[乙]2393 今此四，[乙]2393 若謂聽，[元][明]152 誦帶。

夫：[宋]、無[元][明][聖]210 吞洋。

弗：[宮]2102 論民何，[宮]2102 昞祭祀，[甲]1973 知者是，[甲]2130 多羅者，[甲]2130 加羅者，[三][宮][聖]606 可，[三][宮]310 殊，[三][宮]606 嚴兵仗，[三][宮]2034 忘其神，[三][宮]2102 編縱復，[三][宮]2102 暨殊域，[三][宮]2102 可，[三][宮]2102 了況，[三][宮]2102 能豫，[三][宮]2102 修苴斬，[三][宮]2103 從乃囚，[三][宮]2103 居遂能，[三][宮]2122 信乃以，[三][宮]2123 飲水蟲，[三][宮]2123 與淪滯，[三][宮]下同 2102 敢云墜，[三][宮]下同 2102 覯禮術，[三][宮]下同 2102 離復焉，[三][宮]下同 2102 由矣稽，[三]152 如少惠，[三]2063 許元嘉，[三]2063 足寒暑，[三]2110 傳聶支，[三]2149 聞哉且，[聖]211 除，[聖]416 生懈心，[元][明]2059 如檀此，[原]1863 許又云。

佛：[甲]1911 休自進，[三]、弗[宮]2102 之偏隱，[三][乙][丙][丁]865 等一切。

拂：[元][明]、下[宮]425 飾貢上。

傅：[元][明]816 飾華。

復：[三][宮][聖]376 於彼，[三][聖]157 觀，[三]721 多，[三]1521 能令長，[宋][宮]、必[元][明]721 滅。

富：[三][宮]1428 蘭迦葉，[三]26 蘭。

各：[乙]2261 說若所，[乙]2261 在。

根：[甲]1782 發識聽。

共：[西]665 護持示。

故：[甲]2217，[乙]1822 由業力，[元][明]1563 由此慧。

廣：[三]1 布現。

何：[宮][知]414 可愛樂，[三][宮]1425 可觀。

恒：[三][宮]323 懷憂。

乎：[宮]2123 諸弟子，[三][宮]2122 諸弟子，[三]185 問之至，[元][明]1451 被打女。

華：[三]2123 來將人。

坏：[甲]911 曬曝令。

或：[三]1440 犯。

及：[三]1585 說諸無，[宋][宮]810 計，[宋][元]221 當別如，[宋][元]1546 攝比智，[元][明]411 教他奪。

即：[甲]2299 增故，[原]2262 緣答曰。

極：[明]765 善覆。

假：[甲]2299 生假滅。

皆：[三]1 得修行，[聖]157 可。

結：[元]656 淨。

今：[三][宮]、令[知]579，[聖]125 堪任殺。

盡：[另]410 現地平。

久：[三][宮]266 住彼，[三]196 遠時世。

可：[宮][聖][聖][另]310 知非捨，[宮][聖][另]、可不[石]1509 十口許，[宮]221 受無受，[甲]1781 能思議，[甲]2217 見有法，[甲]2218 依生身，[甲][乙]1909 敢復作，[甲][乙]2397 增

然，[甲]1698 盡今一，[甲]1828 斷未來，[甲]1828 勘，[甲]1863 許法華，[甲]1961 得無生，[甲]2195 然但，[甲]2263，[甲]2266 殊此據，[甲]2266 應作是，[甲]2274 言故云，[甲]2290 及功，[甲]2299 知何因，[甲]2313 許耶睡，[明]1648 觀爲因，[明]2076 掛及，[三]201 淨，[三]476 可思議，[三][宮]671 説不可，[三][宮][聖]1451 脱革屣，[三][宮]657 忘失，[三][宮]1435 得受具，[三]32 信，[三]177 抒，[三]198 望見聞，[三]220 能，[三]265 得愈病，[三]1003 釋熙怡，[三]1579 顯現，[三]2122 抒，[聖]1579 和合故，[聖]606 失節習，[另]1435 尊重供，[宋][元]1566 説法佛，[宋]2061，[乙]2263 令求實，[乙]2249 許此義，[乙]2261，[元]2122 可量此，[原]1290 須供養，[原]1700 得故名，[原]1778，[原]2249 二智非，[原]2196 安住故，[原]2208 得言別。

來：[宋]、未[元][明]2122 知生爲。

了：[元][明]100 生老死。

離：[甲][乙]2309 生滅而。

理：[甲]1775 先形言。

立：[原]2271 量云如。

露：[宮]276 現陰馬。

沒：[明]2076 柰何乃。

猛：[宮]659 勇不。

名：[甲]1828 除遣正，[石]1509 受苦樂，[乙]2249 同無色，[乙]2254 爲恣如，[原]1819 一所以，[原]2339

爲。

末：[丙]1141 傳，[甲]2196 入佛法，[元]589 行於色。

莫：[甲]2006 群有修，[甲]2010 存軌則，[明]2076 愁其末，[明]2076 覺此乃，[三][宮]397 捨菩提，[三][宮]586 見其過，[三][宮]1458，[三][宮]2059，[三][宮]2060 測其終，[三][宮]2102 覩，[三]68 知厭足，[三]118 敢當也，[三]203 墮此地，[三]2110 妄閣上，[原]1960 測緣事，[原]1858 覩其容，[原]2339 覩神變。

木：[宮]1459 爲，[甲]2299 則，[原]、[甲]1744 縶令平。

乃：[甲]1805 從著法，[甲]1813 至僧房，[甲]1921，[三][宮]1546 能令臥，[三][宮]1562 説以六，[三]2122 行到佛，[元][明]202 可。

難：[三][宮]638 可稱量，[三][宮]1435 得佛言。

內：[原]2196 外俱。

能：[原]2337 辨者。

尼：[宮]1423 成波逸。

丕：[乙]2157。

平：[甲]1782 等，[聖]1602 現見故。

婆：[三][宮]1464 即問諸。

普：[甲]1965 容大小。

欺：[甲]952 妄語常。

其：[明][甲]1177 人醜陋，[另]1721 疾而速。

前：[乙]2249 解爲正。

清：[明]374 淨，[三]375 淨法及，

[宋][明][宮]223 淨。

丘：[聖]224 可計不。

求：[宮]425，[明]2076 落空去。

取：[甲]2263 得當待，[明]1551
相應者。

人：[宮]1546 失念問，[宮]1546
在後色，[明]2076 自檢責，[三][宮]
2027 歸盡，[三]26，[三]1435 女根
上，[宋][元][宮]、又[明]1421 出外
受，[宋][元]91 離彼命，[宋][元]212
能乘人，[乙]2376 見衆生，[元]26 高
不下，[元][明]768 所念不，[元][明]
1459 洗不安。

如：[甲]1816 如名之，[明]2076
讀經看，[三]1485 幻三昧。

入：[宋]99 害覺前，[宋]1548。

若：[明]220 作廣狹，[聖]1428
埋，[乙]2396 可見聞，[元][明]26 其，
[元][明]2122 得在前。

弱：[三]198 耳至使。

三：[宋][元]1003 空三昧。

沙：[甲]1784 不同即。

善：[三]1545 捨。

上：[三]2110 以黃屋。

少：[甲][乙]1736 見本者，[甲]
[乙]2309 分離殺，[甲]1728 日即散，
[甲]2290 二，[知]414 學大乘。

身：[甲]2195 禮即犯，[三]14 使
結齊。

生：[宮]1552，[甲][乙]2434 非
非，[甲]1911 生此，[明]1509 大邪惑，
[三][宮]1421 兒子多，[聖]1440 至是
以，[元]、定[明]1462，[元][明]671 滅

名爲。

施：[甲]2401 與則不。

十：[甲]1736 通等説。

石：[聖]178 破碎。

示：[高]1668 離三相，[宮]225 當
住無，[宮]1425 共行欲，[甲]1700 標
也，[甲]1733 略耳三，[甲]1733 勝，
[甲]1924 共，[三][宮]2060 以四大，
[三]2154 經一卷，[宋][宮]2102 告則
空，[乙]2157 經一卷。

是：[三][宮]1546 足於偈，[三]
[宮]1458 善及不，[三]99 向三種，[宋]
[宮]221 廣大衆，[元][明]1435 名得
清，[原]1839 邪今以，[原]2339 便故
此。

受：[三]176 持戒行。

數：[三][宮]460 遲想相。

死：[聖]1436 嗅白。

所：[宮]221 見，[宮]278 壞法
界，[宮]397 行，[宮]403 以巧僞，
[宮]1548 遍處如，[甲][乙]2218 知二，
[甲][乙]1822 成故總，[甲][乙]1822
緣共相，[甲][乙]2263 因貪欲，[甲]
1828 起及六，[甲]2215，[甲]2271 善
聲初，[甲]2271 失或得，[甲]2274 燒，
[甲]2300 立舉法，[甲]2901，[明]329
知，[三][宮]266 受捨受，[三][宮]
1540，[三][宮][聖]379 見摩羅，[三]
[宮]222 造，[三][宮]266 聽亦如，[三]
[宮]425 可行是，[三][宮]425 用細，
[三][宮]672 覺若有，[三][宮]1466，
[三][宮]1546 墮惡道，[三][宮]1546
論如是，[三][宮]1594 同，[三][宮]

2122 敢，[三]1655 能住，[聖]26 堪，[聖]224 喜樂聞，[聖]481 狷眼，[聖]1428 制言比，[聖]1733 得四菩，[宋][宮][聖]816 用生死，[宋][元][流]360 聞誓不，[乙]2777 得無患。

他：[乙]2261 生色解。

天：[聖]231 見諸，[宋]、夫[元][明]17 自寒至。

通：[宋][元]1559 觀。

外：[甲]1965 大小所。

爲：[甲]2266 優例，[甲]2192 別，[三]211 慚羞於，[宋][明]、焉[元]1547 能令至，[元]1565 生。

委：[甲]2281。

未：[丙]2163 得幸頼，[宮][聖][另]1543 得世俗，[宮]721 曾亂正，[宮]1998 免，[甲]2250 窮此亦，[甲][乙]1822 成過去，[甲][乙]2263 得之云，[甲][乙]2263 破者前，[甲][乙]2396 變，[甲][乙]2397 知其初，[甲]952 成辦如，[甲]1202 現者心，[甲]1717 通若與，[甲]1736 出世一，[甲]1775 出家，[甲]1775 覩況凡，[甲]1821 説此品，[甲]1841 然即申，[甲]1918 退心若，[甲]1927 通若與，[甲]1960 得行不，[甲]2250，[甲]2266 傳四大，[甲]2270 爲名言，[甲]2300 圓理不，[甲]2339 得不退，[甲]2339 入玄，[三]、—[宮]2059 取一而，[三][流]360 能盡，[三]840 應，[三][宮]223 淨佛土，[三][宮]374 度故解，[三][宮]1646 能觀有，[三][宮][聖]1509 可，[三][宮][聖]1537 名狹小，[三]

[宮][聖]2034 善，[三][宮][另]1543 盡則，[三][宮]374 消而復，[三][宮]403 離諸佛，[三][宮]1425 成合折，[三][宮]1425 息若，[三][宮]1428，[三][宮]1428 起若都，[三][宮]1435 久佛入，[三][宮]1435 滿二十，[三][宮]1509 能有所，[三][宮]1565 去，[三][宮]1595 同此人，[三][宮]2040 答言未，[三][宮]2040 衰老，[三][宮]2042 枯盡有，[三][宮]2104 可獨廢，[三][宮]2104 足觀採，[三][宮]2122 來下有，[三][別]397 曾眴即，[三]80 消而復，[三]125 得，[三]264 聞見，[三]375 曾再食，[三]375 增長是，[三]1568 生而生，[三]2122 得其兒，[聖]211 能得，[聖]1646 斷即是，[聖]1721 必在後，[宋]374 生貪，[元][明]375 聞亦令，[元][明][聖]227 得受記，[元][明]197 免，[元][明]278 知菩薩，[元]220 成辦不，[原]853 成令成，[原]1840 可若依，[原]2208 盡巧答。

無：[膚]375 移安住，[宮]1670 得止衆，[宮]2008 滅所以，[宮]267 悔是人，[宮]278 退轉具，[宮]399，[宮]414 美聲如，[宮]624 願無，[宮]657 動變三，[宮]687 飲食親，[甲]1735 障礙第，[甲][乙][丙]2397 動大日，[甲][乙]1799 別如是，[甲][乙]1821 爲因者，[甲][乙]1822 能發無，[甲][乙]1866 起過，[甲][乙]2263 作用故，[甲][乙]2390 動眞言，[甲]1201 生，[甲]1705 相，[甲]1733 同善，[甲]1736，[甲]1736 退轉顯，[甲]1775

實也，[甲]1775 有身，[甲]1775 在罪
垢，[甲]1799 終否故，[甲]1816 異簡
無，[甲]1828 亂有行，[甲]1891 等
閒，[甲]1929 悔，[甲]2196 出，[甲]
2196 滅，[甲]2214 記者末，[甲]2250
退應果，[甲]2274 別名同，[甲]2299
生滅名，[甲]2300 遺無性，[甲]2337，
[甲]2337 二而明，[明]〔異〕220 能
修況，[明]1451 疑即便，[明]220 可
取不，[明]221 成就相，[明]225 願
無，[明]225 知無想，[明]341 生法
忍，[明]587 求無有，[明]598 願無
爲，[明]601 厭捨若，[明]1548 境界
是，[三]202 憍樂天，[三]375 異唯
應，[三]397 動，[三][丙]1211 生由
一，[三][宮]635 有，[三][宮]、未[甲]
2053 聞良策，[三][宮]222 爲無，[三]
[宮]481 解達如，[三][宮]627 可見無，
[三][宮]656 有生亦，[三][宮][甲]
2053 墮寸陰，[三][宮][聖]310 與等
智，[三][宮][聖][另]410 難如赴，[三]
[宮][聖][知]1579 空過是，[三][宮]
[聖]222 常色亦，[三][宮][聖]222 苦
亦無，[三][宮][聖]222 內外不，[三]
[宮][聖]223 斷不，[三][宮][聖]223 誑
相涅，[三][宮][聖]223 增減須，[三]
[宮][聖]223 智慧不，[三][宮][聖]292
誤失，[三][宮][聖]318 從去其，[三]
[宮][聖]586 貪著故，[三][宮][聖]586
也網明，[三][宮][聖]627 怯弱七，
[三][宮][聖]1428 犯者與，[三][宮]
[聖]1428 犯自今，[三][宮][聖]1509
堅固無，[三][宮][聖]1509 可説故，

[三][宮][聖]1509 生法，[三][宮][聖]
1509 生相是，[三][宮][另]281 紛亂
見，[三][宮][石]1509 瘡雖臥，[三]
[宮][石]1509 積習因，[三][宮][石]
1509 滅是名，[三][宮][知]598 想法
無，[三][宮]221 貢高亦，[三][宮]223
生法亦，[三][宮]263 增減，[三][宮]
271 生法豪，[三][宮]271 異，[三][宮]
292 動，[三][宮]310 喘息，[三][宮]
342，[三][宮]342 懷想於，[三][宮]
374 退是故，[三][宮]383 能解其，
[三][宮]383 增減汝，[三][宮]397 瞋
恨二，[三][宮]397 名如虛，[三][宮]
397 能説過，[三][宮]397 異亦令，
[三][宮]397 諸菩薩，[三][宮]403 動
轉一，[三][宮]403 歡喜施，[三][宮]
403 亂是謂，[三][宮]414 著，[三][宮]
425 斷除天，[三][宮]425 罣礙其，
[三][宮]425 虛是曰，[三][宮]458 中
間計，[三][宮]461 誹謗教，[三][宮]
477 可逮是，[三][宮]482 作不，[三]
[宮]523 惓，[三][宮]532 感分，[三]
[宮]585，[三][宮]585 解散説，[三]
[宮]585 住其滅，[三][宮]588 動搖是，
[三][宮]589 愛悋不，[三][宮]627 立
於身，[三][宮]635 生也又，[三][宮]
638 結恨斯，[三][宮]657 能見入，
[三][宮]666 知見寶，[三][宮]673 增
減楞，[三][宮]721 施則無，[三][宮]
721 信不正，[三][宮]749，[三][宮]
810 生講宣，[三][宮]810 興起其，
[三][宮]814 捨婬欲，[三][宮]823 生
法忍，[三][宮]1425，[三][宮]1431 犯

者默，[三][宮]1435 犯，[三][宮]1435 犯十四，[三][宮]1443 瘳損長，[三][宮]1509 熱相南，[三][宮]1509 生，[三][宮]1543 繫緣幾，[三][宮]1545 息是生，[三][宮]1548 惱行人，[三][宮]1558，[三][宮]1565，[三][宮]1579 向背施，[三][宮]1611 分別離，[三][宮]1611 死不病，[三][宮]1646 故心而，[三][宮]2034 拘新不，[三][宮]2040 滅，[三][宮]2060 虧風，[三][宮]2102 別吳陸，[三][宮]2103 底籠萬，[三][宮]2103 亂善清，[三][宮]2121 慮罪釁，[三][宮]2121 脫不終，[三][聖][宮]234 竟衆想，[三][聖]190 智若受，[三][聖]291，[三][乙]2087 德下民，[三]1 憂，[三]26 慚不愧，[三]26 晚出諸，[三]76 漏闕無，[三]99 饒益，[三]100 從順即，[三]116 礙須彌，[三]125 殺害，[三]125 死慢者，[三]125 異，[三]125 增減提，[三]143 疲厭憐，[三]156 退失不，[三]198 厭有點，[三]212 缺漏，[三]357 戲論文，[三]360 道惡心，[三]374 疑具慚，[三]375 陷入地，[三]418 想念眼，[三]627 從寂猗，[三]627 度示現，[三]627 滅度示，[三]627 現而，[三]1301 觀宿日，[三]1339 阿難答，[三]1529 令瞋恨，[三]1532 和合故，[三]1559 退偈曰，[三]1564 顛倒有，[三]1564 壞，[三]1564 滅問曰，[三]1564 異是故，[三]1564 住亦無，[三]1564 作，[三]1982 覆藏應，[三]2110 常若言，[聖]223 得脫是，[聖]221 生滅所，[聖]223 別無斷，[聖]224 有轉亦，[聖]224 愚癡時，[聖]225 供養作，[聖]361 道取人，[聖]380 可，[聖]397 虛名，[聖]586 也網明，[聖]1421 答便於，[聖]1421 犯，[聖]1428 犯波羅，[聖]1428 犯者最，[聖]1488 放逸常，[聖]1494 真實空，[聖]1509 滅相亦，[聖]1509 能，[聖]1509 著無生，[另]1428 犯不犯，[另]1428 犯而言，[石]1509，[石]1509 礙知須，[石]1509 二，[石]1509 二無戲，[石]1509 悔故得，[石]1509 牢固無，[石]1509 取相無，[石]1509 失皆於，[石]1509 實虛妄，[宋][宮]231 異不別，[宋][元][聖]157，[宋]5 死當去，[宋]374 知陀羅，[乙]1736 滅若能，[乙]1736 窮如因，[乙]1736 生我說，[乙]1736 殊是故，[乙]1736 言雙亡，[乙]1736 已將詣，[乙]1833 果而以，[乙]2261 退轉定，[乙]2309 所印皆，[元][宮]626 所與亦，[元][明]279 疲厭何，[元][明][宮]374 住，[元][明]220 著是五，[元][明]375 疑，[元][明]653，[元][明]2122，[原]1744 能除障，[原]1834 可見彼，[原]1858 二既曰，[原]2270 違自答，[知]418 病無苦，[知]598 能壞如。

五：[甲]2262 蓋中何，[三]384，[聖]1440，[石]1509 在如來，[原]、如[甲]2339 教章探。

勿：[甲][乙]1822，[甲]1783 依識識，[甲]1929 依不了，[原]973 令散亂。

息：[明]2076 盡當人。

悉：[三]203 知佛言。

下：[丁]1831 生惡趣，[宮]1912 涉十乘，[宮]2108 臣者，[宮][甲]1912 寂光等，[宮][甲]1912 勸信也，[宮]529 能施人，[宮]1505 出，[宮]1505 淨食是，[宮]1593 顯現顯，[甲]1736 生，[甲]1830 指也，[甲][乙]1821 般涅槃，[甲][乙][丙]876 散掌想，[甲][乙]1799 破，[甲]1512 失故即，[甲]1700 名爲能，[甲]1724 易者彌，[甲]1735 捨者無，[甲]1736 別立禮，[甲]1763 通學地，[甲]1778 生故亦，[甲]1805 指如前，[甲]1912 多不少，[甲]2128 衡革反，[甲]2217 明法空，[甲]2255 取業，[甲]2261 文下，[甲]2266 還身在，[甲]2299 解平等，[明]1563 淨，[明]2041，[明]2076 點，[明]2122 水不絕，[三][宮]309 躃地時，[三][宮]585 憍慢是，[三][宮]1425 便右不，[三][宮]1476 可悔取，[三][宮]1546 不得自，[三][宮]1562 受果而，[三][宮]1656 如於等，[三][宮]2060 落紛紛，[三][宮]2103 臨慟高，[三][宮]2122 相，[三][甲]1227，[三]99 不貪惡，[三]866，[聖]223 共法大，[聖][另]765 捨善輒，[聖]222 觀色苦，[聖]268 增無果，[聖]361 大爲，[聖]643 謗涅槃，[聖]1763 見非本，[聖]1859 句例則，[另]1451 答言我，[宋][元][宮]405 與一切，[宋][元]2103 答維驕，[宋]410 持戒者，[宋]1545 知何故，[乙]1724 爾欲天，[乙]1822 淨之境，[乙]1833

能起因，[乙]2309 尋思觀，[元]2016 應有故，[元]1442 與而取，[原]1776 稟，[原]1776 明，[原][甲]1781 明無長，[原]1773 品之人，[原]1776 對釋之，[原]1776 名之爲，[原]1776 文言一，[原]1776 行違通，[知]1581 起輕想。

現：[明]1562 現行且。

相：[宮]633 見身相，[宋]23 平有水，[乙]1821 障礙若。

香：[聖]1509 私附己。

小：[甲][乙]1822 見極微，[甲][乙]1909 死何處，[乙]2250 可。

邪：[宮]1548 見不聞，[三][宮]671 見於自。

械：[三]100。

心：[甲][乙]1822。

行：[和]261 善行相，[三][宮]1563 還，[聖]222 應行不。

言：[甲]2434 攝，[三][宮]2121 見沙門，[原]2208 然者許。

仰：[甲]1896 不能已。

耶：[甲]2735 贊曰下，[明]220 善現對，[三][宮]1435 答不得，[三][宮][聖]586 思益言，[三][宮]1435 答若床，[三][宮]1435 答隨捨，[三][宮]1488 若言不，[三][宮]2121 我，[三]203 答言不，[聖]1428 比丘答。

也：[甲][乙]1822 從根本，[三]196 當詣精。

一：[宮]1551 寂靜故，[甲]1780 思議住，[甲]1836 門轉故，[甲]1929 失更受，[明]1610 無二空，[明]99 念

一切，[三]598 能観知，[聖][石]1509 施能與，[聖]125 如舍利。

衣：[甲]1805 自具受，[元][明]329 知充飽。

宜：[聖]1458 應親近。

已：[甲][乙]1822 見等故，[三]1547。

以：[丁]2244 不，[甲]1920 開論端，[甲]2269 至得成，[三][宮]2060 爲名馳，[原]、以不[敦]1957 見三寶。

亦：[宮]419 爲邪，[甲]893 應用彼，[甲]1735 由，[甲]1782 然故處，[甲]1802 以餘面，[甲]1828 與別時，[甲]2266 有增不，[明]1443 如是故，[明]1450 能解，[明]1563 爾，[明]1563 即疑而，[明]2131 不在乎，[三][宮][聖]223 得一切，[三][宮][聖]397 勸，[三][甲]1227 得，[三]362 如是佛，[三]1562 應能離，[三]1609 生緣無，[聖]292 限諸佛，[宋][明]374 爾若見，[乙]1822 化香，[乙]2249 可有二，[乙]2249 爲因之，[元][明]、示[知]384 受，[元][明][宮]374 如是非，[原]、不通不過[乙]2261 通三世，[原]1782 有天宮，[原]1851 可説聞，[原]1855 不識有。

義：[原]2264 獨。

飲：[三]26 食老更。

應：[甲]2299 染也，[乙]950 知三昧。

有：[宮]223 能知有，[宮]635 著是菩，[宮]1808 受持，[宮]2122 備載今，[甲]、不云云細註[甲]2195，[甲][乙]1816 福體可，[甲]1816 望其報，

故波，[甲]2362 不定説，[明]156 退也又，[明]626 自念我，[明]1539 當生無，[明]1562 許彼可，[三]1 聞諸天，[三]1525 成眼識，[三]1562 得一類，[三]1646 可除故，[三][宮]1548 斷滅如，[三][宮]610 艶斯事，[三][宮]1523 煩惱染，[三][宮]1546 犯我作，[三][宮]1547 成就如，[三]99，[三]99 善男子，[三]224 行時常，[三]2122 能抗時，[聖][另]1543 欲界沒，[聖]1459 得露斷，[聖]1509 墮三惡，[聖]1512 實便能，[宋]640 當行，[元][明]1609 成立，[元]374 善行。

又：[宮]397 信心者，[甲]1828 非修習，[甲]1708 五十三，[甲]2195 付顯相，[三][宮]2122 如有人，[三]1 可增益，[乙]2249 解不緣，[原]1856 三品之。

於：[甲]1736 善，[三][宮]1559 受如此，[乙]2194 宜有春，[元][宮]2102。

欲：[三][宮]329 成就貪，[三][宮]2122 殺弟，[元][明]220 作留難。

原：[聖]291 可極。

遠：[甲]1851 離煩惱，[元][明]157 離如是。

曰：[宮]1646 然者心。

云：[甲]1816 共相應，[甲]1863 唯新，[宋]1509 得不知，[原]、名[甲]2285 攝義華，[原]2264 可立。

雜：[宮]1611 淨地所，[三][宮]1611 淨及淨。

在：[甲]1831 斷善根，[甲]2036

尋思干，[聖]224 聽隨在，[宋][宮]606
胞胎。

　　則：[宮]1428 斷有二。

　　召：[甲]、呼[甲]1816 稱法體。

　　者：[宮]1483 答若殺。

　　正：[甲]2281 正一，[甲]2313 閉
口中，[三]99 樂。

　　之：[甲][乙]1929 能契但，[甲]
1925 具給施，[明][宮]2103 攝不運，
[三][宮][聖]1421 答言汝，[三][宮]
288 興亦不，[三][宮]2122 修觀解，
[三][宮]2123 爾要當，[乙]2387 鴻反
只，[元][明]1522 向此説。

　　止：[三]2122 合宜即。

　　至：[宮]263 誠言，[乙]2391。

　　緻：[三]212 密天雨。

　　衆：[三]1579 生因凡，[宋][元]
1458 捨者應，[宋]222 得衆生。

　　諸：[明]220 菩薩摩。

　　主：[明]2122 律師先。

　　轉：[乙]2263 搏付第。

　　子：[宮]2123 結，[甲]974 漲，
[甲]2299 頂上即。

　　自：[三]158 相覰令，[原]1856。

　　字：[甲][乙]1709 名句等。

　　作：[宮]398 知過去，[明]1539
應言此，[宋]220 作有量。

布

　　寶：[三][宮]588 施示人。

　　報：[三][宮]596 施群臣，[三][宮]
2122 施者是。

　　遍：[三]193。

　　別：[宮]263，[三]418 供養是。

　　常：[三][宮]1646 施又有，[元]
2103 袍菲食。

　　持：[三]1488 施是果。

　　出：[石]1509 是教若。

　　處：[甲]2192 置。

　　存：[明]2122 施爲。

　　大：[三][宮]286 施攝取，[元][明]
995 次第普。

　　帶：[甲]2128 也。

　　而：[宮]397 密雲地，[宮]848 地
胎藏。

　　敷：[三][宮]1464 尼師。

　　佛：[宮]638 施貧匱。

　　覆：[三][宮]1436 地除滅。

　　根：[宋]、相[元]363 枝葉八。

　　故：[宮]659 忍不爲。

　　畫：[乙]2092 工比於。

　　接：[明]2103 薩法淨。

　　巾：[三][宮]2103 帔或。

　　絹：[宮]2025 褉勤舊。

　　劣：[甲]2271 非。

　　南：[甲]2290 字之義。

　　皮：[宮]1998 袋。

　　菩：[三][宮]2123 布薩法，[三]
[聖]176 薩汝從。

　　三：[三]2103 衣所餐。

　　實：[明]261 施若於。

　　巿：[宮]2060 衆所，[甲]1698 園
祇，[明]2103 見奇，[宋]202 往至其。

　　屬：[宮]2060 屬開皇。

　　數：[三]374 座上其。

　　通：[甲]2217。

王：[三][宮][知]384 施一刹。

爲：[明]261 施或爲。

西：[甲]、希[乙]2134 國。

希：[宮]285 言誨，[甲]1804 今但爲，[甲]2404 理性曼，[三]1336 多脾蛇，[三]2060 意遠塵。

下：[原]1695 一切世。

行：[明]220 施爲此。

揚：[三]402。

有：[宮]807 施隨世，[甲]2068 髮令蹈，[甲]2400 睿和上，[明]1592 施增長，[明]293 金沙光，[三][宮][甲][乙][丙][丁]848 光焰能，[三][宮]2122，[聖]425，[宋]186 施救衆，[乙]1796 諸明即。

右：[原]2409 脚押左。

匜：[宋][元]1421 地令。

在：[甲]1736 剌拏先，[聖]272。

住：[甲][乙]2254 經。

作：[甲]908，[聖]200 施因發。

步

不：[三][宮]397 退。

部：[甲]2087 異華隨，[三][宮]591 莊。

舗：[三][宮]1428 佛言聽。

出：[甲]952 無有臭，[甲]1709 出城闕，[甲]1816 神通，[三]190 瞻觀直，[聖]1547 軍但多，[另]1451 而來外，[另]1721 平，[宋][宮]221 無便氣，[知]598 也知羞。

多：[甲]952 羝苠。

咄：[甲]952 多鬼東。

佛：[明]1209 時眞言。

光：[宋][元][宮]448 勇佛南。

吼：[宮]627 雷音菩。

孔：[宮]627 雷音菩。

里：[甲]2087 第二重。

立：[明]1450 倚杖身。

密：[宮]2122 迹如來。

妙：[宋][元][宮]446 佛南無。

僕：[乙]1069 引欠。

前：[甲]1958 行則苦。

求：[知]741 三。

去：[宮]263。

沙：[宋][元]、甲[宮]1670 男女爐。

山：[三][宮]2122 見有僧。

少：[甲]1782 多好惡，[甲]2274 海外者，[明]2123 苦極坐。

涉：[宮]810 無，[宮]2103 涉山谷，[甲]2870 不能得，[明]405 可反都，[明]2103 嚴椒石，[三][宮]2104 俗理莫，[三]158 多百由，[宋][宮]2034 聖文婉。

失：[乙]2261 蛇第四。

退：[原]、退[甲]2006 金鎖網。

戲：[甲]1925 三昧師。

戲：[聖]221 者欲爲。

下：[三]2110 未有我。

行：[聖]291 億劫在，[甲]1782 等三妙。

丈：[三][宮]2053 高七尺。

止：[三][宮]1547。

㥏：[三][宮]2103 武城闉。

住：[乙]1909 坐臥以。

怖

捕：[三][宮]2122。

布：[宮]374 馳，[明]1341 畏即作。

佈：[明]201，[明]1563 菩薩學，[明]1636 布施者。

步：[明]1243 多主言。

癡：[宮]1425 不隨，[三][宮]1425 不隨，[三][宮]1425 隨，[聖]1425 隨。

持：[三][宮]2122 而棄走。

怛：[三][宮]581 遭暴患。

掉：[三][宮]、祐[聖]1425 而。

愕：[明]1153 送此罪。

而：[元]2154。

煩：[甲][乙]1796 惱也次。

故：[三][宮]2121 當詣佛。

怪：[宮]263 不自寧，[宮]628 乃至大，[甲][乙]2396 未曾有，[甲]2317 言等，[三][宮]2042 所以將，[三]184 此，[聖][甲]1733 五，[宋][元]1488 畏者輒，[宋]1426 有因緣，[元]333 勿令親，[原]1797 未曾有。

恠：[宮]221 倍復喜。

好：[宋]220 爾時善。

惶：[三][宮]2121 不。

悸：[聖]211 共諍苦。

懼：[三]375 汝等勿，[三][宮][聖]1429 處住比，[三][宮]263 光世音，[三]125 不堪戰。

恐：[三]26，[三]375 畏善男。

苦：[宋][明][宮]、若[元]1579 世間眾。

愧：[三][宮]2121 自責五。

惱：[三][宮]721 捨離諸，[三][甲]1024 之，[三]402，[西]665 心。

怕：[三][宮]2042 噉語婆，[三][宮]2042 詣尊者。

拍：[原]1098 字聲聲。

普：[明]1025 二合吒。

怯：[三][宮][聖]1579 畏尚不。

散：[三]375 馳走唯。

善：[明]374 心難。

慎：[聖]294。

師：[聖]2042。

怖：[甲]2089 汗國鎮，[聖]1477 蒙仁者。

悚：[三][宮]2040 即地比。

惟：[聖]1425 生。

畏：[甲]1735，[三][宮]1646 緣故生，[三][宮]402 我速歸，[三]1 自現己，[三]375，[聖]1425。

希：[三][宮]、怖[聖]397 福華現，[三][宮]672 望言佛，[三][宮]397 天子千，[三][宮]1522 求涅槃，[三]2145 權與進，[聖][知]1581 求是名，[乙]1723 出世四。

恸：[丙]2381，[甲]1512 畏住於，[甲]1733 真涅，[明]479 迷沒世，[明]1522 畏者不，[明]1636 承事況，[明]2123 畏，[三][宮]1579 於現法，[三][宮]397 緊那羅，[聖]397 黑天子，[元][明]2060 解偏執。

惛：[三][宮]606 人或死。

愈：[三]1333 若有人。

抄

攝：[甲][乙][丙]2396 盡十方。

部

邦：[三][宮]2060 詣嵩法。

本：[三][宮]2122 西晉沙，[乙]1069 尊。

遍：[甲]2897。

并：[原]2301 根本説。

布：[元][明]196 五道言。

步：[甲]897 底迦食，[三]187 車兵勇。

諦：[甲]2299 耶答，[乙]2408 也，[原][甲]1851 等法爲。

都：[丙][丁]866 是一切，[甲]2397 具三十，[三]2060 襄雍承，[宋]2154 數不同。

分：[甲]1733 相有二。

佛：[甲]2239 即是通，[甲]2239 也約法，[乙]957 心印密，[原]2408 母者四。

剛：[丙]2392 與面上。

割：[三][宮]618 含。

即：[聖]1544 見苦所，[乙]2391 故若修。

見：[乙]2263 伏除能。

節：[甲]1805 氣等世。

金：[乙]2392 金部海。

經：[三][宮][聖]2034 合二十，[三][宮]2034 合三卷，[三][宮]2034 見支敏，[三]2154，[宋][元]220 輒復本。

卷：[三]2154，[聖]2157，[宋][元]2154 拾遺編。

卷：[三]2145 方等泥。

郡：[甲]、[乙]2263 内一，[明]2060 猶多滯，[三][宮]2060，[三][宮]2060 前後建。

可：[甲]2035 正意，[明]894 執數珠。

廓：[宋][宮]、敦[元][明]2060 攝彛倫。

郎：[三][宮]2122 費愔之。

龍：[甲][乙][丁]2244 王敷。

論：[甲][乙]、－[丙]2778 立五藏，[甲]2320 中列二。

昧：[甲][乙]2391 耶及地。

門：[甲][乙]1822 惑未斷，[乙]1822 及隨所。

母：[原]2409 或。

那：[聖]2157 毘尼摩。

剖：[高]1668 本有功，[宮]1559 莎訶言，[三][宮]1505 身亦爾，[三][宮]1545 達，[三][宮]2060，[三][乙]1092 分別説，[宋][宮]2060 別，[宋][元][宮]448。

奇：[甲]2128 主所居。

卿：[三]2060 及兩縣。

鄯：[三][宮]2122 王前部。

神：[甲]1775。

師：[甲][乙]1822，[甲][乙]1822 説至下，[甲][乙]2309 造有何。

事：[甲]2219 最勝一。

殊：[三][宮]744 別將從。

數：[宋][元][宮]、－[明]2122 第十。

萬：[元][明][宮]383 眾生發。

鄔：[甲]1782 波素迦。

行：[原]、佛[原]904。

耶：[乙]2408 印，[原]2248 也賓。

緣：[三][宮]2123。

願：[原]2306 修故得。

郭：[甲]893 真言護，[原]1818 故大利。

彰：[甲]2262 隔聖果。

障：[甲][乙]1822 計我三，[三][宮]2123 不得相，[原]1851 者如彼，[原]2196 盡本。

中：[甲][乙]1822 說大乘。

種：[甲]2228 悉地此，[三]212 弟。

衆：[三][宮]1458 或復翻，[聖]2157 歸承當。

州：[三]2060，[三]2060 沙門釋。

洲：[甲][乙][丙]2778 人身長。

宗：[甲]2266 同義者。

怖

怖：[宮]2122，[宮]2122 懼便往，[宮]2122 懼南岳，[宮]2122 遂復前，[宮]2122 天下餘，[宮]2122 畏，[三][宮]2122 畏，[三][宮]2122 之羊雖，[三][宮]2122，[三][宮]2122 安住無，[三][宮]2122 彼覆心，[三][宮]2122 並存放，[三][宮]2122 不敢前，[三][宮]2122 各以逃，[三][宮]2122 故不應，[三][宮]2122 故行施，[三][宮]2122 歸白昇，[三][宮]2122 迴心觀，[三][宮]2122 皆不眠，[三][宮]2122 懼恍惚，[三][宮]2122 懼右脚，[三][宮]2122 懼於惡，[三][宮]2122 叩頭悔，[三][宮]2122 悶絕良，[三][宮]2122 染衣之，[三][宮]2122 如姤陀，[三][宮]2122 汝可，[三][宮]2122 時能救，[三][宮]2122 死亦非，[三][宮]2122 危害之，[三][宮]2122 畏常，[三][宮]2122 畏惡名，[三][宮]2122 畏而施，[三][宮]2122 畏後見，[三][宮]2122 畏即以，[三][宮]2122 畏亦如，[三][宮]2122 畏之境，[三][宮]2122 謂其命，[三][宮]2122 寤亦不，[三][宮]2122 因緣，[三][宮]2122 曰凡夫，[三][宮]2122 之以瞋，[三][宮]2122 走，[三]2122，[三]2122 畏能毀，[三]2122 走還出，[宋][元][宮]2122 部詐畜。

怪：[三][宮]2122 即殺八。

埠

搥：[明]1521 阜。

槌：[元][明]、埳[宮]下同 620 惕埠惕。

堆：[宮]647 阜崖岸，[三][宮]434 沙取一，[三][宮]2121 欲比須，[三][宮]2122，[三][宮]2122 阜影現，[三][宮]2122 壓四，[三][宮]2123 阜影現。

塠：[明]1521 阜榛叢。

阜：[明]1425 耶而於，[元][明][宮]387 石沙穢。

踄

涉：[明]2016 入十重。

鋪

唒：[宮]、鋪[另]1442 二作袱，[三][宮]684 長養隨，[三][宮]1509 三年不，[三][宮]1509 十歲後，[三]203 長養世，[三]374 長養將，[聖]211 長大至，[元][明]190 之嬭將，[元][明]310 養育無。

脯：[三]、鋪[宮]2122 乾。

飲：[三]190 飼令。

餘：[宮]2053 多之輩。

餔

浮：[甲]897 食盼茶。

簿

薄：[宮]2078 欲往補，[宮]2103 領並皆，[甲]1805 籍也，[明][宮]1428 問，[三][宮]2041 列鴻猷，[三][宮]2122，[宋][元][宮]2102 王筠答。

椑：[三][宮]1546。

博：[宋]、薄[宮]2112 蝕差時。

覆：[三]26 瘡纏裏。

淨：[三][宮]1509 但以。

嚩：[三][甲][乙][丙][丁]、薄[宮]848 落嘆鑠。

蒣：[甲]2044 如前後。

字：[元][明]2122 不。